ro
ro
ro

Edgar Rai, geboren 1967, wurde mehrerer Schulen verwiesen, ging ein Jahr nach Amerika und studierte Musikwissenschaften und Anglistik in Marburg und Berlin. Er arbeitete unter anderem als Drehbuchautor, Basketballtrainer, Chorleiter, Handwerker und Onlineredakteur. Seit 2001 ist er freier Schriftsteller und hat neben weiteren die Romane «Nächsten Sommer» und «Etwas bleibt immer» veröffentlicht. Edgar Rai hat drei Kinder und lebt in Berlin.

Hans Rath, geboren 1965, studierte Philosophie, Germanistik und Psychologie in Bonn. Er lebt mit seiner Familie in Berlin, wo er unter anderem als Drehbuchautor tätig ist. Zwei Bände seiner Romantrilogie um den Mittvierziger Paul Schubert wurden fürs Kino adaptiert. Seine aktuellen Bücher aus der Reihe «Und Gott sprach» sind ebenfalls Bestseller.

«Wer die Erdmännchen mochte, wird diese Bullen lieben.»
Christoph Maria Herbst

«Ein sympathischer Krimi, der witzige Typen präsentiert.»
Hannoversche Allgemeine Zeitung

«Rath und Rai unterhalten bestens.»
Literaturkurier

«Wer den coolsten deutschen Kriminalroman der Saison erleben will, kommt an ‹Bullenbrüder› nicht vorbei.»
Bestseller Books Online

RATH & RAI

BULLENBRÜDER

TOTE HABEN KEINE FREUNDE

KRIMINALROMAN

ROWOHLT
TASCHENBUCH
VERLAG

Veröffentlicht im Rowohlt Taschenbuch Verlag,
Reinbek bei Hamburg, Mai 2018

Umschlaggestaltung Hafen Werbeagentur, Hamburg
Umschlagillustration Peter Bartels
Satz aus der Thesis Antiqua
Gesamtherstellung CPI books GmbH, Leck, Germany
ISBN 978 3 499 27211 0

1

Als er seine Jacke vom Bügel nimmt und die Zeitung in die Seitentasche stopft, ist Holger noch guter Dinge. Aber schon beim Aufziehen der Haustür rauscht seine Stimmung spontan in den Keller. Durch das Küchenfenster hat er den Dienstwagen vorfahren sehen, hat den Rest seines Kaffees in den Ausguss gekippt, die Tasse in die Spüle gestellt und die Zeitung zusammengerollt. So weit, so gut. Was er nicht gesehen hat, war Charlie. Der steht am Gartentor und schirmt mit der freien Hand die Augen ab, weil ihm die Sonne zur Abwechslung mal nicht aus dem Hintern, sondern ins Gesicht scheint.

«Hey!», ruft er und winkt Holger zu.

Als wären sie Nachbarn oder Kollegen oder Freunde.

Dabei sind sie Brüder.

Holgers Blick fällt auf die Tasche, die Charlie geschultert hat. Da passt eine Menge rein, in so eine Tasche. Genug für einen zweiwöchigen Urlaub. Reflexartig zieht Holger die Tür hinter sich ins Schloss. Charlie stellt die Tasche ab und streckt Holger über das Tor hinweg die Arme entgegen, Handflächen nach oben. Könnte auch eine Verzweiflungsgeste sein.

«Willst du mich nicht begrüßen?», sagt Charlie.

Holger schaut zu dem dunkelblauen Ford Focus hinüber, in dem schon wieder ein neuer Fahrer sitzt. Im Kommissariat reißen sie sich nicht gerade darum, ihn zu fahren. Die meisten jungen Kollegen finden es Old School, den Chef durch die Gegend zu kutschieren. Holger macht sich nichts draus. Er hat lange und hart daran gearbeitet, Old School zu sein. Hinter dem Focus parkt der metallicgrüne Gran Torino, den Charlie aus den USA mitgebracht hat. Ein Auto, so unauffällig wie ein Zeppelin in einem Taubenschwarm. Wie geschaffen für jemanden, der von sich behauptet, Privatermittler zu sein.

Holger wendet sich seinem Bruder zu: «Bist du schon länger in der Stadt?»

«Zwei, drei Wochen, max», lügt Charlie.

«Ich hab mit Mutter telefoniert», erwidert Holger.

«Höchstens ein halbes Jahr», fügt Charlie schnell hinzu. Sein Gesicht soll Zerknirschung ausdrücken. «Ich weiß, ich hätte mich melden sollen.» Charlie lässt die Arme sinken. «Aber jetzt bin ich ja hier!»

Es klingt, als gratuliere er Holger zum Hauptgewinn.

«Du hättest wenigstens deinem Patensohn alles Gute zum Geburtstag wünschen können.»

«Lucas hatte Geburtstag?»

Holger verschränkt die Arme wie ein Türsteher. «Wir haben alle Geburtstag, Charlie. Einmal im Jahr. Und der von Lucas war letzte Woche.»

«Echt? Ich dachte, der hat im Mai.»

«Es *ist* Mai!»

«Oh.»

Der Fahrer ist ausgestiegen. «Herr Brinks», ruft er, «wir müssen!»

Holger kann sich nicht erinnern, dieses Gesicht schon einmal gesehen zu haben. Und er vergisst Gesichter nicht. Mitte zwanzig, rötlich schimmernder Hipster-Bart, Klugscheißer-Blick. Und tut so, als hätte *er* hier das Sagen.

Holger ignoriert den jungen Mann, sieht stattdessen Charlie an. «Immerhin bist du vorbeigekommen, um dich zu verabschieden», sagt er. «Netter Zug von dir.»

Charlie blinzelt verständnislos in die Sonne.

Eine kleine Genugtuung für Holger. Er weiß, sie wird nicht lange vorhalten, aber für den Moment fühlt es sich beinahe gut an. Holger öffnet das Gartentor und steigt über Charlies Tasche.

«Wo geht's diesmal hin?» Er zieht das Tor zu, lässt es einrasten. «Mallorca? Dominikanische Republik? Neuseeland?»

«Ich will nicht verreisen», erwidert Charlie.

Weiß Holger natürlich. Und Charlie weiß, dass er es weiß. Dennoch gönnt er sich eine weitere kleine, zugegebenermaßen kindische Genugtuung.

«Nein?»

«Nein, ich ... Komm schon, Holger. Du weißt, warum ich hier bin.»

Holger tut, als müsse er überlegen: «Keine Ahnung. Sag's mir.»

«Ich wollte dich fragen, ob ich ein paar Tage bei euch wohnen kann. Nur so lange, bis ich ... was Neues gefunden habe.»

Was bedeutet, dass Charlie es mal wieder verbockt hat. Es gibt nicht viele Dinge, die er richtig gut beherrscht, aber im Verbocken ist er Weltspitze.

«Ein*e* Neu*e*, meinst du.»

Das ist der Moment, in dem Charlie sich zum gefühlt hundertsten Mal vornimmt, sein Leben zu ändern. Diesmal muss er es tun. Wenn du mit 42 bei deinem Bruder zu Kreuze kriechen musst, um einen Schlafplatz zu finden, dann *musst du dein Leben ändern!*

«Können wir diese Spielchen nicht bleiben lassen?», fragt Charlie.

«Sicher.»

«Danke. Also – was ist jetzt? Kann i...»

«Nein.»

Charlie sucht im Gesicht seines Bruders nach Anzeichen von Ironie. Aber da ist nichts. «Im Ernst?»

Holger überlegt, ob er es Charlie ins Gesicht sagen soll – dass er sich nicht achtzehn Jahre lang jeden Monat sechshundert Euro vom Gehalt abgespart und seinem Bruder überwiesen hat, damit ihm das ererbte Haus endlich allein gehört, um Charlie anschließend bei sich einziehen zu lassen.

Bevor er jedoch die richtigen Worte gefunden hat, meldet sich der Fahrer wieder zu Wort: «Herr Brinks!»

Der Hipster-Bart hat eine Hand auf das Dach des Autos gelegt. Als hätte er es auf einer Safari geschossen. Holger macht dasselbe bei Charlie: legt ihm eine Hand auf die Schulter.

«Du hörst es ja: Ich muss los. Da wartet eine Leiche.»

Holger steigt ein und zieht die Tür zu. Als der Wagen losfährt, gönnt er sich einen Blick in den Rückspiegel. Neben der Tasche steht sein Bruder und sieht ihnen nach.

«Jetzt war's aber wirklich höchste Zeit, Herr Brinks», hört er seinen Fahrer sagen.

Holger wartet, bis sie die Kolonnenstraße kreuzen, bevor er fragt: «Wie heißen Sie?»

«Niclas.»

«Sehen Sie den Bäcker da vorne, Niclas?»

«Klar.»

«Halten Sie da mal kurz an, bitte.»

«Wir sollten uns wirklich beeilen», entgegnet Niclas.

Manchmal – sehr selten – bekommt Holger diesen Blick, den man ihm eigentlich gar nicht zutraut. Dann weicht jede Wärme aus seinem Gesicht. Mehr als ein Mal sind Tatverdächtige unter diesem Blick eingeknickt, von selbst. Wollten plötzlich reden.

«Nee, klar, kein Problem», beeilt sich Niclas zu sagen und lenkt den Wagen an den Straßenrand.

Holger zieht sein Portemonnaie aus der Jacke und kramt ein paar Euro hervor.

«Sie holen mir jetzt einen Kaffee mit zwei Stück Zucker. Und das nächste Mal, wenn einer von uns beiden sagt, dass wir es eilig haben, bin ich das.»

Der Hipster nickt. «Alles klar.»

Holger hält ihm das Geld hin. «Gut. Und beeilen Sie sich, wir haben wenig Zeit.»

In seinen Glanzzeiten gehörte das «Kosmos» zu den glamourösesten Westberliner Absteigen. Juhnke, Eden, Diepgen. So die Ära. Beste Ku'damm-Lage. Der Erste ist lange tot, beim Zweiten weiß man es nicht so genau, der Dritte schiebt inzwischen seine Enkel in einem dreirädrigen Kinderwagen durch den Prenzlberg. Der Lauf der Dinge. Und dann wäre da natürlich noch Jimmy Schütz, der Eigentümer des «Kosmos».

Keiner wusste je so genau, wo Jimmy überall seine Finger mit drin hatte, aber es ist nicht bekannt, dass es im «Kosmos» jemals einen Engpass an Champagner, Drogen oder Animierdamen gegeben hätte. Eine Zeitlang war auch von gekauften Boxkämpfen in der Deutschlandhalle die Rede.

Und als dieser Chinese mit seinem Schoßhündchen in der Stadt auftauchte – Hong Li oder Chi Lung oder wie der hieß – und gegenüber von Jimmys «Ladies in» das «Annapurna» aufmachte, trieb er zwei Wochen nach der Eröffnung gemeinsam mit seinem Hund morgens in der Schleuse im Tiergarten, beide mit einem Loch in der Stirn. Natürlich fiel der Verdacht auf Jimmy. Geredet wird ja immer viel. Nachweisen konnte man ihm aber nichts. Inzwischen hat er sich zurückgezogen, zwangsweise. Hatte letztes Jahr einen Schlaganfall. Seitdem sitzt er im Rollstuhl in seinem Garten und sieht den Rosen beim Blühen zu. So ist das. Die Deutschlandhalle steht ja auch nicht mehr.

Die «schwarze Etage» übrigens, der fünfte Stock des «Kosmos», machte schon damals von sich reden. Keine Kameras, kein Zimmerbelegungsplan, keine Buchführung, Bezahlung nur in bar. Gäste bekommen einen nummerierten Schlüssel, ohne den der Fahrstuhl nicht bis nach oben fährt. Jack Nicholson soll bis heute einen eigenen besitzen. Es heißt, als sich Ende der Siebziger mal ein Journalist auf die Etage verirrte, habe er das Hotel mit drei gebrochenen Fingern wieder verlassen. Man könnte also ohne Übertreibung von einem legendären Ort sprechen.

KK Jensen steht unter dem Kronleuchter im Foyer und betastet unauffällig seine Haare, als Holger das «Kosmos» betritt. Dicke Vorhänge, schwere Sessel, Messing, dunkles Holz. Möglich, dass es mit dem plüschigen Interieur zusammenhängt, aber Holger ertappt sich zum wiederholten Male dabei, wie er sich fragt, ob sein junger Kollege schwul ist – so wie er dasteht und sich die Haare befingert. Das mit dem Schwulsein wäre Holger egal. Was ihm nicht egal ist, ist, dass er «schwul» und «modebewusst» neuerdings nicht mehr auseinanderhalten kann. Vor ein paar Jahren war das noch einfacher.

Beamte des gehobenen Polizeivollzugsdienstes sind angehalten, im Einsatz «lageangepasste Zivilkleidung» zu tragen. Weshalb das für Jensen bedeutet, sich allmorgendlich so herauszuputzen, als würde er in der Mittagspause heiraten, ist Holger schleierhaft. Ein bisschen verunsichert es ihn auch. Spießig sei das neue Cool, hat er mal gelesen. Vermutlich hat Jensen es ebenfalls gelesen. Oder eben doch schwul.

«Herr Brinks!» Jensen streckt ihm freudig die Hand entgegen, die eben noch seinen Scheitel betastet hat. «Gut, dass Sie da sind. Einige der Gäste scharren schon mit den Hufen, weil wir sie so lange in ihren Zimmern festhalten. Die Spurensicherung ist auch gerade eingetroffen. Hier entlang, bitte. Wir müssen die Treppe nehmen.»

Es ist das erste Mal, dass Holger die «schwarze Etage» persönlich zu sehen bekommt. Allerdings präsentiert sich der Ort wenig magisch. Zunächst einmal muss er durchatmen, die Hände in die Hüften stemmen. In den Hüftring, besser gesagt. Fünf Stockwerke ohne Fahrstuhl, und ihm geht die Puste aus. Alle zwei Wochen den Rasen mähen und «regelmäßig Sport treiben» sind eben doch nicht ganz dasselbe. Dicker Teppich, sehr dick. Macht einen Schalldämpfer direkt überflüssig. Tulpenförmige Wandlampen verströmen spärliches Licht. Holger blickt den Flur hinunter, dessen Ende im Dämmerlicht verschwimmt. Zwei schwarze Silhouetten sind zu erkennen. Kollegen. Es riecht nach Raumspray und Schießstand. Von irgendwoher ist ein wiederkehrendes, metallisches Schlurfen zu hören.

«Was ist das hier?», fragt er. «Ein Darkroom mit zehn Zimmern?»

«Zwölf», berichtigt Jensen.

Jensen geht voraus. Der Fahrstuhl befindet sich um die Ecke. Nach nur wenigen Metern halten beide wie auf ein Zeichen hin inne und legen die Köpfe schief.

«Wie ich bereits am Telefon sagte ...» Jensen räuspert sich. «Da hat jemand eine ziemliche Sauerei veranstaltet.»

Das wiederkehrende metallische Schlurfen rührt von der Fahrstuhltür her, die sich alle zehn Sekunden zu schließen versucht und anschließend wieder zurückfährt, weil ein Fuß im Weg liegt. Holger lässt sich von den Kollegen der Spurensicherung Hand- und Überschuhe geben, außerdem ein Stück Tape, das er über die Lichtschranke klebt, damit die Tür aufbleibt. Dann tritt er einen Schritt zurück – dahin, wo in etwa der Mörder gestanden haben muss, als er sein Magazin geleert hat.

Der Mann, der vor ihm im Fahrstuhl liegt, wurde von mindestens drei Kugeln getroffen – bevor er zu Boden ging. Der Kopf klemmt im rechten Winkel zwischen Schultern und Rückwand des Lifts, die Augen starren ins Nichts. In der Stirn, leicht nach links versetzt, klafft ein drittes, schwarzes Auge, aus dem nur wenig Blut getreten ist – ein wie mit schmalem Pinsel aufgetragenes Rinnsal, das die Nase hinuntergelaufen und auf das Hemd getropft ist. Ein Arm liegt ausgestreckt und greift ins Leere. Offenbar hatte das Opfer noch Gelegenheit, den Knopf zum Untergeschoss zu drücken – das «U» leuchtet. Bevor der Fahrstuhl sich schließen konnte, lag allerdings schon sein Fuß in der Tür. Das ist der Nachteil bei Fahrstühlen aus den Siebzigern: Wenn es schnell gehen soll, nimmst du besser die Treppe. Holger greift abwesend in seine Jackentasche, findet eine der Schachteln, die in jeder seiner Jacken stecken, und drückt sich zwei extra starke Kaugummis heraus. Den Trick hat er noch von seinem Vater. Der Geschmack fährt ihm durch die Nase bis ins Gehirn. Es hilft, auch wenn nicht klar ist, warum oder wogegen.

Der Boden sowie die Leiche sind mit Scherben übersät. Überall klebt Blut – selbst an der Standvase, die neben dem Fahrstuhl im Flur steht. Unwahrscheinlich, dass der Mörder nicht auch etwas abbekommen hat. Sämtliche Spiegel im Aufzug sind zerschossen worden, der an der Decke eingeschlossen. Und da lag das Opfer bereits dort, wo es jetzt liegt. Holger stellt sich vor, wie der Mörder, nachdem das Opfer zusammengesackt war, sich selbst in der verspiegelten Rückwand gesehen hat, die Pistole in der Hand. Um dann auf sich selbst zu schießen, sein Spiegelbild auszulöschen? Der Fahrstuhl jedenfalls sieht aus, als hätte jemand eine Handgranate hineingeworfen. Das Interessanteste aber ist: Über allem liegt eine feine, weiße Schicht. Wie Puderzucker. Nur weniger süß. Weil es nämlich Kokain ist.

Der Tote hat einen Koffer bei sich. Schwarzes Kalbsleder, wie in den guten, alten Zeiten. Und diesen Koffer hat er hochgerissen, als auf ihn geschossen wurde. So muss es gelaufen sein. Sonst wären jetzt nicht ebenso viele Löcher im Koffer wie in der Leiche. Eine Kugel hat den Verschluss zerschmettert, der aufgeklappte Koffer liegt neben der Leiche. Von den vielen einzeln verschweißten Beutelchen, die sich darin befunden haben und die jetzt im Fahrstuhl liegen, sind sicher zwanzig zerfetzt worden. Der Inhalt hat sich in der Umgebung bis in die kleinste Ritze verteilt. Als Holger zurücktritt, sieht er seine Fußabdrücke in der Puderschicht. Viel Spaß bei der Spurensicherung.

«Wissen wir schon, wer das ist?», fragt er.

«Cedric van de Vedel», antwortet Jensen. «Scheint hier im

Hotel kein Unbekannter gewesen zu sein. Mehr habe ich in der Kürze der Zeit noch nicht rausfinden können, aber ...» Jensen verstummt, weil Holger den Kopf schief gelegt hat und die Leiche betrachtet, als wäre sie ein Kunstwerk.

«Das ist also der Mann mit dem Koffer», murmelt Holger.

«Wie bitte?», fragt Jensen.

«Der Mann mit dem Koffer», wiederholt Holger, «Sie liegen richtig. Der ist hier *kein* Unbekannter.»

Was Holger über Cedric van de Vedel weiß, beschränkt sich auf das, was mehr oder weniger alle wissen, die so lange dabei sind wie er. «Der Mann mit dem Koffer» galt als Jimmy Schütz' rechte Hand und gehörte bereits zu dessen Mannschaft, als Holger zur Mordkommission kam. Und das liegt vierundzwanzig Jahre zurück. Ein Vierteljahrhundert. Schon jetzt graust es Holger vor seinem Dienstjubiläum im nächsten Jahr.

Vorsichtig beugt er sich in den Fahrstuhl und zieht den Schlüsselbund ab, der im Schloss für die fünfte Etage steckt. An dem Ring hängen noch ein halbes Dutzend weiterer Schlüssel, einer davon gehört zu einem Audi. Er fasst den Autoschlüssel an der Spitze und reicht Jensen den Ring.

«Er hatte noch Zeit, den Knopf zur Tiefgarage zu drücken. Sollte mich wundern, wenn da nicht das Auto zu finden wäre, das zu diesem Schlüssel gehört. Wenn es da ist, wüsste ich gerne, was drin ist.»

«Was ist mit den Gästen?», fragt Jensen.

«Keiner verlässt sein Zimmer, bevor wir ihn nicht vernommen haben. Der Mörder muss über die Treppe geflüchtet sein.»

«Es sei denn, ...»

«... er befindet sich noch auf der Etage.»

Jensen nickt, nimmt den Schlüssel an sich und verschwindet im Treppenhaus.

Holger holt sein Smartphone aus der Jacke, streift seinen rechten Handschuh ab, weil man mit diesen Dingern das Touch-Display nicht bedienen kann, blättert im Namensverzeichnis und wählt die Nummer von «H. Wieczoreck Drogen priv.». Guter Mann.

«Holger», meldet sich sein Kollege aus dem Drogendezernat, «wie geht's?»

Fragt Holger sich auch manchmal. Wie geht es dir, wenn du gefragt wirst, wie es dir geht, und du keine Antwort darauf hast?

«Müsste ich erst mal drüber nachdenken», gibt er zu.

Hans Wieczoreck schickt ein Schnaufen durch die Leitung. «So schlimm?»

«Wie gesagt: Ich müsste drüber nachdenken.»

«Wir sollten mal wieder ein Bier trinken gehen.»

«Haben wir doch erst neulich gemacht.»

Einen Moment ist es still, dann antwortet Hans: «Das war 2011, glaub ich.»

Jetzt ist es Holger, der schnauft: «Na, dann drängt es ja nicht, oder?»

Es vergehen drei Sekunden, in denen jeder für sich die Jahre seit dem letzten gemeinsamen Bier Revue passieren lässt, dann sind sie in der Gegenwart angekommen.

«Was kann ich für dich tun?», fragt Hans.

Holger blickt in den Fahrstuhl. Und versteht es nicht. Weshalb richtet jemand ein solches Blutbad an – und lässt anschließend einen Koffer voll Kokain liegen? Sieht aus wie bei Tarantino. Holger spürt das Gewicht all der Fragen, die ab jetzt auf ihn warten, sieht sie auf sich zukommen wie einen Vogelschwarm, untrennbar, zahllos. Er kennt das nur zu gut. Was sie dir auf der Polizeischule verschweigen, ist, dass du nicht cool, mutig, agil, clever oder gerissen sein musst, um in diesem Job Erfolg zu haben. Du brauchst vor allem Geduld. Und Beharrlichkeit. Und noch mal Geduld.

«Cedric van de Vedel», sagt er.

Während Jensen in der Tiefgarage nach dem Audi sucht, erfährt Holger ein paar interessante Details über Cedric van de Vedel. Der Mann mit dem Koffer hat sich praktisch nie in der Öffentlichkeit gezeigt. Keine knallenden Sektkorken, keine Fotos mit Zigarre im Mund und Nutten in den Armen. Vierzig Jahre lang hat er für Jimmy Schütz gearbeitet und ist in der gesamten Zeit nicht ein einziges Mal verurteilt oder auch nur angeklagt worden. Ein kleines Wunder. Aus diesem Grund soll der alte Schütz ihn auch mit allem betraut haben, was Diskretion erforderte – ein Wort, das ja heute schwer aus der Mode ist. Mit dem Rückzug des Alten sind Cedric und Jimmys Sohn Bobby dann in die erste Reihe aufgerückt.

«Bobby, der Bruchpilot?», unterbricht Holger die Ausführungen seines Kollegen.

Genau der. So weit bekannt ist, hat Jimmy nur einen Sohn. Wer sonst sollte also sein Erbe antreten? Deshalb hat der Alte verfügt, dass sein Sohn und seine rechte Hand die Geschäfte gemeinsam weiterführen sollen. Es geht um Drogen, Kokain vor allem. Ungefähr ein Drittel der Stadt wird von Schütz versorgt, mehr oder weniger die gesamte City-West. In den Osten ist der Alte nur gefahren, wenn es nicht anders ging. Das Hotel macht seit Jahren Verlust und ist eigentlich nur noch zum Geldwaschen da. Dazu das «Western» – der Nachtclub in der Kantstraße, in dem Bobby schon seit Jahren Geschäftsführer ist und der allein aus diesem Grund niemals Gewinn abwerfen wird. Eigentlich eine ganz schlaue Überlegung des Alten – Cedric und Bobby als Doppelspitze. Wenn du einen Sohn hast, der die Kohle mit beiden Händen zum Fenster rausschaufelt, brauchst du einen, der die Geschäfte am Laufen hält.

So weit bekannt ist, wird das Kokain eingeschifft, über Hamburg vermutlich. Jede Woche, konstant wie ein Schweizer Uhrwerk. Mit ziemlicher Sicherheit ist Cedric derjenige, der die Lieferwege kontrolliert und dafür sorgt, dass der Stoff sicher nach Berlin gelangt. Hier kümmert sich dann in erster Linie Bobby darum, das Zeug an die richtigen Stellen zu verteilen, vermutlich über den Club.

Das System funktionierte jahrelang wie geölt, in letzter Zeit allerdings scheint Sand ins Getriebe geraten zu sein. Genaues ist nicht bekannt, aber zwischen Bobby und Cedric soll es knirschen, hörbar. Kann man sich ja denken – so wie der Filius drauf ist.

«Sand im Getriebe ...» Holger beugt sich in den Fahrstuhl und hebt mit der behandschuhten Hand eines der Kokainpäckchen auf, wiegt es in der Hand, schätzt es auf fünf Gramm. Der Typ von der Spurensicherung verdreht die Augen, sagt aber nichts. Holger überschlägt im Geiste, wie viele Päckchen da im Fahrstuhl liegen, und kommt auf zwei bis drei Kilo.

«Wenn du sagst, Schütz' Organisation deckt ungefähr ein Drittel des Berliner Bedarfs ab – von wie viel Kokain reden wir dann?»

«Wir gehen davon aus, dass Schütz etwa fünf Kilo die Woche umschlägt.»

Holger wirft das Päckchen zurück zu den anderen. «Könnte sein, dass es dieses Wochenende einen Engpass gibt.»

«Kein Auto.» Jensen hält Holger den Schlüsselbund hin. «Jedenfalls keins, das zu dem Schlüssel passt.»

Der Typ hat gerade sechs Stockwerke erklommen und ist kein bisschen außer Atem. Nicht einmal ein Haar ist verrutscht. Holger sollte öfter den Rasen mähen. Zweimal täglich wäre gut. Und nicht so oft in der Kantine essen.

«Gibt es da unten Überwachungskameras?», fragt er.

«Zwei. Hab mit der Rezeption gesprochen. Die Aufnahmen werden uns zur Verfügung gestellt.»

«Haben wir bereits eine Liste der Personen, die sich auf der Etage aufhalten?»

«Soweit wir sie ermitteln konnten ...»

«Darunter ist nicht zufällig ein Bobby Schütz?»

Jensen holt sein Smartphone hervor und beginnt, zu tippen und zu blättern. «Doch», sagt er, «Zimmer sieben.»

Für einen Moment keimt in Holger die Hoffnung auf, dass dieser Fall schnell zu einem Ende gebracht werden könnte – dass sich der Vogelschwarm am Horizont, aus der Nähe betrachtet, als eine Handvoll Krähen erweist.

«Ist das nicht Bobby, der Bruchpilot?», fragt Jensen.

«Genau der.»

In Zimmer Nummer sieben stehen vor allem ein Flatscreen von der Größe einer Tischtennisplatte sowie ein rundes Bett mit einem lederbespannten Kopfteil, in das Lautsprecher integriert sind. Der Deckenspiegel und das Bett haben denselben Durchmesser. Trägt man den Flatscreen raus, hat man die perfekte Kulisse für einen Achtziger-Jahre Porno.

Als Holger und Jensen das Zimmer betreten, sitzt Bruchpilot-Bobby auf der Bettkante, die Unterarme auf den Oberschenkeln, die Hände zu Fäusten geballt. Er boxt gerne, zum Spaß. Sein linkes Bein wippt. Neben ihm steht ein schlaksiger Beamter in Uniform und hellblauen Überschuhen.

«Danke», sagt Holger. «Sie können uns jetzt allein lassen.»

Er wartet, bis der Beamte das Zimmer verlassen hat, und schließt die Tür. Anschließend baut er sich vor Bobby auf. Der kaut auf seinem Unterkiefer, verstockt wie ein verwöhntes zweiunddreißigjähriges Kind. Das er am Ende des Tages ja auch ist.

Holger wartet ab, sagt nichts, Jensen neben ihm. Irgendwann wird es Bobby zu blöd.

«Ist das 'ne Performance, oder was?»

«Da draußen liegt eine Leiche im Aufzug», sagt Holger.

«Hab ich gehört.»

«Übel zugerichtet. Cedric van de Vedel.»

«Auch das hab ich gehört.»

«Irgendeine Idee, wer es gewesen sein könnte?»

«*Ich* war's nicht. Und ab hier nur noch mit Anwalt.»

«Sie waren hier verabredet.» Holger achtet darauf, es nicht als Frage zu formulieren. «Cedric sollte Ihnen die wöchentliche Kokainlieferung bringen.»

Bobby wendet den Kopf ab, blickt zum Fenster. «Anwalt.»

Holger sieht sich um. Wenn er eine Waffe zu verstecken hätte, wo würde er sie hintun? «Es gab Ärger in letzter Zeit», fährt er fort, «dicke Luft. Zwischen Cedric und Ihnen.»

«Gehen Sie mir nicht auf den Sack, Mann. Ich hab meinen Anwalt bereits verständigt, der ist in einer Viertelstunde hier. Reden Sie mit dem.»

Holger steht auf, vermeidet es, die Lehne zu berühren.

«Rufen Sie ihn an und sagen Sie ihm, dass er Ihnen etwas zum Anziehen mitbringen soll. Die Sachen, die Sie jetzt tragen, behält die Spurensicherung. Sie bekommen auch eine schicke Quittung dafür. Und morgen sehen wir uns um 14 Uhr in meinem Büro. Mit oder ohne Anwalt. Bei Nichterscheinen lasse ich Sie festnehmen.»

«Am Arsch.»

«Nein, im Präsidium.»

Zurück im Flur, sagt Holger zu Jensen: «Ich möchte, dass in diesem Zimmer jede Deckenplatte umgedreht wird. Ich glaube nicht, dass Bobby es war. Und wenn er es war, glaube ich nicht, dass er nicht vorher darüber nachgedacht hat, wo er hinterher die Waffe entsorgt. Aber ausgeschlossen ist es nicht.»

2

Als Charlie das Kommissariat betritt, weiß er einmal mehr, weshalb sein Bruder die Beamtenlaufbahn eingeschlagen hat und er nicht. Der Gang riecht so, wie der Kaffee schmeckt, außerdem haben beide die gleiche Farbe: Ocker. Mal ehrlich, wer kommt auf so etwas? Irgendjemand muss das schließlich mal entschieden haben: Für den Flur nehmen wir Ocker. Ein Alltagsmysterium.

Als Charlie noch in L. A. für Sandler & Sandler jobbte, fragte Eric Sandler ihn einmal, ob er wisse, wann man es geschafft habe. Charlie ersparte sich die Antwort. Woher sollte jemand wie er wissen, wann man es geschafft hatte? Eric deutete mit einem Daumen hinter sich und mit dem anderen zu seiner Rechten. «Wenn dein Büro an zwei Seiten Fenster hat.» Eric hatte es geschafft, alles klar. Charlies Kabine hatte kein Fenster, zu keiner Seite.

Nach Sandlers Definition müsste es Holger geschafft haben. Fenster zu zwei Seiten. Aber es fühlt sich nicht so an. Und er sieht auch nicht so aus. Im Gegenteil. Als Charlie das Büro seines Bruders betritt, meditiert Holger hinter seinem Schreibtisch, das Kinn in die Hände gestützt, und starrt in den durchlöcherten Koffer, der vor ihm liegt. Langsam gehen ihm die Haare aus. Die Kopfhaut schimmert durch.

Zögerlich tritt Charlie an den Tisch. Er hat schon eine Menge gesehen, aber so etwas noch nie. Er leckt seinen Zeigefinger an, stippt ihn in einen der zerrissenen Beutel, leckt ihn ab. Hoppla, denkt er. Und zwei Sekunden später: HOPPLA! Klar wie ein geschliffener Diamant.

«Wow!», sagt er. «Gefunden?»

Die meisten Menschen, mit denen Charlie so zu tun hat, würden beim Anblick von zweieinhalb Kilo lupenreinen Kokains ein freundlicheres Gesicht machen.

«Ja», erwidert Holger, «neben der Leiche.»

Charlie betrachtet den Inhalt des Koffers. «Du legst jemanden um und lässt anschließend *diesen* Koffer am Tatort liegen?»

«Eine der Fragen, auf die auch ich noch keine Antwort habe. Was machst du hier?»

«Wie viel ist das?»

«Genau wissen wir es noch nicht, aber der Koffer wird gleich von den Kollegen der Drogenfahndung abgeholt. Was – machst – du – in – meinem – Büro?»

Charlie reißt seinen Blick von dem Koffer los. Was nicht so einfach ist, denn da auf dem Tisch liegt wirklich VERDAMMT VIEL KOKAIN!

«Vorhin, da hast du auf mich einen ziemlich ... beschäftigten Eindruck gemacht», erklärt er. «Deshalb dachte ich, ich vers...»

«Ich bin immer noch beschäftigt, Charlie. Und das wird auch so bleiben. Ich würde so weit gehen zu sagen, dass ich für dich ab sofort rund um die Uhr beschäftigt bin.»

Charlie macht ein Gesicht, als sei Holger derjenige, dem

man alles zweimal erklären müsse. «Was ist denn los mit dir? Du wirkst irgendwie ... überspannt. Geht's dir nicht gut?»

«*Du* gehst mir nicht gut. Alles andere läuft wie am Schnürchen.»

«Du tust so, als wollte ich das Familiensilber verscherbeln, dabei ...»

«Zu spät. Das hast du bereits verscherbelt.»

«... dabei bitte ich dich lediglich darum, ein paar Tage bei euch schlafen zu dürfen.»

«Das hab ich vorhin schon verstanden, Charlie. Und schon da war meine Antwort: Nein.»

In diesem Moment ertönt das Nebelhorn eines herannahenden Containerschiffs – die Warnung vor der drohenden Kollision. Charlie sucht noch nach einer Erklärung, als Holger zu seinem Smartphone greift, geräuschvoll ein- und wieder ausatmet und den Anruf entgegennimmt.

«Sandra», sagt er.

Charlies Schwägerin. Holgers Frau.

Pikantes Detail: Charlie und Sandra hatten mal was miteinander – bevor Holger sie geheiratet hat. Und einmal noch danach, aber das ist alles ewig her, und sie war wirklich ziemlich verzweifelt. Aber so ist das zwischen Brüdern: Egal, wie lange etwas zurückliegt, verschwinden tut es nie. Heute also kündigt sich Sandra bei ihrem Mann mit einem Nebelhorn an. Muss man auch erst mal drauf kommen – der Nummer der eigenen Frau ein Nebelhorn zuzuweisen. Ist wie mit den ockerfarbenen Wänden im Flur: Zufällig passiert so etwas nicht.

«Tut mir leid», lässt Holger seine Frau wissen, «ich werd's nicht schaffen.» Mit dem Nagel seines linken Zeigefingers bewegt er den Koffer zwei Zentimeter nach rechts. «Ich weiß, dass heute mein freier Tag ist, aber ich hab da was auf den Tisch bekommen ... Ja, dann geh eben zum Yoga. Lucas ist fünfzehn, der wird sich doch wohl alleine ein Brot schmieren können ... Nein, von mir aus musst du nicht auf dein geliebtes Yoga verzichten ... Dann hör halt auf, ihn zu beglucken. Sieh es als Chance!»

Holger nimmt das Smartphone vom Ohr und starrt das Display an.

Sandra hat aufgelegt.

«Läuft ja wirklich alles wie am Schnürchen bei dir», bemerkt Charlie.

Holger steht auf und stützt sich auf die Tischplatte. Am liebsten würde er es machen wie früher, als sie noch Kinder waren: Charlie den Arm auf den Rücken drehen.

Die Tür wird geöffnet, Jensens Kopf erscheint. Sein makellos blaues Hemd hat nicht eine Falte. «Die Studentin ist da.»

«Welche Studentin?», fragt Holger.

«Die den Mord gemeldet hat.»

«Ich dachte, die sei eine Prostituierte.»

«*Sie* beharrt darauf, Studentin zu sein.»

«Haben Sie sich ihren Studentenausweis zeigen lassen?»

Jensens Antwort kommt wie aus der Pistole geschossen. «Bildende Kunst, Universität der Künste, fünftes Semester.»

Erst Charlie, dann das Telefonat mit Sandra, jetzt eine Prostituierte mit Studentenausweis. Holger hat das Gefühl, müde zu werden, ohne richtig wach gewesen zu sein.

«Vorher brauch ich einen Kaffee.» Er wirft seinem Bruder einen Blick zu. «Möchtest du auch einen, bevor du gehst?»

Charlie denkt an den ockerfarbenen Flur, die aufgestapelten Kondensmilchdosen. «Danke, nein.»

«Dann mach's gut, Charlie. Halt die Ohren steif.»

Holger geht zu seinem Kollegen auf den Flur, lässt die Tür offen stehen. Charlie hört sie reden, die Kaffeemaschine gurgelt. Als Holger zurückkommt – einen Pappbecher in der einen, Kondensmilch in der anderen Hand –, ist Charlie aufgestanden, den Tisch im Rücken.

«Es bleibt also dabei?», fragt er mit Hundeblick.

Holger ist kurz davor einzuknicken. Aber nur für einen Sekundenbruchteil. «Ja, Charlie, es bleibt dabei. Wie du schon richtig bemerkt hast, habe auch ich ein paar kleinere Probleme. Und da kann ich dummerweise nicht auch noch deine großen Probleme gebrauchen. Diesmal musst du dich zur Abwechslung alleine aus der Scheiße ziehen.»

Nikita, die mit bürgerlichem Namen Nicoletta Szabatzki heißt, wird von vier Polizisten in Uniform hereingeführt. Plötzlich kommt Holger sein Büro sehr klein vor. Als hätten seine Kollegen Al Capone zu bewachen. Dabei handelt es sich lediglich um eine Kunststudentin im fünften Semester, die einen Mord gemeldet hat. Andererseits sah Al Capone nicht so gut aus wie diese Kunststudentin, nicht halb so gut. Um ehrlich zu sein: Gegen Nicoletta Szabatzki hätte Al Capone selbst in seinen besten Zeiten wie die Versteinerung einer Unke ausgesehen.

Sie ist eine dieser Frauen, die einen Mann nur anzusehen brauchen, um ihn dazu zu bringen, sein bisheriges Leben auf der Stelle in die Tonne zu treten. Solche Frauen sind rar, dennoch hat Holger schon einige dieser speziellen Exemplare kennengelernt. Sie könnten jeden haben, verschenken aber seltsamerweise ihre Herzen mit einer schon fast tragischen Zielsicherheit an die Falschen.

Jemand räuspert sich. Holger wird von vier uniformierten Salzsäulen angestarrt, die auf Anweisungen warten. Das fünfte Augenpaar ist ebenfalls auf ihn gerichtet, erwartet allerdings keine Anweisungen. Bestenfalls kann Holger Belustigung erkennen, wahrscheinlicher ist Langeweile. So wie von den Uniformierten gerade wird Nicoletta Szabatzki vermutlich ständig angestarrt.

«Meine Herren», sagt Holger, «ich glaube, Sie können uns jetzt allein lassen.»

Die vier Uniformierten bewegen sich keinen Millimeter. Schließlich bringt einer hervor: «Was ist mit Fluchtgefahr?»

«Da Frau Szabatzki keines Vergehens beschuldigt wird, kann sie fliehen, wohin sie will.»

Widerstrebend verlassen die Polzisten einer nach dem anderen den Raum. Bevor der letzte die Tür schließt, streckt er schnell noch einmal den Kopf herein. «Ich heiße Martin!», ruft er wie ein Ertrinkender. «Martin Obermann. Ich bin auf Facebook!»

Nicoletta Szabatzki wendet dem Ertrinkenden kurz den Kopf zu und salbt ihn mit drei Tropfen göttlichen Mitgefühls. Die Tür schließt sich.

«Bitte – nehmen Sie Platz.» Holger weist auf den Stuhl. An einer Stelle ist der Sitzbezug aufgeplatzt, und der Schaumstoff schimmert durch. «Möchten Sie einen Kaffee?»

Ihr Blick streift den halb aufgeweichten Pappbecher, in dem Holgers lauwarmer Kaffee vor sich hin dümpelt. Sein ganzes Büro muss nach dem Zeug riechen.

«Nein danke.»

Holger konzentriert sich auf die Ausdrucke, die vor ihm liegen. «Sie haben also die Leiche gefunden.» Er erwartet eine Antwort, muss aber einsehen, dass er die Frau nichts gefragt hat. «Wie kommt es, dass Sie sich zur Tatzeit im fünften

Stock des Kosmos aufgehalten haben? Die schwarze Etage ist nicht gerade ein öffentlicher Ort.»

«Deshalb habe ich mich dort aufgehalten – aus *privaten* Gründen.»

Sie spricht mit Akzent, osteuropäisch, sexy, verboten.

«Und welche Gründe waren das?»

Sie sieht ihn von unten herauf an. Ein Augenaufschlag wie eine Baseballkeule. Ist Antwort genug.

«Schön», sagt Holger, «wir wissen beide, was Sie dort zur Tatzeit gemacht haben. Was ich gerne wissen würde, ist, mit wem Sie es gemacht haben.»

«Das verstehe ich», erwidert Nicoletta Szabatzki und klingt nun weniger unnahbar als erwartet. «Trotzdem würde ich es lieber nicht sagen.»

«Das verstehe *ich* wiederum. Aber sehen Sie: Ich habe hier einen Mord aufzuklären. Wenn Sie mir *nicht* sagen, mit wem Sie zur Tatzeit zusammen waren, legt das den Verdacht nahe, dass Sie möglicherweise mit niemandem zusammen waren – womit sich wiederum die Frage aufdrängen würde, weshalb Sie dort waren.»

«Ich würde Ihnen wirklich gerne helfen, aber mit wem ich wo verkehre, ist ... vertraulich.»

«So würde ich die Information auch behandeln: vertraulich.»

Nicoletta Szabatzki sieht Holger lange an. Schließlich kommt sie zu dem Schluss, dass sie ihm vertrauen kann. Er ist einer, dem man vertraut. Holger weiß das. Diese Eigenschaft hat ihn schon Fälle lösen lassen, an denen sich Kollegen zuvor die Zähne ausgebissen haben. Weil Menschen sich ihm anvertrauen. Er ist nicht stolz darauf; um ehrlich zu sein, wünscht er sich manchmal, er wäre weniger vertrauenswürdig und verantwortungsbewusst, aber sein Wesen kann man sich nicht aussuchen.

«Es würde auch Ihren Kunden entlasten», ergänzt Holger.

«Also schön. So viel kann ich Ihnen verraten: Mein Kunde war es nicht. Einmal, weil er zur Tatzeit geschlafen hat wie ein Murmeltier, und zweimal, weil alles, womit er jemals schießen würde, sein Taktstock ist.»

Holger geht die Namensliste durch, die Jensen ihm ausgedruckt hat. Kershaw, Matthew. Stardirigent aus Boston. Ist für drei Tage in der Stadt und dirigiert am Abend die Berliner Philharmoniker. Wohnt in Suite Nummer vier – mit Frau und Kindern.

«Vor großen Auftritten braucht er etwas zur Entspannung», erklärt Nicoletta Szabatzki. «Fördert die Kommunikation mit dem Orchester.»

Holger fragt das Erste, das ihm in den Sinn kommt: «Und was ist mit seiner Frau und den Kindern?»

«Die waren im Zoo. Die Frau weiß übrigens Bescheid, die Kinder nicht.»

Holger nickt. «Gut. Das war fürs Erste alles, was ich von Ihnen wissen wollte. Wir werden Ihre Angaben überprüfen. Halten Sie sich bitte zur Verfügung, falls noch Fragen auftauchen.»

«Kein Problem», sagt sie und bleibt sitzen.

Holger deutet zur Tür. «Sie können jetzt gehen.»

Sie lächelt lasziv. «Sind Sie eigentlich auch auf Facebook, Herr Kommissar?»

Er sieht direkt in ihre Rehaugen. «Sehe ich wie jemand aus, der Freunde sucht?»

Sie denkt kurz nach. Dann nickt sie, als würde ihr diese Antwort einleuchten.

Als sie gegangen ist, nippt Holger an seinem Kaffee und stellt fest, dass sein Vogelschwarm an ungeklärten Fragen gerade noch etwas größer geworden ist.

3

Als Holger am Abend sein Büro verlässt, ist er der Letzte aus seinem Team. Er könnte sich fragen, ob er es absichtlich so spät hat werden lassen, um die Begegnung mit Sandra hinauszuzögern. Doch er zieht es vor, die Frage zu verdrängen.

Die gesamte Fahrt über hadert er. Mit dem Fall. Mit seinem Bruder. Mit sich selbst. Als er an der U-Bahn-Station Paradestraße aus der Erde kommt, umfängt ihn eine Luft, die wie geschaffen ist, um sich darin zu bewegen, sie zu atmen, sie auf der Haut zu spüren. Wonnemonat Mai. Eine verführerische Ahnung des kommenden Sommers umschwirrt ihn. Er könnte nach links gehen, hinüber auf das Tempelhofer Feld. Auf dem Rücken im Gras liegen, den Himmel beobachten, unbeschwert sein.

Dann geht er nach rechts.

Als Holger in den Leonhardyweg einbiegt, sieht er Charlies Gran Torino vor seinem Haus stehen. Die Pest. Sein Bruder ist die Pest. Holger beschleunigt seinen Schritt, wartet dann aber, bis er die Haustür aufschließt, weil seine Halsschlagader spontan auf die doppelte Größe angeschwollen ist. Es dauert einige tiefe Atemzüge, bis er sich wieder beruhigt hat.

Noch bevor er ins Wohnzimmer kommt, hört er Sandra bereits lachen. Ein helles, befreites Lachen, das unter der Tür hindurch in den Flur perlt. Im Riffelglas-Einsatz bricht sich Kerzenlicht. Vor der Garderobe steht Charlies Tasche, neben der ein schmales, langes Paket liegt.

Holger reißt die Tür so schwungvoll auf, dass die Lichter der Kerzen zu tanzen beginnen. Sandra wendet ihrem Mann den Kopf zu, im selben Moment versickert ihr Lachen. Sie sitzt mit angezogenen Beinen auf dem Rolf-Benz-Sofa, das sie über vierundzwanzig Monate abbezahlt haben. Ihr gegenüber, im Sessel, Charlie, der ebenfalls den Kopf wendet. Einen Augenblick kommt es Holger so vor, als sei dies sein Lebensmotto: abbezahlen. Er sieht den Spruch auf seinem Grabstein, in Fraktur: Holger Brinks, Ratenzahler.

Sandra sieht toll aus in Yogadress und Kerzenlicht. Ihr Haar schimmert. Ihre Wangen glühen. Zweiundvierzig ist sie jetzt, und schöner denn je. Verdammt.

«Schau mal, wer da ist», sagt sie.

Charlie winkt Holger, als müsse er auf sich aufmerksam machen.

Sandra fragt: «Warum nimmst du dir nicht ein Glas und setzt dich zu uns?»

Holger sieht die Weingläser auf dem Couchtisch, den Kühler mit der Flasche. Chablis, der gute. Für besondere Gelegenheiten.

Er blickt seinen Bruder an: «Ist das dein Ernst? Ich sage dir unmissverständlich, dass ich dich hier nicht haben will, und kaum bekommst du mit, dass ich lange arbeiten muss, schleichst du dich her und versuchst dein Glück bei Sandra?»

«Auch Sandra und ich haben uns lange nicht gesehen», erklärt Charlie.

«Und was macht dann deine Tasche im Flur?»

«Die steht da, weil ich sie nicht im Auto lassen wollte. Komm runter, Holger.»

Das fehlt Holger gerade noch: dass Charlie ihm sagt, was er zu tun hat, in *seinem* Haus.

Plötzlich ist da ein ungläubiger Zug um Sandras Augen: «Du hast Charlie gesagt, dass du ihn hier nicht haben willst?»

«Mein lieber Bruder», beginnt er seiner Frau zu erklären, «war heute schon einmal hier. Weil er's nämlich mal wieder verbockt hat. Ist bei irgendeiner seiner Andreas oder Uschis rausgeflogen und will sich jetzt bei uns einquartieren.»

«Hayat», wirft Charlie ein.

Holger starrt ihn an.

«Ihr Name», erklärt Charlie. «Hayat. Übersetzt bedeutet er Herzblut. Schön, oder?»

Sandras Blick wandert von Charlie zu ihrem Mann. Sie dreht ihm den Körper zu, stellt die nackten Füße auf den Boden. Sie hat sich die Fußnägel lackiert, dunkelrot. Ihr Yogadress sitzt so, dass der Hersteller sofort mit ihr werben würde.

«Wo ist das Problem?», fragt sie Holger.

«Er ist das Problem. Mein werter Bruder hat noch nie etwas anderes gemacht, als sich bei anderen durchzuschnorren. Noch nie. Seit einem halben Jahr ist er in der Stadt, und jetzt, wo er bei dieser Hyatt rausgeflogen ist ...»

«Hayat», korrigiert Charlie. «Sie ist kein Hotel.»

«Bis gestern offenbar schon, zumindest für dich. Jedenfalls fällt ihm ausgerechnet jetzt, wo ihn seine aktuelle Ex-Bettgenossin vor die Tür gesetzt hat, urplötzlich ein, dass er ja noch einen Bruder hat.»

Sandra dreht ihr Weinglas in der Hand. Wenn sie eins nicht leiden kann, dann Kleingeistigkeit. «Wovor hast du solche Angst, Holger? Dass Charlie dir den Weinschrank leer trinken könnte?»

«Davor muss ich keine Angst haben, denn das macht er sowieso.»

In diesem Moment wird die Tür geöffnet, und Lucas streckt seinen Kopf herein. Groß ist er geworden, seit Charlie ihn das letzte Mal gesehen hat. Bestimmt eins neunzig. Du bist aber groß geworden! Sätze, die einem bei den eigenen Onkeln früher total auf den Zünder gegangen sind. Und jetzt denkt man sie selbst.

«Hi.» Lucas hebt betont lässig eine Hand und wirft sich die Tolle aus der Stirn. Dann sieht er seinen Onkel: «Hey, Charlie!»

Er kommt ins Wohnzimmer geschlakst, sein Onkel steht auf, und als hätten sie es einstudiert, ziehen sie so eine Art Ghetto-Bruder-im-Geiste-Begrüßung durch, schlagen ein, die Daumen umschlungen, rempeln sich mit den Schultern an.

«Krass, Alter», sagt Lucas, dann fällt auch die letzte Barriere, und er umarmt Charlie, drückt ihn an sich.

Irgendwann sagt Sandra mit einem Lächeln im Gesicht: «Hey Großer, deine Eltern sind auch noch da!»

Augenblicklich sinken Lucas' Schultern wieder herab. «Hi, Mama.» Er nickt Holger zu: «Herr Kommissar ...»

Holger wirft einen Blick auf seine Uhr: «Der Herr Kommissar wüsste gerne, wo sich sein 15-jähriger Sohn bis um elf Uhr abends so herumtreibt. Abgemacht war zehn, spätestens.»

Lucas stülpt sich die Kapuze seines Sweatshirts über und nimmt eine alberne Gangsterpose ein: «War nur das Übliche, Herr Kommissar: Erst hab ich ein bisschen Heroin gesnifft, anschließend eine Bank überfallen, aber nur eine kleine, schwöre. Auf dem Heimweg hab ich dann zwei Frauen vergewaltigt, aber die wollten es auch nicht anders. Und jetzt geh ich brav nach oben und daddel noch ein bisschen auf meiner Playstation, um mich locker zu machen.»

«Wir hatten zehn Uhr abgemacht», beharrt der Herr Kommissar.

«Du hast gesagt, um zehn Uhr zu Hause», wehrt sich Lucas. «Eine Abmachung ist was anderes, Papa.» Er streift die Kapuze wieder zurück und wendet sich Charlie zu: «Ist das deine Tasche – da im Flur? Heißt das, du schläfst heute Nacht hier?»

Anstelle seines Onkels antwortet sein Vater: «Nein. Charlie schläft nicht hier.»

«Natürlich schläft er hier», kommt es von der Couch.

Charlie zwinkert seinem Neffen zu. Der blickt zwischen Vater und Mutter hin und her. «Verstehe.»

«Hast du eigentlich das Päckchen gesehen, das neben meiner Tasche liegt?», fragt Charlie.

Lucas zieht die Tür auf und wirft einen Blick in den Flur: «Für mich?»

«Hatte hier sonst noch jemand letzte Woche Geburtstag?»

Lucas verschwindet im Flur. Man hört, wie erst Papier ab- und dann ein Karton aufgerissen wird.

«Ultimativ!», ruft Lucas.

Als er zurückkommt, muss er den Kopf einziehen, denn er steht auf einem Ahorn-Longboard, das seinem Namen alle Ehre macht. Es sieht aus, als surfe Lucas auf einem Delfin. Er visiert seinen Onkel an, rollt ihm praktisch geräuschlos vor die Füße und lässt sich in dessen Arme fallen.

«Ein Quicksilver!», ruft er, als wüsste Charlie nicht, wofür er sein letztes Geld ausgegeben hat. «Ist das ein achtunddreißig-Inch?»

«Zweiundvierzig», erwidert Charlie.

«Das ist ja so endkrass, Alter!»

Es dauert eine Weile, bis sich Lucas' Begeisterungssturm gelegt und er das Longboard aus dem Wohnzimmer rangiert hat. Halb die Treppe oben, ruft er: «Danke, Charlie!»

Holger schließt die Wohnzimmertür, bevor er sich an seinen Bruder wendet: «*Dafür* hast du Geld, ja?»

«Ich bitte dich», erwidert Charlie, «immerhin ist Lucas mein Patensohn.»

«Danke, Charlie», sagt Sandra. «Das war lieb von dir. Er hat dich wirklich sehr vermisst, letzte Woche.»

«Ich weiß. Tut mir leid.» Und das ist nicht gelogen. Weshalb es Charlie gleich noch einmal sagt: «Tut mir wirklich leid.»

Das anschließende Schweigen wird von Holger gebrochen – der merkt, dass seine Position nicht zu halten ist.

«Gartenhaus», sagt er.

Offenbar wissen weder Charlie noch Sandra mit dieser Aussage etwas anzufangen, weshalb er erklärt: «Du übernachtest im Gartenhaus.»

Sandra lehnt sich vor, ihr Oberkörper spannt sich an: «Du willst deinen eigenen Bruder im Gartenhaus einquartieren?»

«Von einquartieren kann keine Rede sein», erwidert Holger. «Ich sagte übernachten.»

Die Stille, bevor die Bombe explodiert. Charlie wäre lieber nicht dabei, wenn sie hochgeht. Beschwichtigend hält er die Hände auf Brusthöhe und steht auf.

«Ich mach euch einen Vorschlag», sagt er. «Ich nehme meine Tasche, fahre zurück in die Stadt und gehe ein Bier trinken. Muss sowieso noch was erledigen. In einer Stunde bin ich wieder da. Bis dahin könnt ihr ja auswürfeln, wo ich schlafen darf.»

Die Haustür ist kaum ins Schloss gefallen, da wirft Sandra ihrem Mann einen Blick zu, mit dem man tollwütige Tiere in die Flucht schlagen könnte. Es ist ein Blick, der sehr weit oben auf der Skala von Sandras bösen Blicken rangiert. Einer aus der Kategorie: Vorsicht, sonst schläfst *du* am Ende im Gartenhaus.

Holger weiß, dass er und seine Frau sehr verschiedene Auffassungen von Gastfreundschaft haben. Während er selbst seine eigene Mutter nur höchst ungern beherbergt, hat Sandra das gemeinsame Haus schon wochenweise für Freundinnen geöffnet, weil die in Ehe- oder sonstigen Lebenskrisen steckten. Holger ist empfindlich, wenn es um seine Privatsphäre geht. Wer beruflich tagtäglich intime Geheimnisse auslotet und sich dabei mit der dunklen Seite der menschlichen Seele herumschlagen muss, der will in seiner ohnehin spärlichen Freizeit keine Dramen erleben, sondern seine Ruhe haben.

Aber im speziellen Fall von Charlie geht es bei Sandra und Holger noch um etwas anderes: Es geht ums Prinzip.

«Er ist dein Bruder», sagt sie, «dein einziger.»

«Ein Glück. Zwei von der Sorte hält kein Mensch aus. Und genau deshalb muss er lernen, dass ich nicht seine Vollkaskoversicherung bin. Ist dir schon mal aufgefallen, dass er hier nur auftaucht, wenn er in Schwierigkeiten steckt? Ich hab dieses Haus nicht abbezahlt ...»

«Du hast das Haus nicht abbezahlt», unterbricht Sandra nachdrücklich. «Zumindest nicht allein. Die Hälfte hast du geerbt, und ich war es, die dir geholfen hat, Charlie die andere Hälfte abzukaufen.»

«Eben!», ruft Holger. «Wir haben ihm das Haus nicht abgekauft, um ihn jetzt wieder hier wohnen zu lassen, oder?»

«Sei nicht so kleinkariert. Er will hier ein paar Tage überbrücken. Mehr nicht.»

«Kann er. Im Gartenhaus.»

Sandra nippt an ihrem Wein. Es ist keine Verlegenheitsgeste, tatsächlich sammelt sie sich, um Holger einen empfindlichen Stich zu versetzen: «Warum musst du eigentlich ständig den Polizisten raushängen lassen? Kannst du nicht wenigstens nach Feierabend aufhören, dein gesamtes Umfeld zu maßregeln?»

Holger lässt sich in einen der Sessel sinken, greift nach Charlies leerem Weinglas, gießt sich Chablis ein und nimmt einen großen Schluck.

«Was ich sagen will, ist, dass du es manchmal nicht nur dir, sondern auch allen anderen unnötig schwer machst», fügt Sandra in versöhnlichem Tonfall hinzu.

«Ich hab schon verstanden.» Holger spürt seine Halsschlagader anschwellen. «Vielleicht sollte lieber *ich* ins Gartenhaus ziehen. Charlie könnte dann hier wohnen und sich nebenbei noch um Lucas kümmern. Die beiden verstehen sich ja sowieso blendend.»

Sandras Stirn kräuselt sich bedrohlich. «Ist es das? Du bist eifersüchtig?»

Holger sieht Sandra unbewegt an. Das war unnötig, und das weiß sie auch. «Er schläft heute im Gartenhaus. Morgen sehen wir weiter», verkündet er.

Sandra seufzt verächtlich. Dann steht sie auf und umrundet Holger in dem größtmöglichen Bogen, den das Zimmer zulässt. «Ich geh duschen. Ich vermute, da du deine Entscheidungen allein triffst, hast du auch nichts dagegen, allein zu essen.»

4

Dass Charlie in der Stadt noch etwas zu erledigen hat, ist nicht gelogen. Er steckt nämlich in der Klemme, ein bisschen zumindest. Nicht mehr als die meiste Zeit seines Lebens, aber doch so, dass es ihn im Nacken kitzelt. Schulden. Ist ein großes Wort – da denkt man gleich an Häuser, Autos, abgetrennte Finger und Ähnliches. Aber so wild ist es nicht. Dreitausend. Nicht der Rede wert. Es sei denn, du kannst sie nicht zurückzahlen.

Das Haus, in dem das «Western» residiert, gehört fraglos zu den größten Bausünden Berlins. Selbst in der Kantstraße fällt es unangenehm auf, und in der Kantstraße unangenehm aufzufallen musst du erst einmal hinbekommen. Im Inneren der sechs Stockwerke geballter Beton-Tristesse herrscht eine strenge Hierarchie. Diskothek und Lounge im Erdgeschoss sind für jedermann zugänglich, der nicht aussieht wie ein Parkscheinautomat und kein Problem damit hat, zwanzig Euro Eintritt zu zahlen, um vollgedröhnten Halbstarken dabei zuzusehen, wie sie das Geld ihrer Eltern verballern. Im ersten Stock, etwas gediegener, Billardsalon und Bar. Es folgen zwei Etagen mit Zimmern, die selten länger als für eine

Stunde gemietet werden. Im fünften Stock, nach hinten versetzt und mit umlaufender Terrasse, befindet sich eine Spielbank, die sich «Privatclub» nennt und für die man eine Mitgliedsmarke benötigt. Ganz oben, noch weiter zurückgesetzt, eine Etage, von der niemand so genau weiß, wie sie von innen aussieht und wer dort welche Geschäfte betreibt.

Der Mann, der dafür sorgt, dass der Betrieb reibungsfrei läuft, heißt Ole. Er ist Däne, Anfang fünfzig, mittelgroß und hat die Statur eines ebenfalls mittelgroßen Banktresors. Eine weitere Gemeinsamkeit mit einem mittelgroßen Banktresor besteht darin, dass er nicht viel quatscht. Dabei könnte Ole eine Menge unschöner Geschichten erzählen. Geschichten von herausgerissenen Zehennägeln, abgebrochenen Zähnen und so Sachen. Dinge eben, die Leute tun, die schmutziges Geld eintreiben. Einige sagen, der Job hat Ole schwermütig gemacht. Andere behaupten, er sei bereits mit herabgezogenen Mundwinkeln auf die Welt gekommen. Wer weiß. Er trägt immer steif gebügelte Hemden mit verdeckter Knopfleiste, Anzug und Fliege. Wenn er jemanden an versäumte Termine erinnern muss, legt er Sakko, Hemd und Fliege ab, damit keine Blutspritzer draufkommen. Man sagt, sein Oberkörper sei mit Tattoos übersät, ausschließlich Folterszenen aus Bildern von Hieronymus Bosch.

Als Charlie den Fahrstuhl auf der fünften Etage verlässt, läuft er praktisch in Oles gestärktes Hemd hinein. Der sieht ihn an wie eine Mücke, die sich auf sein Revers gesetzt hat.

«Gut, dass ich dich treffe.» Charlie klingt, als müsse der Däne froh sein, ihn zu sehen.

Ole dagegen sieht so gelangweilt aus, das gibt's gar nicht. «Gut für wen?»

Charlie grinst. «Ich hab was für dich.»

Ole hält die Hand auf. Charlie reckt den Hals und blickt an einer von Oles Schultern vorbei. Es murmelt und rauscht, Kugeln klacken gegeneinander, Karten werden gemischt. Was für andere der Geschmack eines Château Pétrus, ist für Charlie der Anblick von grünem Filz und das Rascheln von Chips.

«Nicht hier», sagt er.

Ohne ein Wort weist Ole einen seiner Jungs an, seinen Platz einzunehmen. Anschließend geht er an der Bar, den Toiletten und einem weiteren Mitarbeiter vorbei, öffnet eine Tür, dann noch eine, und dann steht er in einem Hinterzimmer, das in etwa so gemütlich ist wie eine Bahnhofstoilette. Immerhin gibt es einen Tisch.

Da ist ein Moment, ein warnendes Flackern. Möglicherweise ist es nicht die schlaueste Idee, seine Spielschulden mit Kokain zu begleichen, das man vorher aus einem Koffer geklaut hat, der neben einer Leiche gefunden wurde. Doch das Flackern vergeht ebenso schnell, wie es gekommen ist. Charlie greift in seine Innentasche, zieht einen gefalteten DIN-A5-Umschlag heraus und legt ihn auf den Tisch.

Ole nimmt und entfaltet ihn und blickt zwischen dem Inhalt und Charlie hin und her. Schließlich schüttelt er die zwölf kleinen Päckchen auf den Tisch.

«Meine Schulden», erklärt Charlie, «mit Zinsen. Das Zeug ist rein wie Quellwasser» – er blickt zu einem imaginären Gipfel empor – «ganz oben, in den Bergen.»

Ole macht es noch einmal: blickt zwischen den Beutelchen und Charlie hin und her. Schließlich sagt er: «Unter Vorbehalt.»

«Klar», sagt Charlie. Und dann: «Wie sieht's mit zweihundert Kredit aus?»

Als er um kurz nach eins seinen Gran Torino vor dem Haus seines Bruders abstellt – das zugleich sein Elternhaus ist und das er bereits kleinbürgerlich fand, als er noch gar nicht wusste, dass dieses Wort überhaupt existiert –, hat Charlie die zweihundert Euro erfolgreich verspielt, die Ole ihm von seiner Geldrolle abgezupft hat, und fühlt sich erfrischt. Er freut sich auf Ellens Bett. Lucas' große Schwester ist für ein Jahr zu einem Schüleraustausch in Kanada, und Sandra, das weiß er, würde niemals zulassen, dass Holger ihn im Gartenhaus schlafen lässt.

Zur Straße hin sind sämtliche Fenster dunkel, also geht Charlie ums Haus herum zur Rückseite. Durch die Schiebetür fällt ein matter Schimmer auf die Terrasse. Holger sitzt mit dem Rücken zu ihm. Unerwartet spürt Charlie Mitgefühl in sich aufsteigen. Holger nimmt das Leben einfach zu schwer, zu persönlich. Schon als Kind. Wochenlang konnte der kein Wort mit dir reden, nur weil du ihm die Luft aus dem Reifen gelassen oder ihm seinen scheiß Lieblingsradiergummi stibitzt hattest.

Charlie wartet, bis sich sein Bruder den letzten Schluck Chablis eingeschenkt hat, dann klopft er gegen die Scheibe. Holger erhebt sich schwerfällig, zieht die Schiebetür auf und macht es wie vorhin bei Lucas: schaut auf seine Uhr.

«Ich weiß nicht, wie es bei dir ist, aber bei mir hat eine Stunde sechzig Minuten, nicht hundertachtzig.»

«Hatte 'ne Glückssträhne.» Charlie strahlt ihn an. Er hat zwei Gin Tonic intus und zweihundert Euro verspielt. Da verdirbt ihm so schnell nichts die Laune. «Mit deiner Uhr hast du ja echt ein Ding am Laufen», entgegnet er. «Ist die neu, oder warum guckst du da ständig drauf?»

Holger will zu einer Erwiderung ansetzen, ist aber zu

müde. In Gedanken hat er versucht, irgendwo einen Haken in seinen neuen Fall zu schlagen, aber ständig kamen ihm sein kleiner Bruder und der Streit mit Sandra in die Quere. Darüber hat er den Chablis ausgetrunken. Jetzt hat er einen schweren Kopf und ist rechtschaffen genervt – eine Auseinandersetzung mit seinem Bruder erscheint ihm in etwa so verlockend wie eine Darmspiegelung.

«Gute Neuigkeiten.» Er zieht einen Schlüssel mit einem roten Plastikschildchen aus der Hosentasche und reicht ihn Charlie.

«Oh, ich bekomme einen eigenen Schlüssel», stellt Charlie fest.

«Ja», sagt Holger, «fürs Gartenhaus.»

Zwei Minuten später stapft Charlie ungläubig hinter seinem Bruder her über den Rasen und in die Dunkelheit. Unter seinem Arm klemmen ein Schlafsack sowie eine Luftmatratze, die Holger aus dem Keller geholt hat. Zwei Stufen, dann stehen sie vor einer niedrigen Tür aus grobem Kiefernholz. Es gibt sogar ein Fenster – von der Größe eines Flaschenbodens.

Holger dreht den Schlüssel und zieht die Tür auf. «Zwei fünfzig auf drei Meter. Und alles ganz neu.»

Charlie blickt sich um – so gut es geht. Es gibt ein zweites Fenster in einer der Seitenwände. Das ist immerhin groß genug, um einen Bierkasten durchzureichen, und lässt etwas Licht herein. An der Wand sind alle möglichen Gerätschaften aufgereiht, vor ihm steht ein Rasenmäher, es riecht nach einer Mischung aus frischem Harz und Holzschutzmittel.

«Fast so groß wie eine Knastzelle», stellt Charlie fest. «Danke, Bruder.»

«Gerne. Und im Unterschied zu einer Arrestzelle kannst du jederzeit gehen.»

«Und wo soll ich mich waschen?»

«Links an der Außenwand ist ein Wasserhahn. Musst allerdings mit den Brombeeren aufpassen, an denen reißt man sich schnell mal was auf. Es gibt sogar ...» Holger durchstöbert ein Wandregal und fördert eine Alustange mit gebogenem Kopf und einem Dreifuß zutage, an der ein Gartenschlauch hängt. Als er sie auf den Boden zu stellen versucht, fällt sie um, weil das Alu verbogen und der Schwerpunkt nicht da ist, wo er hingehört. «... eine Gartendusche», sagt Holger.

«Wie sieht's mit warmem Wasser aus?»

«Wäre mir neu.»

«Elektrizität?»

«Hätte ich fast vergessen.» Holger nimmt ein ergonomisch geformtes Stück Plastik von einem Haken hinter der Tür und beginnt, daran herumzudrücken. Ein sirrendes Geräusch ertönt. Nach fünfzehn Sekunden hört er damit auf, betätigt einen Schalter und siehe da: Zwei LED-Lämpchen leuchten auf. Eine Taschenlampe, bei der man den nötigen Strom selbst erzeugt. Die Leuchtkraft lässt schnell nach.

«Je länger du vorher drückst», sagt Holger, «umso länger hält das Licht. Toll, oder?»

«Und wo soll ich die Matratze hinlegen?»

Holger ist bereits aus der Tür, als er antwortet: «Von mir aus kannst du den Rasenmäher unter das Vordach stellen. Ist ja nur, bis du was Neues gefunden hast.»

Als Holger am nächsten Morgen in sein Büro kommt, gibt es wenig Neues. Jensen hat gestern noch die Wohnung von Cedric van de Vedel durchsucht und nichts Verwertbares gefunden. Gibt es eigentlich nicht – dass eine Wohnung gar nichts Brauchbares hergibt. Im Falle von Cedric van de Vedel aber scheint es so zu sein. Hat vor achtzehn Jahren einen Mietvertrag für eine Zweizimmerwohnung in einem der Hochhäuser im Tiergarten unterschrieben, ohne jemals wirklich eingezogen zu sein. Keine persönlichen Gegenstände, keine Fotos, keine Aufzeichnungen. Und auch kein Geld und keine Drogen. Anonym wie ein Motelzimmer. Nach Aussage der Nachbarin waren niemals Musik oder Stimmen zu hören, auch Besuch scheint van de Vedel nicht gehabt zu haben.

«Hier.» Jensen reicht Holger ein Buch. «Lag neben seinem Bett.»

«Konfuzius, Gespräche», liest Holger.

«War das Persönlichste, das mir in der Wohnung untergekommen ist. Mir ist da richtig kalt geworden.»

Holger denkt an die vergangene Nacht, an Sandra und die Kälte zwischen ihnen.

«Wenn Sie sich diese Wohnung vor Augen führen – was, würden Sie sagen, hat da für ein Mensch gewohnt?»

Jensen wendet den Blick nach innen, überlegt. «Einer, der keine Spuren hinterlassen wollte – der jederzeit die Tür hinter sich zuziehen können wollte, ohne zurückkommen zu müssen. Einsam. Ein Außenseiter.»

Holger überlegt. Vierzig Jahre lang stand Cedric in den Diensten von Jimmy Schütz, achtzehn Jahre lang hat er zurückgezogen in einer Hochhauswohnung gelebt, seit Jahren funktionierte das Kokaingeschäft reibungslos. Und kaum zieht sich Schütz senior aus dem Geschäft zurück, liegt van de Vedel erschossen im Fahrstuhl.

«Herr Brinks?»

Holger hält noch immer Konfuzius' Gespräche in der

Hand. Er legt sie auf den Schreibtisch. «Ich bin gespannt, was uns Bobby Schütz nachher zu erzählen hat.»

Jensen nickt. Seine Gedanken gehen in dieselbe Richtung. Es klopft, dann öffnet sich die Tür. Die frischgebackene Kriminalkommissarin Melanie Bökh streckt den Kopf herein. Heute sehen ihre Haare verdächtig nach Windstärke acht und nur einer Tube Styling-Gel aus. Es gibt auch Tage mit Windstärke zwölf und zwei Tuben. Ihre Augen sind wie üblich dick mit Kajal umrandet. Die kreuzförmigen Goldohrringe würden sich gut über dem Altar des Kölner Doms machen, und sie hat Tattoos, die im Nacken aus ihrer Bluse herauswachsen und sich den Hals hinaufwinden.

«Besprechungsraum», sagt sie. Die Goldkreuze schwingen vor und zurück. «Die Videoaufnahmen aus der Tiefgarage sind da. Wird Sie interessieren.»

Etwas in ihrer Stimme bewirkt, dass Holger und Jensen ihr auf der Stelle folgen.

Melanie hat bereits alles vorbereitet: Die Vorhänge sind zu-, die Leinwand ist heruntergezogen. Der Beamer zeigt ein Standbild aus der Tiefgarage mit eingeblendeter Zeitleiste. Holger und Jensen nehmen sich zwei Stühle und setzen sich in die Mitte des Raums, Bökh nimmt hinter einem Tisch mit Laptop Platz.

«Was Sie jetzt sehen», beginnt Bökh, «passiert ziemlich genau eine Viertelstunde, bevor der Fund der Leiche gemeldet wird. Achtung, es geht los!»

Die Zeit am unteren Bildrand beginnt zu laufen. So, wie Bökh es angekündigt hat, erwartet Holger, dass sich gleich ein Alien vor seinen Augen materialisiert. Tatsächlich geschieht eine gute Minute lang gar nichts. Dann fährt ein Dreier-BMW durchs Bild.

Bökh hält die Zeit an: «Haben Sie gesehen?»

«Wenn Sie den BMW meinen», erwidert Holger, «dann haben wir ihn gesehen, ja.»

«Gut», sagt Bökh. «Dann passen Sie jetzt mal schön auf.»

Wieder beginnt die Zeit zu laufen, wieder passiert nichts. Nach zwei Minuten hält Bökh die Zeit erneut an. Holger und Jensen werfen sich einen Blick zu.

«Aha», sagt Holger.

«Krass, oder?», fragt Bökh.

«Was genau jetzt?», fragt Jensen.

Bökhs Ohrgehänge fangen bedrohlich an zu schaukeln. «Also: Da kommt ein BMW in die Tiefgarage gefahren und parkt an so ziemlich der einzigen Stelle, die von keiner Kamera eingefangen wird. Ein BMW mit drei Personen. Und der parkt da, einfach so.»

«Ich glaube, das haben wir verstanden», sagt Holger.

«Und dann ...»

«... und dann?», fragt Holger.

«Dann steigt niemand aus.» Sie gibt der unfassbaren Entdeckung einige Sekunden Zeit, ihre ganze apokalyptische Wirkung zu entfalten. «Denn wenn die das Parkhaus verlassen hätten, müssten sie entweder von dieser Kamera gefilmt worden sein, wie sie zum Fahrstuhl oder zum Treppenhaus gehen, oder aber von der anderen, wie sie das Parkhaus durch die Einfahrt verlassen. Passiert aber nicht. Ich kann Ihnen die Aufnahmen der anderen Kamera gerne zeigen ...»

«Nicht nötig», sagt Holger, «ich bin sicher, wenn es da etwas zu sehen gäbe, wäre es Ihnen nicht entgangen.»

«Na schön: Die kommen also ins Parkhaus gefahren, und dann bleiben die schön brav in ihrem Auto sitzen. Und daaaaaann» – Bökh zieht auf der Zeitleiste den Cursor nach rechts, bis eine bestimmte Zeit erreicht ist – «passiert das hier!»

Wieder nichts. Sechsundfünfzig zähe Sekunden lang. Schließlich kommt ein schwarzer Audi A5 in die Garage und parkt neben dem Fahrstuhl. Als ein Mann aus dem Wagen steigt, hält Bökh den Film schon wieder an: «Erkennen Sie ihn?»

Die Bökh, denkt Holger. Ist als Kind zu wenig beachtet worden. Und Jensen ist schwul. Vielleicht.

«Cedric van de Vedel», sagt Jensen.

Holger wendet sich seiner Kollegin zu: «Ich glaube, wir haben es begriffen.»

«Gut», sagt die Kriminalkommissarin, «denn jetzt wird's spannend.»

Noch spannender, denkt Holger.

Sie verfolgen, wie Cedric van de Vedel sich umsieht, den Kofferraum öffnet und einen Koffer herausholt, in dem sich, wie man inzwischen weiß, knapp zweieinhalb Kilogramm Kokain befinden.

«Bitte mal anhalten», sagt Holger.

Frau Bökh tut wie ihr geheißen.

Holger kneift die Augen zusammen, steht auf und tritt an die Leinwand. «Das da», er tippt mit dem Finger auf den geöffneten Kofferraum. «Können Sie das vergrößern?»

Sie versucht es, doch dann verpixelt das Bild.

«Ein zweiter Koffer?», überlegt Jensen.

«Die Drogenfahndung geht davon aus, dass über Schütz jede Woche etwa fünf Kilo Kokain in die Stadt gekommen sind. Wenn wir, wie ich vermute, gerade Zeugen des Eintreffens der wöchentlichen Lieferung werden und sich in dem Koffer, den van de Vedel in der Hand hält, zweieinhalb Kilo befinden, dann befinden sich die anderen zweieinhalb vermutlich ...»

«... im Kofferraum», beendet Melanie die Überlegung ihres Chefs.

Holger kehrt zu seinem Platz zurück, setzt sich. «Okay, weiter.»

Den Koffer in der Hand, ruft van de Vedel den Aufzug, sucht derweil nach dem Schlüssel, der ihn in die schwarze Etage bringen wird. Die Türen öffnen sich, van de Vedel betritt den Fahrstuhl, steckt den Schlüssel ins Schloss und dreht ihn. Die Tür schließt sich. Keine halbe Minute später lag er tot im Fahrstuhl, denkt Holger. Was für ein sonderbares Leben.

«Aaaaachtung – jetzt!», ruft Bökh.

Diesmal kommt tatsächlich Spannung auf. Kaum hat sich der Fahrstuhl geschlossen, treten von unten zwei Männer ins Bild und gehen zu van de Vedels Audi. Beide tragen Sonnenbrillen und Basecaps.

«Die wussten genau, dass sie gefilmt werden!» Bökh. Und immer ein paar Dezibel lauter als notwendig. «Selbst wenn einer von denen aus Versehen in die Kamera geguckt hätte, hätten wir den schwerlich identifizieren können. Hat aber keiner.»

Einer der Männer bleibt hinter dem Wagen stehen, der andere tritt an die Fahrertür. Holger zählt die Sekunden am Bildrand mit. Acht Sekunden, dann geht die Tür auf. Holger kennt den aktuellen Highscore nicht, aber wenn man bedenkt, dass es um einen A5 neuester Bauart geht, sind acht Sekunden auf jeden Fall rekordverdächtig. Die Männer steigen ein, etwa zwanzig Sekunden später setzt der Wagen zurück und entschwindet.

«Moment noch!», ruft Bökh.

Sie ändert die Darstellung, sodass die Bilder beider Überwachungskameras zu sehen sind. Sobald der A5 das Blickfeld der einen Kamera verlässt, fährt er in das der anderen hinein. Als er an der Schranke hält, steigt ein weiterer Mann hinzu.

«Das ist der dritte», erklärt Bökh. «Hat vermutlich an der Einfahrt Schmiere gestanden.»

Eine Hand erscheint und schiebt einen Parkschein in den Automaten. Die Schranke öffnet sich, das war's.

«Was ist mit dem BMW?», fragt Jensen.

«Ist eine Stunde später als gestohlen gemeldet worden und steht noch in der Tiefgarage. Es ist bereits jemand vor Ort.»

«Die klauen ein Auto, um anschließend ein Auto zu klauen?», überlegt Jensen.

Holger ist in Gedanken bereits einen Schritt weiter, nämlich beim vierten Mann – dem auf der schwarzen Etage. «Da warten drei Männer in der Tiefgarage auf ein Auto mit fünf Kilo Kokain. Und dann stehlen sie es, während ein vierter oben auf den Fahrer wartet, ihn erschießt, die Hälfte des Kokains liegen lässt und zu Fuß aus dem Hotel flüchtet. Warum haben die nicht einfach alle vier in der Tiefgarage gewartet, ihn umgelegt, sich die Schlüssel und den Wagen geschnappt und sind mit den fünf Kilo abgehauen?»

Darauf hat auch Manuela Bökh keine Antwort.

Holger ruft sich das Bild des erschossenen van de Vedel ins Gedächtnis, die zerborstenen Spiegel, das Loch in der Stirn, die Inszenierung. Und dafür auch noch ein extra Risiko eingehen?

Wer sind die? Eine konkurrierende Organisation, die ein größeres Stück vom Kuchen will, nachdem Jimmy Schütz aus dem Spiel ist? Und lassen zweieinhalb Kilo Kokain als Warnung liegen? Wie er es dreht und wendet, Holger bekommt keinen Knoten dran. Der Autodiebstahl in der Tiefgarage und der gleichzeitige Mord auf der schwarzen Etage – das ist, als würde man zwei Magneten mit den gleichen Polen aneinanderhalten.

5

Die Sonne wandert bereits seit anderthalb Stunden als leuchtendes Quadrat über die Regalbretter, als Charlie zum ersten Mal die Augen aufschlägt. Er hat geschlafen wie ein Stein – traumlos und tief. Und das, obwohl seine Luftmatratze ein Loch zu haben scheint und er praktisch auf den Bohlen liegt.

Er hat das unbestimmte Gefühl, von etwas geweckt worden zu sein. Bevor er darauf kommt, klopft es an der Tür. «Charlie?»

Sandra.

Er schält seinen Oberkörper aus dem Schlafsack und stützt sich auf einen Ellenbogen. «Komm ruhig rein», ruft er, «ich bin nur nackt und mach gerade Handstand!»

Sandra zieht die Tür auf. Sie hat ihre blonden Haare im Nacken zu einem Knoten verzwirbelt und auf einen Holzstab gespießt, der zu beiden Seiten aus ihren Ohren herauswächst. Etwas abgekämpft sieht sie aus – was ihrer Schönheit keinen Abbruch tut und ihr Lächeln umso heller strahlen lässt. Eine Frau, wie man sie sich nur wünschen kann. In Momenten wie diesen denkt Charlie, dass sein Bruder alles richtig gemacht hat. Und wie immer, wenn er diesen Gedanken hat, denkt er als Nächstes: nichts für mich. Momentan ist er für solche Gedanken wieder besonders empfänglich. Immer wenn er es mal wieder verbockt hat, wie Holger das nennt, wird er eine Zeitlang durchlässiger.

«Kaffee gibt's in der Küche», sagt Sandra. «Ich muss los in die Redaktion.»

Es klingt, als könne sie nicht länger auf ihn warten, und so kommt es, dass Charlie sich genau diese Frage stellt: Hat Sandra im Haus auf ihn gewartet?

«Danke», sagt er.

«Keine Ursache. Hier ...» Sie wirft ihm einen Ring mit zwei Schlüsseln zu, der auf dem Schlafsack landet. «Nicht vergessen, die Haustür abzuschließen. Holger ist sehr ...»

«... sicherheitsbewusst, ich weiß.»

Entschuldigend zieht sie die Schultern hoch. «Berufskrankheit.» Einen Moment steht sie noch auf der Mini-Veranda, schiebt sich eine Strähne hinters Ohr. «Also dann: mach's gut.»

Charlie hört ihre Absätze auf den Stufen, ihre Schritte im Gras, und dann ist da nur noch Vogelgezwitscher.

«Morgen, Onkel Charlie.»

Charlie steht neben der Spüle und schmiert Marmelade auf zwei Toastscheiben, als Lucas in der Küche erscheint. Es ist nicht klar, ob er wirklich «Morgen, Onkel Charlie» gesagt hat. Vielleicht war es auch «Schönes Wetter heute» oder «Wann kommt die Müllabfuhr?» – solange er die Kiefer beim Sprechen nicht bewegt, läuft es auf ein Ratespiel hinaus.

«Morgen, Lucas.»

Sein Neffe öffnet einen Ausziehschrank, greift sich eine

Packung, die so aussieht, als könne man mit ihr einen Alienangriff abwehren, schüttet den Inhalt in eine Schale und ertränkt ihn in Milch, bevor Charlie einen Blick darauf werfen kann.

«Wie geht's?», fragt Charlie.

«Mmm.»

Charlie nimmt seinen Teller und den Kaffeebecher. «Ich wollte auf der Terrasse frühstücken. Willst du dich dazusetzen?»

«Mmm», wiederholt Lucas, was in diesem Fall offenbar «ja, gerne» bedeutet, denn er folgt seinem Onkel nach draußen.

Bei der Konfrontation mit echten Sonnenstrahlen stülpt sich Lucas reflexartig die Kapuze seines Sweatshirts über. Dabei verdeckt seine Tolle ohnehin die Hälfte seines Gesichts. Vielleicht, denkt Charlie, ist er gar kein richtiger Mensch. Dann sieht er, wie es Lucas beim Essen gelingt, sich so tief über die Schale zu beugen, dass seine Haare tatsächlich in die Milch eintauchen.

Als Lucas den Löffel zum Mund führt und sich für einen Moment seine Zahnreihen voneinander lösen, nutzt Charlie die Gelegenheit, um zu fragen: «Keine Schule heute?»

«Doch.»

Die nächste Frage spart sich Charlie. Mal sehen, ob Lucas von selbst draufkommt.

Der schluckt, stopft nach, schluckt. Was immer es ist, das er in der Milch ertränkt hat: Kauen muss man es anscheinend nicht. «Hab zur dritten.»

Charlie blickt auf seine Uhr: «Und wann fängt die an?»

«Nach der großen Pause.» Lucas hebt seinen Kopf und grinst. Von seiner Tolle tropft Milch. Also doch ein menschliches Wesen, denkt Charlie. Mit Ironie haben es Zombies nicht so.

«Und die endet wann?»

«Wie spät issn?»

«Kurz nach zehn.»

Lucas rechnet. «Vor ’ner Viertelstunde.» Wieder grinst er. «Aber heute bin ich schneller als sonst. Hab nämlich jetzt ’n Longboard – zweiundvierziger von Quicksilver. Geht ab wie nix.» Er wirft sich die Tolle aus der Stirn, damit Charlie sieht, wie er ihm zuzwinkert. «Hat mir mein Onkel geschenkt.»

Mit der flachen Hand wischt er die verkleckerte Milch vom Tisch – oder verschmiert sie. Ist eine Frage der Interpretation. Anschließend trägt er die Schale hinein. Kurz darauf geht erst die Haus-, dann die Gartentür, und dann hört Charlie das Longboard die Straße hinuntersurren und sieht Lucas’ Hand über der Hecke, wie sie ein Victory-Zeichen macht. Guter Typ, denkt Charlie. Weiß, wie Humor funktioniert, und trägt unaufgefordert seine Schale in die Küche. Mehr darf man von einem Fünfzehnjährigen nicht erwarten.

Die kommenden Stunden verbringt Charlie damit, sich im Gartenhaus einzurichten. Er fegt, wischt, räumt. Elf Spinnen zählt er – und er zählt nur die wirklich großen. Anschließend richtet er die Gartendusche, pumpt die Luftmatratze neu auf und hält sie so lange unter fließendes Wasser, bis er entdeckt, an welcher Stelle die Luft austritt. In einem Hängeregister findet er ein Fahrrad-Flick-Set. Der Preis ist noch in D-Mark angegeben. Bei Holger kommt nichts weg. Der Kleber ist alt und vertrocknet, aber nachdem Charlie ihn eine Weile auf der Teerpappe erwärmt hat, mit der das Dach gedeckt ist, lässt er sich wieder aus der Tube drücken. Charlie sortiert Gartengeräte, deren Bezeichnung – und manchmal auch deren Funktion – er nicht kennt. Als er damit fertig ist, hat er sich ein halbes Regal und zwei Plastikwannen für seine Klamotten freigeschaufelt.

Argwöhnisch von den Nachbarn beäugt, stellt er sich einen Liegestuhl auf das Rasenstück zwischen dem Gartenhaus und den angrenzenden Grundstücken, lässt sich breitbeinig hineinfallen, schließt die Augen, spürt die Wärme auf der Haut. High Noon. Eine Dusche wäre nicht schlecht, überlegt er, und dann kommt ihm die beste Idee, die er seit dem Aufwachen hatte. Er holt die Leiter aus dem Gartenhaus, lehnt sie an die Außenwand, steigt hinauf und befühlt die Teerpappe. Warm, sehr warm. Er führt den Gartenschlauch, der sicher zwanzig Meter lang ist, auf die Sonnenseite herüber, rollt ihn zu einer Schnecke von anderthalb Metern Durchmesser zusammen und legt ihn auf das Dach, sodass gerade noch genug Schlauch übrig bleibt, um die Dusche daran anzuschließen. Zehn Minuten später ist der Schlauch so warm wie die Teerpappe. Fließend warmes Wasser. Magic.

Charlie steht auf dem Rasen und shamponiert sich den Schritt, als er auf dem Plattenweg des Nachbargrundstücks eine Frau in den Sechzigern bemerkt, die einen dieser ausfaltbaren Alu-Einkaufskörbe mit Obstaufdruck in der einen und einen Einkaufszettel in der anderen Hand hält. Und ihn anstarrt.

«Morgen!», ruft Charlie und winkt ihr zu.

Mit einem Kopfschütteln eilt sie von dannen. Wenn er noch zwei Tage so weitermacht, überlegt er, wird seinem Bruder gar nichts anderes übrig bleiben, als ihn ins Haus zu holen.

Bobbys Anwalt ist von der Sorte, die, ohne mit der Wimper zu zucken, die Unschuld ihres Mandanten behauptet, selbst wenn der gestellt wurde, als er gerade das Mordmesser an der Leiche abwischte. Doktor Otter. Hat mehr Gel in den Haaren als die gesamte argentinische Nationalmannschaft, hochgezogene Augenbrauen und eine senfgelbe Glitzerkrawatte. Das Erste, was Holger denkt, als er das Büro im Kommissariat betritt, ist: Blender. Das Zweite: Da, wo der seinen Doktortitel herhat, gibt es unter Garantie auch Kalaschnikows zu kaufen.

Bobby, der seinem Anwalt in den Raum folgt, wirkt weniger selbstsicher als am Vortag. Zwar trägt er seine übliche Boxerhaltung zur Schau – eingedrehte Schultern und zu Fäusten geballte Hände –, den Kopf jedoch hält er gesenkt. Möglich, dass der Mord an Cedric ihn stärker erwischt hat als erwartet. Ein Tiefschlag. Was Bobby nicht weniger verdächtig macht.

Holger weist auf die Stühle vor seinem Tisch. «Bitte.»

Bobby will sich setzen, doch sein Anwalt hält ihn mit einer Geste zurück. Er wendet sich an Holger: «Ich muss Ihnen nicht erklären», Doktor Otter hat einen leichten Überbiss, weshalb sein S ein wenig zischelt, «dass Sie unser Erscheinen einzig dem Wohlwollen meines Mandanten zu verdanken haben. Ohne Zeugenvorladung wird das in dieser Form nicht noch einmal stattfinden.»

Ein Blender *und* ein Wichtigtuer, denkt Holger. Seine Lieblingskombination. Dabei kann er froh sein, dass sein Mandant nicht in U-Haft sitzt. Holger wägt einen Moment ab, welches die erfolgversprechendere Taktik ist. Schließlich sagt er mit dem servilsten Lächeln, das ihm in dieser Situation zur Verfügung steht: «Natürlich. Und danke, dass Sie gekommen sind. Bitte – setzen Sie sich doch. Kann ich Ihnen etwas zu trinken anbieten? Einen Kaffee vielleicht?»

Drei Minuten später haben sich alle gesetzt, und Bobby dreht einen Pappbecher in seinen knotigen Fingern, während gleichzeitig sein Bein wippt.

«Man erzählt sich, das Verhältnis zwischen Ihnen und Ihrem Geschäftspartner sei seit einiger Zeit angespannt gewesen.»

Bevor Doktor Otter etwas erwidern kann, sagt Bobby Schütz: «So, erzählt man sich das?»

«Sie müssen darauf nicht antworten», erklärt der Anwalt seinem Klienten.

«Weiß ich», knurrt Bobby.

«Ja», fährt Holger fort. «Seit Ihr Vater sich aus dem operativen Geschäft zurückgezogen hat, gibt's Gerangel zwischen Ihnen, heißt es.»

«Sie müssen darauf n...»

«Weiß ich!» Bobby trinkt einen Schluck, verzieht das Gesicht. Der Becher wechselt die Hand. «Hören Sie», sagt er zu Holger, «ist das alles, was Sie haben? Sie verdächtigen mich, weil irgendwer Ihnen irgendwas erzählt hat? Dafür bezahl ich Sie nicht, Mann. Suchen Sie lieber den Mörder – bevor der diese Scheiße noch mal abzieht.»

«Sie bezahlen mich nicht», stellt Holger klar.

«Klar bezahl ich Sie. Oder schnorren Sie sich Ihr Gehalt mit Crowdfunding zusammen? Ist doch alles Steuergeld.» Sein Blick wandert durch den Raum und bleibt schließlich am Kaffeebecher hängen. «Und gespart wird immer an den falschen Stellen.»

«Sie zahlen Steuern?»

«Klar, Mann.» Bobby setzt zu etwas an, das, wenn es mal

ausgewachsen ist, ein Lächeln werden könnte. «Von Zeit zu Zeit», erwidert er.

Holger überfliegt noch einmal die Papiere, die vor ihm liegen. Keine Schmauchspuren an den Händen, kein Blut an den Textilien, keine Waffe. Bobby und sein Hotelzimmer waren sauber wie ein Neugeborenes. Gut – es gab Spuren von Kokain, doch das ist wenig verwunderlich. Auf der gesamten Etage fanden sich nur wenige Stellen ohne Kokainspuren.

«Sie waren mit Cedric van de Vedel verabredet, um die wöchentliche Kokainlieferung aufzuteilen», beginnt Holger.

«Weiß nicht, wovon S…»

«Sie müssen darauf nichts antworten», fällt ihm Doktor Otter ins Wort.

Bobby dreht seinem Anwalt den Oberkörper zu und bewegt den Kopf, wie um sich locker zu machen. Holger hört Wirbel knacken. «Alter.» Gemeint ist der Anwalt. «Bist du mein Kindermädchen? Ich zahl dir – *was?* – zweihundertfünfzig die Stunde? Einem Kindermädchen zahl ich so einen Stundensatz höchstens, wenn es mir außerdem noch einen bläst. Willst du mir einen blasen?»

Doktor Otter streicht sich über die gegelten Haare. Ist nicht das erste Mal, dass er seinen Stundensatz kassiert, um sich von seinem Mandanten beleidigen zu lassen. Bobby ist da nicht der Einzige. Und gerade jetzt fühlt er sich absolut nicht überbezahlt.

Nach dem Nacken lässt Bobby seine Fingerknöchel knacken. «Ich muss hier auf gar nichts antworten – hab ich mitgeschnitten, okay? Und jetzt quatsch mir nicht dauernd rein.» Er wendet sich Holger zu: «Was war die Frage?»

«Sie waren mit Cedric verabredet, um die wöchentliche Kokainlieferung aufzuteilen …»

Holger wartet auf eine Reaktion, die aber ausbleibt.

Schließlich sagt Bobby: «Hab ich die Frage überhört, oder haben Sie noch keine gestellt?»

«Mindestens vier Leute müssen davon gewusst haben ...»

«Hab immer noch keine Frage gehört.»

«Keine Sorge, geht gleich los. Wir haben die Aufzeichnungen der Überwachungskameras aus der Tiefgarage ausgewertet. Eine Viertelstunde bevor Ihr Kompagnon eintraf, fuhr ein kurz zuvor gestohlener BMW in die Tiefgarage. Drei Personen. Die haben sich nicht vom Fleck gerührt – bis Ihr Partner kam. Kaum war der im Fahrstuhl verschwunden, haben sie sein Auto geklaut, inklusive des zweiten Koffers. Zur selben Zeit hat eine vierte Person in der schwarzen Etage auf den Aufzug gewartet und das Feuer eröffnet, sobald sich die Tür öffnete. Jetzt die Frage ...»

«Besser isses.»

«Sie haben nicht zufällig eine Vermutung, um wen es sich bei diesen Personen gehandelt haben könnte?»

Bobby versucht, die Informationen mit etwas zu verknüpfen, das in seinem Kopf bereits vorhanden ist. Ohne Erfolg. «Nur um das gleich klarzustellen: Von Kokain weiß ich nichts. Mit Drogen hab ich nichts zu tun. Und *ich* war's nicht.»

«Wenn Sie mit Drogen nichts zu tun haben – weshalb waren Sie dann mit Cedric verabredet?»

«Zum Schachspielen. Wir haben uns öfter zum Schach getroffen.» Bobby stellt den Becher auf Holgers Tisch ab. «Schmeckt wie aufgewärmte Hühnerkacke.»

Doktor Otter verdreht die Augen, verkneift sich aber einen weiteren Kommentar. Holger dagegen kann ein Schmunzeln nicht unterdrücken. Bobby und Schach ... Das ist, als wolle man mit Boxhandschuhen Mikado spielen.

«Schön», sagt Holger, «tun wir so, als seien Sie zum Schachspielen verabredet gewesen und Ihr Partner hatte nur zufällig einen Koffer voller Kokain dabei ...»

«Genau so war's, Mann.»

«Irgendeine Idee, wer davon gewusst und außerdem ein Interesse daran gehabt haben könnte, Cedric zu ermorden?»

Bobby macht eine Bewegung. Wieder knackt es irgendwo in seinem Körper. «Kann ich mir die Aufnahmen aus der Tiefgarage mal ansehen?»

Kann er natürlich nicht. Einerseits. Andererseits stammen die Aufnahmen aus dem Hotel von Bobbys Vater. Holger kann also schwerlich verhindern, dass Bobby sie zu sehen bekommt. Und da er sie so oder so zu sehen bekommt, ist Holger lieber dabei, wenn es passiert.

Der Besprechungsraum ist unverändert. Holger bittet Frau Bökh hinzu, die sich mit dem technischen Kram deutlich besser auskennt als er. Als sie mit tanzenden Ohrringen und wogenden Brüsten den Raum betritt, ist Bobbys Blick wie festgenagelt – an Bökhs Dekolleté.

«Hab ich da irgendwo einen Marmeladenfleck oder so?», fragt Bökh.

Ohne Holger dabei anzusehen, fragt Bobby ihn: «Wer ist *die* denn?»

«Bökh», antwortet Frau Bökh, «Kriminalkommissarin Bökh. Wenn Sie mich etwas fragen wollen, können Sie das übrigens ruhig auf dem direkten Dienstweg erledigen.»

«Kriminalkommissarin.» Bobby lässt sich das Wort auf der Zunge zergehen, schmeckt ihm nach. «Ich weiß ja nicht, was Sie in diesem Laden hier verdienen, aber falls Sie sich mal beruflich verändern wollen ...»

Doktor Otter führt seine Hand an die Stirn, Daumen auf die rechte Schläfe, Mittelfinger auf die linke. Sieht aus, als suche er einen Akupressur-Punkt.

Frau Bökh ist selten um eine Antwort verlegen: «Könnte ich mir das bei Ihnen auf meine Beamtenpension anrechnen lassen?»

Bobby grinst. Frauen, die ihn herausfordern, haben ihn schon immer gereizt. So ist er auch zu Nadine gekommen. Oder sie zu ihm. Seine Frau. Die Mutter seiner Tochter. Die kann einen reizen, das gibt es gar nicht. «Nein», sagt er, «aber eine Beamtenpension bräuchten Sie dann auch nicht mehr.»

Doktor Otter räuspert sich deutlich vernehmbar. Inzwischen leuchtet das blaue Rechteck des Beamers auf der Leinwand. Frau Bökh hat gefunden, wonach sie sucht.

«Ich überleg's mir», sagt sie. Das Standbild aus der Tiefgarage erscheint auf der Leinwand. «Wollen wir dann mal?»

«Jederzeit», nuschelt Bobby.

Die Stühle, auf denen Jensen und Holger vorhin gesessen haben, stehen unverändert in der Mitte des Raumes. Holger bittet Bobby und Doktor Otter, darauf Platz zu nehmen. Er selbst steht lieber.

Dreimal lässt sich Bobby die Stellen zeigen, auf denen die Autodiebe zu sehen sind, lehnt sich vor, sucht. Jedes Mal sinkt die Raumtemperatur.

«Das ist nicht gut», sagt er schließlich.

«Was ist nicht gut?»

«Die Brüder kenn ich nicht. Das ist nicht gut.» Wieder knackt er mit den Fingern. «Ich weiß nicht, wer die sind, Mann. Aber die sind nicht in der Stadt, um hier Urlaub zu machen.»

«Sie glauben, die sind neu in der Stadt?»

«Weiß ich nicht!» Sich gesichtslosen Gangstern gegenüberzusehen, die seinen Partner aus dem Weg geräumt und zweieinhalb Kilo Koks liegen gelassen haben, macht Bobby offenkundig nervös. «Gut ist das nicht.»

«Manchmal», sagt Holger, «kann man sich nicht aussuchen, mit wem man Schach spielt.»

Bobby dreht sich zu ihm um. Seine Fassade bröckelt. Sein Blick sagt: Ich steck in der Scheiße. Er sagt: «Sie sollten sich ranhalten, Mann.»

6

Holger geht mit Jensen die Liste der Personen durch, die sich zum Tatzeitpunkt auf der schwarzen Etage aufgehalten haben. Abgesehen von der Kunstgeschichts-Prostituierten, die einem Schauer über den Rücken jagt, sobald sie einen ansieht, sind das:

N'ogo Mugwebe, Mitglied der Fifa-Ethikkommission
Norbert Köhlmeyer, Staatssekretär im Wirtschaftsministerium
Matthew Kershaw, Dirigent
Harold Jamison, Musikproduzent
Carsten Kranz, VW-Aufsichtsratsmitglied

Holger hält Jensen den Ausdruck unter die Nase: «Riechen Sie das?»

Jensen beschnuppert das Blatt und weiß nicht, was er antworten soll.

«Ärger», sagt Holger. «Riecht nach Ärger.»

Jensen sagt: «Leider habe ich keine Anhaltspunkte dafür finden können, dass eine dieser Personen ein Interesse daran gehabt haben sollte, einen Drogendealer zu erschießen, um ihn anschließend in seinem Kokain liegen zu lassen. Mugwebe ist zu seinem persönlichen Vergnügen in der Stadt. Sein Rückflug geht morgen. Der Dirigent hat im Wesentlichen die Aussage von Nicoletta Szabatzki bestätigt und schien angesichts des Mordes völlig von der Rolle zu sein. Das Konzert gestern Abend hat er wohl trotzdem gut über die Bühne gebracht. Auch Jamison scheint andere Sorgen zu haben, als sich mit Drogendealern anzulegen. Er produziert ‹The Dingdongs›, eine australische Band, die gerade in Berlin ist, um ihre nächste Platte aufzunehmen. Er ist schon seit vier Wochen in der Stadt, und wenn ich seine Aussage richtig deute, dann sind der Sänger und der Gitarrist der Dingdongs stärker damit beschäftigt, sich mit Mikros zu bewerfen, als Musik aufzunehmen. Dem fliegt gerade alles um die Ohren.»

«Was ist mit dem Aufsichtsratsmitglied – Kranz?»

Jensen rückt sich die Brille zurecht: «Der liebe Herr Kranz hat sich ziemlich stur gestellt. Erst nachdem Frau Bökh ihm angeboten hat, ihn in einem *unserer* Zimmer einzuquartieren, hat er zugegeben, dass er in der Stadt ist, um mit verschiedenen Regierungsvertretern informelle Gespräche zu führen. Ich glaube kaum, dass ...»

«Nein», sagt Holger, «ins Berliner Drogengeschäft einzusteigen, hilft denen auch nicht weiter.» Er tippt auf den zweiten Namen von oben. «Sie haben den Staatssekretär übersprungen.»

Wieder rückt Jensen seine Brille zurecht. «Der hat uns am meisten Zeit gekostet. Der hat nämlich seinen Wohnsitz in Berlin. Und da haben wir uns natürlich gefragt: Weshalb mietet sich jemand in einem Hotel ein, wenn er in der Stadt eine Wohnung hat.»

Zum ersten Mal runzelt Holger die Stirn. «Eine Geliebte?»

«Nicht ganz. Auch wenn er seiner Frau erzählt hat, er sei auf Dienstreise. Wie auch immer: In der Nachttischschublade fand sich ein Dildo. Ein ziemlich großer wohl – meint Frau Bökh.»

«Also doch eine Geliebte.»

«Es ist ja so, dass wir von allen auf der Etage Fingerabdrücke genommen haben. Das hatten Sie ja extra angeordnet. Gab ein großes Geschrei, wie Sie sich vorstellen können. Und interessanterweise fanden sich auf dem Dildo nicht nur die Fingerabdrücke von Herrn Köhlmeyer, sondern auch die von ...»

«Nicoletta Szabatzki», rät Holger.

«Herrn Mugwebe.»

Holger macht ein Gesicht, als sei soeben seine Festplatte gelöscht worden. «Heißt das, der Fifa-Kommissar und der Staatssekretär haben sich *gemeinsam* mit Nicoletta Szabatzki vergnügt?»

Entweder Herr Jensen braucht dringend eine neue Brille, oder es hat nichts mit dem Gestell zu tun, dass er sie ständig zurechtrückt. «Es ist wohl eher so, dass sich Herr Mugwebe und Herr Köhlmeyer *miteinander* vergnügt haben.»

Holger lehnt sich zurück. «Wir haben also einen ermordeten Drogenimporteur, einen Fifa-Kommissar, der sich mit einem Staatssekretär vergnügt, eine studierende Prostituierte, die mit einem Dirigenten zugange ist, und außerdem einen Aufsichtsrat, der auf informellem Weg bei der Regierung Steuergeld für seinen bröckelnden Konzern lockerzumachen versucht. Und das alles zur selben Zeit und auf derselben Hoteletage, richtig?»

«So ungefähr.»

Ärger, denkt Holger schon wieder. Das kann nur Ärger geben.

«Könnte einer dieser Herren gesondertes Interesse an Kokain haben?»

«Alle. Und mindestens zwei haben sich im Vorbeigehen im Fahrstuhl bedient.»

Ärger. Und als hätte ein kosmischer Verwalter Holgers Gedanken gehört, klopft es energisch an der Tür, die sofort darauf geöffnet wird.

«Herr Brinks – gut, dass Sie da sind.»

Als würde Holger sonst um diese Zeit im Keller sitzen und mit seiner Spielzeugeisenbahn spielen.

Frau Doktor Niermeyer bleibt in der Tür stehen, die Klinke in der Hand. «Wenn Sie kurz in mein Büro kommen könnten ...» Jetzt hat der Ärger auch noch einen Namen, denkt Holger und folgt ihr.

Ungefähr ein halbes Jahr lang hat er versucht, der Dezernatsleiterin vorurteilsfrei zu begegnen und an Gespräche mit ihr nicht automatisch eine bestimmte Erwartungshaltung zu knüpfen. Dann hat er es aufgegeben. In der gesamten Behörde gibt es niemanden, der sie hinter vorgehaltener Hand nicht «Quotenchefin» nennt. Dabei ist sie nicht einmal inkompetent. Aber was willst du machen: Wenn jeder weiß, dass du deinen Job einer Verordnung verdankst, die bei neu zu besetzenden Stellen eine Bevorzugung weiblicher Bewerber vorschreibt, dann kannst du so kompetent sein, wie du willst – es klebt dir wie Taubenscheiße in den Haaren. Außerdem ist sie vier Jahre jünger als Holger, was für sich genommen kein Problem wäre, aber in Summe ergibt sich dann eben doch, dass Holger eine Frau als Vorgesetzte hat, die über weniger Erfahrung verfügt als er und ihren Job einer Verordnung verdankt.

Und jetzt kommt das eigentliche Problem an der Sache: All dessen ist sich Frau Niermeyer natürlich bewusst – die «Quotenchefin» eingeschlossen –, und deshalb ist sie davon überzeugt, dass jeder im LKA 1 ihre Kompetenz anzweifelt (was stimmt) und sie möglichst schlecht dastehen lassen will (was nur teilweise stimmt), weshalb sie wiederum einen Großteil ihrer Arbeitszeit darauf verwendet, eingebildeten Verschwörungen auf die Spur zu kommen und diese zu bekämpfen, worunter wiederum ihre eigentliche Arbeit leidet, weshalb Zweifel an ihrer Kompetenz aufkommen. Nicht schön, aber so läuft es eben. Nimm es an oder such dir einen anderen Job. Frau Niermeyer hat entschieden, es anzunehmen.

«Darf ich Sie fragen, wie Sie dazu kommen, von einem Staatssekretär des Wirtschaftsministeriums Fingerabdrücke nehmen zu lassen, nur weil der zufällig im selben Hotel abgestiegen ist, in dem sich ein Mord im Drogenmilieu ereignet hat?»

Daher also weht der Wind – aus dem Ministerium.

«Herr Köhlmeyer ist nicht nur zufällig im selben Hotel abgestiegen», erklärt Holger, «sondern hat sich zum Tatzeitpunkt auf derselben Etage aufgehalten, auf der der Mord verübt wurde – so wie fünf weitere Personen, deren Fingerabdrücke wir ebenfalls genommen haben.»

Doktor Beate Niermeyer hat das, was man eine Löwenmähne nennt. Und eine Knubbelnase. Das ergibt einen eigentümlichen Kontrast. Wenn man sie ansieht, fragt man sich automatisch, wo der Fehler liegt. Manchmal, so wie jetzt, knetet sie ihre Mähne, ohne sich dessen bewusst zu sein. Da steckt viel Arbeit drin, in dieser Frisur. Holger sieht sie vor sich, wie sie morgens vor dem Spiegel akribisch jede Strähne einzeln mit dem Lockenstab eindreht.

«Entschuldigung?», sagt er.

Frau Niermeyer mustert ihn. «Sie haben mir nicht zugehört.»

«Entschuldigung», wiederholt Holger, «ich war abgelenkt durch ...»

«... ja?»

«Ihre Haare. Ich dachte, da wäre was drin.» Er deutet auf die Stelle, an der er eben noch ihre Hand mit dem Lockenstab gesehen hat. «Nichts. Entschuldigen Sie.»

«Was ich Ihnen zu sagen versuche, Herr Brinks: Ich weiß Ihren Diensteifer durchaus zu schätzen, in diesem Fall allerdings scheint mir bei den ergriffenen Maßnahmen ein Missverhältnis vorzuliegen.»

Holger könnte ihr sagen, dass ihm die ergriffenen Maßnahmen bereits jetzt genügend Informationen geliefert haben, um zwei einflussreiche Personen ins Straucheln zu bringen. Allerdings erscheinen ihm diese Informationen zum gegenwärtigen Zeitpunkt für die Aufklärung wenig relevant zu sein.

«Wenn der Mörder nicht unter den Gästen der Etage war», erklärt er, «dann stellt sich die Frage, wie er ohne weiteres an den Tatort gelangen und ihn ungesehen wieder verlassen konnte. Neben dem Fahrstuhl, der nicht benutzbar war, gibt es nur zwei Treppen. Die Türen lassen sich öffnen, allerdings wird dann automatisch ein Feueralarm ausgelöst. Es sei denn, man verfügt über einen Code, um den Mechanismus zu deaktivieren ...»

«Alles richtig, Herr Brinks, alles richtig. Nur scheint mir im Falle des Staatssekretärs wohl etwas mehr Diskretion angezeigt zu sein. Wenn Sie also *bitte* Sorge dafür tragen würden, dass der Name des Herrn Staatssekretärs» – vor lauter eigens auferlegter Diskretion wagt sie ihn selbst nicht auszusprechen – «unter keinen Umständen an die Öffentlichkeit gelangt. Umso wichtiger erscheint mir, dass wir in dieser Causa möglichst zeitnah präsentable Ergebnisse liefern können.»

Was «präsentable Ergebnisse liefern» übersetzt bedeutet, weiß Holger: Er liefert, Frau Doktor präsentiert. Das letzte Mal, als er mit Sandra über dieses Dilemma sprach, legte die verständnisvoll ihre Hand auf seine: «Kein Grund zur Aufregung, Liebster. So geht es uns Frauen seit Jahrhunderten.» Einen Moment sah sich Holger als eine aussterbende Spezies – das erste Opfer eines evolutionären Umbruchs. Seltsamerweise wurde dieses Bild von einem Gefühl ungewohnter Gelassenheit begleitet. Was soll's, dachte er, dann ist es eben so. Sterbe ich eben aus. Am Ende war er Sandra beinahe dankbar.

Niclas mit dem Hipsterbart hat das Fenster heruntergelassen und sein iPhone ans Radio angeschlossen. Warme Frühlingsluft strömt herein. Sein Kopf zuckt im Takt einer Musik, die Holger so fremd ist wie das chinesische Alphabet. Sie fahren nach Süden, Zehlendorf. Niclas scheint zu glauben, es liege an der Adria.

«Gefällt's Ihnen?», fragt er.

Holger ist extra hinten eingestiegen. Um in Ruhe nachzudenken und das Gespräch mit der Quotenchefin abzuhaken. Hat stoisch aus dem Fenster geblickt. Er dachte, das müsse Körpersprache genug sein. Aber, um im Bild zu bleiben, auf diesem Ohr scheint Niclas taub zu sein.

«Können Sie das bitte ausmachen?» Er hat es nur versehentlich als Frage formuliert.

«Wieso? Gefällt's Ihnen nicht?»

Holger beugt sich vor: «Hören Sie, Niclas: Wenn ich Sie bitte, die Musik auszumachen, möchte ich nicht mit Ihnen darüber diskutieren müssen, ob sie mir gefällt oder nicht.»

«Ich kann was anderes anmachen. Warten Sie ...» Niclas nimmt sein iPhone von der Konsole und beginnt, über das Display zu wischeln. «Wie wär's mit Neneh Cherry? Die ist total old-school. Wird Ihnen gefallen.»

«Machen Sie die Musik einfach nur aus, bitte.»

«Klar.» Niclas stellt die Musik aus und legt das iPhone auf die Konsole.

«Danke.»

Holger lässt seinen Oberkörper gegen die Lehne sinken, atmet. Der Ort. Das Hotel. Er muss über diesen Ort nachdenken.

«Aber das Fenster kann aufbleiben, ja?», kommt es vom Fahrersitz.

«Kein Problem.»

Wo war er? Der Ort – richtig. Das Hotel von Jimmy Schü...

«Ich kann's auch zumachen – wenn es Ihnen zieht oder so. Gibt ja Klima...»

Wieder beugt Holger sich vor. «Niclas – ich möchte etwas mit Ihnen vereinbaren, okay?»

«Klaro.»

«Gut. Also: Wenn ich hier hinten sitze, auf diesem Sitz hier» – Holger zeigt auf den Platz, auf dem er sitzt – «und aus diesem Fenster hier gucke, so wie jetzt» – Holger zeigt ihm, wie er aus dem Fenster guckt –, «dann ist das das Zeichen dafür, dass ich nachdenke und nicht angesprochen werden und keine Musik hören möchte. Ist das okay für Sie? Können wir das so vereinbaren?»

«Von mir aus.»

«Gut.»

Der Ort also. Lässt Holger keine Ruhe. Der Ort, um Cedric van de Vedel zu ermorden und gleichzeitig sein Auto zu klauen. Der wurde sorgsam ausgewählt. Die schwarze Etage in Jimmy Schütz' legendärem «Kosmos». Ein offener Schlag ins Gesicht des Alten. Je länger Holger über die Botschaft dieser Tat nachdenkt, umso klarer erscheint sie ihm. Und die Nachricht ist: Wachablösung. Jimmy – deine Zeit ist abgelaufen. Jetzt übernehmen wir. Doch wer ist «wir»? Eine neue Organisation? Wenn einer etwas darüber weiß, so Holgers Überlegung, dann der Alte. Egal, wie weit er sich inzwischen aus dem Geschäft zurückgezogen hat. Mit einem Schlaganfall bekommst du einen wie Jimmy Schütz nicht aufs Abstellgleis geschoben.

Als sich die Eichentür von Jimmy Schütz' Grunewald-Villa öffnet, erscheint eine Frau in Schwesternkittel und mit ebenso streng wie kunstvoll frisierten Haaren. Die Tempelwächterin, denkt Holger unwillkürlich. Doch was ihn irritiert, ist etwas anderes. Manche Teile an ihr wirken geradezu schmerzlich jung – zwanzig vielleicht –, andere dagegen schmerzlich alt. Als er vor ihr steht, ist das meiste von ihr Ende fünfzig, hat viel erlebt, alles gesehen und lässt sich von niemandem blöd kommen. Der Kittel hört dennoch oberhalb der Knie auf, und die Schuhe haben Absätze, auf denen Holger keine zehn Meter weit käme.

Holger überlegt. Ohne das richtige Losungswort wird ihm die Tempelwächterin keinen Einlass gewähren.

«Guten Tag», sagt er und wird immerhin nicht sofort vom Blitz getroffen. «Mein Name ist Brinks.»

Sie sieht ihn an. Das Losungswort.

«Ich bin von der Kriminalpolizei.»

Er will seinen Ausweis zücken, da sagt sie mit überraschend weicher Stimme: «Kommen Sie rein, er ist im Garten.»

Das Entrée ist marmorgefliest, die Treppe ins Obergeschoss wird von Säulen getragen. Holger denkt an das Entrée in seinem Haus, das so eben groß genug ist, um sich um die eigene Achse zu drehen und für das er Charlie achtzehn Jahre lang jeden Monat sechshundert Euro überwiesen hat. Und statt Marmor liegt bei ihm bräunliches PVC mit Florentiner Muster, das einfach nicht kaputtgehen will.

«Hier entlang, der Garten ist *hinter* dem Haus.»

Er folgt ihr durch einen Salon mit Kamin und englischen Ledersesseln. Ihr Schwesternkittel sitzt wie eine zu kurze Decke. Da kannst du ziehen, so viel du willst, irgendein Teil von dir friert immer.

Erst als Holger auf die Terrasse tritt, wird ihm klar, dass Jimmy Schütz' bescheidenes Heim keine Villa mit Garten ist, sondern ein Anwesen. Der Rasen wellt sich sanft den Hügel hinab, geschwungene Kieswege ziehen sich über das Gelände, es gibt Bäume, unter denen bereits – keine Ahnung – der Alte Fritz, Goethe und Mussolini gesessen haben. Nicht alle auf einmal, versteht sich.

Wie er so gekrümmt in seinem Rollstuhl hängt, sieht Jimmy Schütz von weitem aus wie ein Reha-Greis, dessen Ableben in Bälde erwartet wird. Aus der Nähe gesehen wird es kaum besser. Der noch immer massige Kopf sitzt schief, die linke Hand ist eingedreht wie ein Schneckenhaus, einer der

Mundwinkel macht etwas, das Mundwinkel definitiv nicht machen sollten. Würde man nicht meinen, dass so jemand ein halbes Jahrhundert lang ein Berliner Halbwelt-Schwergewicht war.

Schütz' Rollstuhl steht im Zentrum eines aus Natursteinen gemauerten Rondells, das tortengleich in zwölf Stücke aufgeteilt ist. Jedes dieser Stücke ist ein Blumenbeet und beherbergt eine eigene Rosenart. Es riecht wie in einer Douglas-Filiale.

«Jimmy ...?» Die Frau mit dem strengen Haarknoten legt ihre Hand auf die von Schütz und geht neben ihm in die Hocke. Ihre Brüste gehören ganz klar zu den Körperteilen, die erst zwanzig sind.

Jimmy Schütz hebt den Kopf ein wenig. An seinem Kinn klebt etwas, das die – nennen wir sie der Einfachheit halber: Schwester liebevoll abwischt. «Da ist jemand», erklärt sie, «von der Kripo.»

Schütz dreht den Kopf in eine Position, die es ihm erlaubt, zu Holger aufzusehen. Er hat blaue Augen und einen wachen Blick. Mag sein, dass sein Körper sich langsam verabschiedet, der Kopf aber funktioniert noch.

«Mein Name ist Brinks», stellt Holger sich vor. «Ich bin Hauptkommissar beim Landeskriminalamt für Delikte am Menschen. Wir untersuchen den Mord an Cedric van de Vedel ...»

Im Blick von Jimmy Schütz vollzieht sich eine kaum merkliche Veränderung. «Werner?»

Schütz nuschelt, den Namen aber versteht Holger auf Anhieb. Er versetzt ihm einen feinen Stich, ohne dass er wirklich eine Erklärung dafür hätte. Schließlich ist es nicht verwunderlich, dass Schütz seinen Vater gekannt hat.

«Nein», erklärt er. «Werner Brinks war mein Vater. Der ist allerdings schon vor zwanzig Jahren gestorben.»

«Ah, ja», erinnert sich Schütz, «war ein Guter. Zwanzig Jahre ist das schon her?»

«Zweiundzwanzig.»

«Und du bist sein Sohn, ja?» Schütz macht eine Bewegung, und die Schwester wischt ihm den erstarrten Mundwinkel ab, in dem sich beim Sprechen die Spucke sammelt. «Wenn du nur alt genug wirst», knarzt er, «kommt eine Zeit, da wünschst du dir, du hättest es schon hinter dir. Rosi Schätzchen?»

«Ich bin hier, Jimmy», sagt die Schwester.

«Lass uns ein bisschen spazieren gehen.»

Rosi tritt hinter den Rollstuhl und beginnt, ihn zeitlupenartig zwischen den Beeten entlangzuschieben. Holger geht nebenher.

Schütz spreizt einen Zeigefinger ab, zeigt auf eins der Beete: «Aachener Dom», sagt er, und Holger braucht einen Moment, um zu begreifen, dass die Rosensorte gemeint ist.

«Herr Schütz?», fragt Holger.

Jimmy macht ein Geräusch, das Holger als Aufforderung deutet.

«Ich würde gerne mit Ihnen über Cedric van de Vedel sprechen.»

Dasselbe Geräusch.

«Er hat sehr lange für Sie gearbeitet, nicht? Vierzig Jahre.»

Statt zu antworten, macht Jimmy eine fast unmerkliche Handbewegung, worauf Rosi seinen Rollstuhl an ein Beet heranschiebt und anhält. Schütz beugt sich vor. Eine von Altersflecken überzogene Hand greift nach einer Blüte, streicht mit dem Daumen über die Blätter. Das Sterbende streckt sich nach dem Schönen, denkt Holger.

«Es heißt, er und ihr Sohn Bobby hätten sich nicht besonders gut verstanden. Können Sie mir dazu etwas sagen?»

«Bobby war es nicht.»

«Als sein Vater würde ich das auch glauben wollen.»

«Zu weich.»

Schütz lässt die Blüte los. Sie setzen den Weg fort. An der Mauer angekommen, steuert Rosi das benachbarte Beet an.

«Das muss hart für Sie sein», überlegt Holger, «ein halbes Jahrhundert lang bauen Sie Ihr kleines Reich auf, herrschen und teilen, und die ganze Zeit über ist Cedric van de Vedel Ihre rechte Hand. Aber kaum ziehen Sie sich zurück, und Ihr Sohn soll die Geschäfte übernehmen, bricht alles auseinander, und das verlässlichste Rad in Ihrem Getriebe wird brutal ermordet. In Ihrem Hotel. Und die wöchentliche Kokainlieferung im Wert von dreihunderttausend Euro ist ebenfalls dahin.»

Holger hat es nicht bemerkt, aber sie stehen schon wieder vor einem Beet. Bis jetzt sind sie auf ihrem Spaziergang ungefähr acht Meter weit gekommen. Diese Rose blüht gelb und riecht strenger als der «Aachener Dom».

«Peer.» Schütz lässt sich erneut den Mundwinkel abwischen. «Peer Gynt.»

Die eingedrehte Hand, die jetzt in seinem Schoß liegt, zittert leicht. Schütz betrachtet die Blumen, die gerade erst zu blühen beginnen. Vielleicht betrachtet er auch gar nichts. Wer weiß. Holger ahnt, dass sich sein Besuch als Zeitverschwendung herausstellen wird. «Zeitnah Ergebnisse liefern» stellt die Quotenchefin sich anders vor.

Holger stellt sich so vor den Rollstuhl, dass Schütz nicht an ihm vorbeischauen kann. Wenn er nicht langsam in die Offensive geht, bekommt er aus dem Alten kein Wort heraus.

«Wissen Sie, was ich glaube?», setzt er an. «Ich glaube, da will jemand Ihr mühevoll aufgebautes Reich unter seine Kontrolle bringen, und zwar mit allen Mitteln.»

«Rosi?»

Sie beugt sich vor. «Ja, Jimmy?»

«Lass uns nachsehen, wie es der Schwarzen Madonna heute geht.»

Rosis Finger umschließen die Rollgriffe. Im Vorbeigehen flüstert sie: «Seine Lieblingssorte.»

Die mag ihn wirklich, denkt Holger. Das ist keine Geschäftsbeziehung. Er starrt Rosi nach, sieht die Abdrücke ihrer Absätze im sandigen Boden.

Schütz' Lieblingssorte ist von einem beeindruckend tiefen Dunkelrot und hat einen hohen aufrechten Stamm. Rosi fährt Schütz so nah an das Beet heran, dass er nach einer Blüte angeln kann.

«Ich sag Ihnen noch etwas, Herr Schütz», fährt Holger fort. «Ich glaube, dass Sie wissen, wer hinter dem Mord steckt. Die waren zu viert, mindestens. Profis. Drei stehlen unten den Wagen samt Kokain, der vierte wartet auf der schwarzen Etage, bis sich die Fahrstuhltüren öffnen, und erschießt van de Vedel. Lässt sogar das Kokain liegen. Als hätte er es nicht nötig,»

Ein leises Knacken ist zu hören, dann sieht Holger, wie sich Schütz' Hand zurückzieht – mitsamt der Blüte. Der Alte hat der Schwarzen Madonna den Kopf abgerissen.

«Jimmy!» Rosi legt ihm eine Hand auf die Schulter. «Was hast du getan?»

Die Faust des Alten schließt sich um die Blüte.

«Ich verstehe», macht Holger weiter, «dass der Mord an Cedric ein schwerer Schlag für Sie sein muss. Und dass Sie vielleicht glauben, Sie müssten das alleine regeln. Aber sehen Sie: Wenn ich recht habe, und es *gibt* da jemanden, der Ihren Laden übernehmen will – und Sie wissen, ob ich recht habe oder nicht –, dann dürfte Bobby der Nächste auf der Liste sein. Wollen Sie Ihren Sohn diesem Risiko wirklich aussetzen?»

Aus Jimmys Faust rieseln zermatschte Blütenblätter zu Boden. Sie sind so dunkel, dass Holger bei ihrem Anblick unwillkürlich an geronnenes Blut denken muss.

«Rosi? Ich bin müde.»

«Jimmy möchte sich jetzt hinlegen», erklärt Rosi und schiebt den Alten an Holger vorbei aus dem Rondell. «Sie finden den Weg?»

Das Dilemma, in dem Charlie steckt, ist anderer Natur. Er denkt darüber nach, weshalb es auch mit Hayat wieder nicht geklappt hat. Natürlich ist diese Überlegung einigermaßen sinnlos, denn was so ein richtiger Hedonist ist, für den ist *commitment* wider die Natur. Ein Igel sammelt Vorräte und hält Winterschlaf, ein Storch fliegt in den Süden. Du zerbrichst dir nicht den Kopf darüber, weshalb ein Storch keinen Winterschlaf hält.

Doch genau das tut Charlie: fragt sich, weshalb es ihn immer wieder in den Süden zieht, während Menschen wie sein Bruder Winterschlaf halten. Mit Hayat hätte das klappen können, die wäre bereit dafür gewesen. Nest bauen, einigeln. Sogar über Kinder hätte man noch nachdenken können. Eine Klassefrau, schlau, attraktiv, witzig, selbständig ... Doch was hilft das, wenn einem irgendwie eingeschrieben ist, dass man in den Süden zu fliegen hat?

All diese Gedanken, die Charlie in seinem Kopf hin- und

herschiebt, können also zu keinem anderem Ergebnis führen, als dass er sich mit ihnen im Kreis dreht. Und da Charlie zwar auf der einen Seite ein notorischer Verbocker, auf der anderen Seite aber nicht blöd ist, ist er sich dessen wohl bewusst. Das eigentliche Dilemma besteht demnach nicht darin, dass er über ein Problem nachgrübelt, für das es keine Lösung gibt, sondern dass er das ganz genau weiß und es dennoch nicht lassen kann. Und dieses Wissen wiederum hat dazu geführt, dass er sich soeben auf nüchternen Magen den zweiten Campari bestellt und die zweite Zigarette dazu angezündet hat.

Er sitzt auf einem Stuhl mit geflochtener Lehne unter der pinkfarbenen Markise des «Angelo» in der Fasanenstraße. Die späte Sonne bricht durch frisch belaubte Bäume. Sprießendes Grün, wohin man sieht. Vor allem in den Lounge-Sesseln. Da glüht das junge Partyvolk für die anstehende Nacht vor. Charlie sieht verboten kurze Röcke und Fingernägel, so lang wie Telegraphenmasten. Das natürliche Gegengewicht bilden nicht mehr einwandfrei verschraubte Damen, die ihren Kaffee zwar entkoffeiniert trinken, dafür aber mit Schuss. Außerdem eine Gruppe stiernackiger Tattoo-Ringer mit Bomberjacken.

Charlie ist so in seine unnützen Gedanken vertieft, dass er den schwarzen X6 nicht bemerkt, der in zweiter Reihe vor dem «Angelo» parkt. Wäre aber auch egal. Es würde nichts ändern. Wenn Ole dich sucht, dann findet er dich früher oder später. Erst als sich die Sonne plötzlich verdunkelt, merkt Charlie, dass da jemand vor ihm steht.

«Ole», sagt er.

Ihm fällt das Kokain ein, mit dem er seine Schulden bezahlt hat. Außerdem erinnert er sich an das warnende Gefühl, das er dabei hatte und das er mal wieder mit Macht ignoriert hat. So etwas rächt sich. Außerdem hat er über den Mord im «Kosmos» gelesen. Große Sache. Da wird gerade eine Menge Staub aufgewirbelt. Charlie weiß noch nicht, wie alles zusammenhängt, aber er weiß, dass das «Kosmos» Jimmys Laden ist – jeder weiß das – und dass Bobby Jimmys Sohn und Ole wiederum Bobbys rechte Hand ist. Nicht gut.

«Wie geht's?», fragt Charlie.

Unter den tätowierten Stiernacken ist keiner, der Oles Kommen nicht registriert hätte. Er ist Bobbys Ausputzer, und Bobby ist ... Bobby. Mit anderen Worten: Wenn Ole vor dir steht, sagst du nichts, solange du nicht gefragt wirst, und hältst auch sonst den Ball flach. Wie immer trägt Ole Anzug, Fliege und Manschettenknöpfe, nur dass er darin spätnachmittags und in freier Wildbahn noch mehr aus der Zeit gefallen wirkt als nachts um eins im «Western».

«Nimmst du die Manschettenknöpfe zum Schlafen eigentlich raus?», fragt Charlie.

Ole macht dieses Gesicht, das er immer macht, wenn er hört, dass jemand in Köpenick einen Groschen gefunden hat oder dass es in Finnland schneit oder vor Australien ein Fisch gesichtet wurde.

«Kann es sein», sagt Ole und klingt sehr, sehr müde, «dass du versucht hast, deine Schulden mit Stoff zu bezahlen, der dir nicht gehört hat?»

In Momenten wie diesen ist Charlie sich selbst ein Mysterium. Natürlich hätte er sich denken können, dass das Kokain möglicherweise mit Bobby verlinkt ist. Wie viele Typen in dieser Stadt handeln schon mit solchen Mengen?

«Das war Bobbys Zeug?», fragt er.

Wieder macht Ole dieses Gesicht, dass man sich fragt, wie ein Mensch überhaupt derart gelangweilt aussehen kann.

«Heißt das, ich hab jetzt doch wieder Schulden bei euch?»

«Gibt jemanden, der mit dir darüber reden will.»

«Jetzt gleich?»

Ole und sein Gesicht ... Die beiden haben einen echt langen Weg hinter sich.

Charlie trinkt den Campari aus und steckt die Zigaretten ein: «Okay, ich zahl nur noch meinen Cam...»

«Is bezahlt.»

7

Ole bringt Charlie zum «Western» und hinauf in den fünften Stock. Sie gehen zwischen Blackjack- und Roulettetischen hindurch, die um diese Zeit noch abgedeckt sind. Hinter der Theke bereiten eine Frau und ein Mann mit geübten Handgriffen die Bar für die ersten Gäste vor. Das Hinterzimmer ist nicht dasselbe wie beim letzten Mal. Dieses ist groß, mit einer Fensterfront, einem Billardtisch und einander überlappenden Teppichen vom Perser-Import auf der anderen Straßenseite. Und Bobby Schütz. Der sitzt in einem Leder-Ohrensessel hinter einem dunklen Holzschreibtisch, blickt hinaus und versucht, wie ein gewiefter Geschäftsmann auszusehen, was gründlich in die Hose geht. Vor ihm auf dem Tisch liegen zwei der Kokain-Beutelchen, mit denen Charlie seine Schulden bezahlen wollte.

«Setz dich», sagt Bobby zum Fenster.

Charlie setzt sich. Hinter ihm raschelt und klackt es. Ist kein gutes Gefühl, Ole im Rücken zu haben. Als Charlie über die Schulter blickt, sieht er, dass Bobbys Mann fürs Grobe sein Jackett auf einen Bügel gehängt, die Manschettenknöpfe herausgenommen und die Ärmel aufgeschlagen hat. Sein

Oberkörper hat tatsächlich die Form eines Tresors. Ole baut die Kugeln auf, wählt einen Queue aus, legt sich die weiße Kugel zurecht und stößt an.

«Wie kann jemand so dämlich sein», überlegt Bobby, «seine Schulden mit Kokain zu bezahlen, das man demjenigen, bei dem man die Schulden hat, vorher geklaut hat?»

Hinter Charlies Rücken locht Ole eine Kugel ein.

«Sorry, Bobby», erwidert Charlie und spürt eine erste Schweißperle im Nacken. «Ich wusste nicht, dass es deins ist.»

«Du klaust einen Koffer voller Kokain, ohne zu wissen, wem er gehört?»

«Komm schon, Bobby – das kannst du nicht wirklich glauben. Ich bin Privatschnüffler, kein Koksräuber.»

«Du warst schon alles Mögliche, soweit ich weiß.»

«Ich hab dir dein Koks nicht geklaut!»

«Vielleicht glaubst du ja auch einfach, ich wäre dumm genug, dir das abzunehmen.»

«Selbst wenn ich neuerdings unter die Räuber gegangen wäre und dich tatsächlich beklaut hätte, wäre ich wohl kaum so bescheuert, dir dein eigenes Koks anzudrehen.» Charlie ist im Begriff hinzuzufügen, dass nicht einmal er Bobby für derart dämlich hielte, kann sich aber zurückhalten. Erneut klacken Kugeln gegeneinander, allerdings fällt keine in eine Tasche. Die Schweißperle in Charlies Nacken hat Gesellschaft von zwei weiteren bekommen.

Endlich wendet sich Bobby seinem Gast zu. Er stippt die Kokainbeutelchen an, wie um zu sehen, ob sie noch leben. «Dann verrate mir mal, wo du das herhast.»

«Gekauft.»

«Von wem?»

Das Panoramafenster ist wie ein riesiger Bilderrahmen.

Das Motiv: Flugzeug im Landeanflug vor Abendhimmel. Könnte ganz malerisch aussehen. In kurzer Folge fallen zwei Kugeln.

«Keine Ahnung, irgend so ein Typ.»

Bobby blickt kurz über Charlies Schulter: «Ole.»

Ole kommt herüber, den Queue in der Hand, und stellt sich neben Charlie. Der glaubt zu spüren, wie sich die Gravitation verändert und sich der Boden in Oles Richtung neigt.

«Du kaufst von irgend so einem Typ Kokain im Wert von fünftausend Euro und kommst damit anschließend zu mir gerannt?»

«Fünftausend – so viel war das Zeug wert? Ich hatte doch nur dreitau... Was gibt *das* denn?»

Oles Hand hat sich freundschaftlich auf Charlies Schulter gelegt. So freundschaftlich, wie einem Tresor das möglich ist. Bobby wendet das Gesicht ab.

«Ehrlich, Bobby, ich hab's gek... AAAaahhh!!»

Die Bewegung ist so ansatzlos, dass Charlie erst versteht, was geschehen ist, als es bereits vorbei ist. Ole hat ihm den großen Zeh «pedikürt». Ist seine Spezialität. Man könnte von lokalem Ruhm sprechen. Ein gezielter Stoß mit dem dicken Ende des Queues, und der Nagel löst sich am nächsten Tag von ganz alleine ab. Der Schmerz ist heiß und grell, schießt Charlie bis in die Fingerspitzen und drückt ihm die Augäpfel aus dem Schädel.

«FUCK!»

Oles Hand löst sich von seiner Schulter, Charlie umgreift mit beiden Händen den Oberschenkel.

«Was soll der Mist, Bobby!? Ich hab dir dein blödes Koks nicht geklaut!»

«Dann sag mir, wo du es herhast.»

«Es ist, wie ich gesagt habe: Ich hab's gek...» Wieder Oles Hand auf der Schulter, diesmal auf der linken. Charlie reißt den Kopf herum. «Hör bloß auf mit der Scheiße, Mann!»

Ole wirft seinem Boss einen Blick zu.

«Woher?», will Bobby wissen.

Dieser Schmerz – wie das Gift von einem Dutzend Skorpionen. Das will man auf gar keinen Fall zweimal erleben.

«Okay!» Charlie hebt eine Hand als Zeichen der Kapitulation. «Aber erst nimmst du die Griffel weg!»

Ole löst seinen Griff. Charlie reibt sich die Schulter, atmet, spürt das Blut in seine Socke sickern. Seine Augen tränen, ohne dass er etwas dagegen unternehmen könnte.

«Woher?», fragt Bobby.

«Ich hab's geklaut.»

Augenblicklich hat Ole ihn wieder im Griff. Charlie erwartet, sein Schlüsselbein brechen zu hören.

«Nicht von dir!», wehrt er ab. «Ich hab's geklaut, ja, aber nicht von dir, okay?!»

«Von wem?»

Dieser Bobby: Woher? Von wem? Ich Tarzan. Du Jane. Der Typ nervt. Hat aber die schlagkräftigeren Argumente.

«Von meinem Bruder», sagt Charlie.

Einen Whiskey und eine halbe Stunde später – seine Zehen fühlen sich an, als steckten sie in langsam erkaltendem Grießbrei fest – fragt Charlie: «Ich soll meinen eigenen Bruder aushorchen?»

Bobby lässt seine Fingerknöchel knacken. Wie man so tut, als sei man ein harter Kerl, hat er wirklich verinnerlicht. Was nicht heißt, dass man einer ist. «Du hast ihn schließlich auch beklaut», erwidert er.

Nachdem Charlie ihm erklärt hat, wie es gelaufen ist und dass er im LKA im Vorbeigehen in den Koffer gegriffen hat, ist Bobby auf die geniale Idee verfallen, Charlie anzuheuern. Was zunächst einmal nichts anderes bedeutet, als dass Charlie seine Schulden abarbeiten darf. Schließlich hat er eine Schnüffler-Lizenz und wohnt zudem im Garten des Mannes, der die Ermittlungen leitet.

«Streng genommen habe ich nicht meinen Bruder, sondern den Staat beklaut», erklärt Charlie. «Kleiner Unterschied.»

«Kleine Unterschiede interessieren mich in diesem Fall nicht.»

Charlie wirft einen verstohlenen Blick auf seinen Schuh, um zu überprüfen, ob irgendwo Blut heraustropft. Äußerlich ist dem Schuh jedoch nichts anzusehen. Der Schmerz hat sehr langsam nachgelassen, außerdem scheint der Zeh nicht länger zu bluten. Allerdings ist das bei der Menge Blut, die sich inzwischen in der Schuhspitze gesammelt hat, nicht mit Sicherheit zu sagen. Charlie versucht sein Glück auf die Kumpel-Tour.

«Komm schon, Bobby – das kannst du nicht von mir verlangen.»

«Deshalb machst du es ja auch freiwillig. Willst ja schließlich deine übrigen neun Zehennägel behalten.»

Unwillkürlich greift Charlie nach seinem Oberschenkel. Wie auch immer er es dreht und wendet: Er wüsste nicht, wie er aus der Geschichte noch herauskäme. Und alles nur, weil er es sich nicht verkneifen konnte, in diesen Koffer zu greifen. Ungerecht. Das ist das Gefühl, das sich bei ihm einstellt. Er fühlt sich vom Schicksal ungerecht behandelt. Mal wieder.

Diese Information scheint auch bei Bobby anzukommen,

weshalb der sich zum ersten Mal versöhnlich zeigt. «Jemand hat meinen Partner ausgeknipst – und mir außerdem die Lieferung fürs Wochenende geklaut», erklärt er. «Da will mir jemand an die Kutte, Charlie, und wenn ich warte, bis die Kripo darauf kommt, wer die sind, werde ich es möglicherweise nicht mehr erleben. Nimm's nicht persönlich.»

«Die Kripo hat wahrscheinlich dich im Visier.»

«Klar hat sie das. Die Kripo ist ja auch bescheuert. Ein Grund mehr, dass du schnell an die Arbeit gehst.»

Das ist der Moment, in dem Charlie mit sich selbst einen Pakt eingeht: Er wird für Bobby arbeiten und wird, im Rahmen des moralisch Vertretbaren, Informationen, die er von Holger erhält, an Bobby weitergeben. Im Gegenzug – um sein Gewissen zu entlasten und die Aufklärung des Falls voranzutreiben – wird er wiederum Informationen, die er von Bobby erhält, an seinen Bruder weiterreichen. Im Kalten Krieg nannte man solche Menschen Doppelagenten. Die sind dann über kurz oder lang in feuchten Kellerverliesen gelandet und haben sich dort von Ratten ernährt, bevor man Jahre später ihre Leichen irgendwo ausbuddelte. Und noch etwas stört ihn an dem Pakt: Was genau heißt «moralisch vertretbar»?

«Sechshundert pro Tag plus Spesen», sagt Charlie. «Und ich brauche tausend Vorschuss, in bar.»

In Bobbys Hand wirkt dessen Smartphone ausgesprochen filigran. Charlie ist überrascht zu sehen, dass es sich mit Fingern wie seinen überhaupt bedienen lässt. «Ich will, dass du mit der hier anfängst.»

Bobby dreht ihm das Display zu: das Standbild einer Überwachungskamera, vermutlich ein Hotelfoyer. Im Zentrum ist eine Frau zu sehen, die über einen üppigen Teppich schreitet. Eine Erscheinung. Ehrlich gesagt, rückt alles um sie herum automatisch in den Hintergrund. Es gibt solche Frauen.

Charlie beugt sich vor und zoomt mit Daumen und Zeigefinger die Frau heran, vergrößert ihr Gesicht. Sag das doch gleich, denkt er.

«Nennt sich Nikita», hört er Bobby sagen. «Treibt sich öfter im Hotel meines Vaters herum.»

«Und?»

«Sie hat die Polizei gerufen.»

«Die Kunststudentin», nuschelt Charlie.

«Hm?»

«Das heißt», beeilt er sich zu sagen, «sie war auf der schwarzen Etage, als Cedric erschossen wurde?»

«Sieht so aus.»

Charlie besieht sich das Foto ein weiteres Mal. Großer Gott. «Hast du noch mehr ... Informationen?»

«Nein, aber dein Bruder, schätze ich. Der hat sie verhört, soweit ich weiß.»

Erst als Bobby sein Smartphone – Gesicht nach unten – neben die Kokainbeutelchen legt, gewinnt er Charlies Aufmerksamkeit zurück.

«Wenn du willst, schick ich dir das Bild aufs Handy.»

«Absolut», erwidert Charlie. Er würde dieses Gesicht auch so nicht vergessen, aber sicher ist sicher.

«Ist noch was?»

«Mein Vorschuss.»

«Ole gibt dir dreihundert.»

«Moment mal: Ich hab doch gesagt, ich brauche taus...»

«Ich weiß, was du gesagt hast. Ole gibt dir dreihundert.»

Als Charlie vor dem «Western» steht, die Autos an ihm vorbeifahren und, angekündigt von einem «Ping», die Straßenlaterne über ihm zu leuchten beginnt, fühlt er sich auf eine kindische Weise alleingelassen. Es sind die Schmerzen, die von seinem Zeh ausgehen. Die machen, dass man nach Hause will, zu Mami. Also nicht zu Anita, Charlies und Holgers Mami. Die steht nicht für Heim, sondern für Heimsuchung. Aber das ist eine andere Geschichte. Trost wäre schön. Trost und Geborgenheit. Nach Hause, überlegt Charlie und denkt an die Gartenlaube und die nach Gummi und Keller riechende Luftmatratze auf den rissigen Bohlen.

Als die Schmerzen in seinem Fuß so weit angeschwollen sind, dass er nicht länger stehen kann, steigt Charlie in ein Taxi.

«Wo soll's hingehen?», fragt der Kutscher.

Gute Frage. Wo findet Charlie jetzt Trost und Geborgenheit?

«Das ‹Blue Door›, am Winterfeldplatz.»

Und so kommt es, dass Charlie, nachdem er bereits zwei Campari und einen Whiskey auf nüchternen Magen getrunken hat, Zuflucht bei einem Gin Tonic sucht. Und sie findet. Es ist nicht so, dass sich die Schmerzen in seinem Zeh davon verflüchtigten, aber nach dem zweiten wird alles irgendwie weicher, erträglicher, beinahe anschmiegsam. Leider gilt das auch für Charlie, der ebenfalls anschmiegsamer wird – ein Zustand, in dem Ideen schnell verheißungsvoll zu schimmern beginnen, die einer nüchternen Überprüfung kaum standhalten würden. Nicht nur Frauen lassen sich schöntrinken.

Die Bar, die Charlie für seinen Gin Tonic ausgewählt hat, liegt nur vier Häuser von Hayats Wohnung entfernt. So ein

Zufall. Die paar Meter würde er zur Not auf einem Bein schaffen. Ist eine schöne Wohnung, in einem schönen Haus. Gepflegter Altbau, roter Sisal, üppiger Stuck, innen wie außen.

Ein schwules Pärchen, das gerade nach Hause kommt, hält Charlie mit vereinten Kräften die Tür auf und wünscht dreimal gute Besserung. Vorderhaus, zweiter Stock. Hayat hat eine dieser altmodischen Klingeln – einen Messinggriff zum Hochziehen. Das Namensschild ist frisch poliert. Charlie hört ihre Schritte im Flur, dann geht die Tür auf.

Hayats schwarze Haare haben den Zusammenhalt aufgegeben, die aus der Jeans gezupfte Bluse ist verknittert, die Schuhe hat sie ausgezogen. War ein langer Tag. Charlie sieht türkis lackierte Nägel, was ihm seinen großen Zeh ins Gedächtnis zurückruft. Sie sieht ihn an, ohne etwas zu sagen, müde. Muss das jetzt sein? Letzte Woche um diese Zeit sah Hayat ähnlich abgekämpft aus. Da hatten sie gerade Sex gehabt. Ihren letzten vermutlich. Die Distanz, die sie innerhalb von Sekunden zwischen sich und ihn schiebt, ist aus Stahlbeton.

Schlagartig wird Charlie nüchtern und erkennt, was seine Idee in Wahrheit ist: egoistische Sentimentalität. Und schon tut auch sein Zeh wieder weh wie Hölle.

«Entschuldige», sagt er. «Ich bin ein Idiot. Mach's gut.»

Er macht im Wortsinne auf dem Absatz kehrt, greift nach dem Geländer und beginnt, die Stufen hinabzuhumpeln. Auf dem ersten Absatz angekommen, hört er Hayats Stimme in seinem Rücken:

«Was ist mit deinem Fuß passiert?»

Charlie sieht zu ihr auf: «Ich hab noch nicht nachgesehen.»

So stehen sie da: Hayat auf dem oberen Absatz, Charlie auf dem unten. Irgendwann stemmt sie eine Hand in die Hüfte.

«Ich werde nicht mit dir schlafen, Charlie. Das wird nicht wieder von vorne losgehen.»

Im Normalfall bedeutet so ein Satz ja, dass man fünf Minuten später miteinander im Bett landet, aber Charlie weiß, dass das nicht passieren wird. Nicht mit Hayat. Die Frau ist Herzchirurgin, da ist kein Platz für romantische Sentimentalitäten.

«Kann ich mit leben», sagt er.

«Wie hast du das denn angestellt?»

Hayat hat Charlie millimeterweise die angeklebte Socke vom Fuß gezogen, das Blut abgewaschen und den Zeh in einer bräunlichen Tinktur ersäuft. Jetzt sitzt Charlie auf dem Wannenrand und bemitleidet sich, Hayat ihm gegenüber auf einem Hocker, seinen Fuß auf einem sagenhaft flauschigen Handtuch in ihrem Schoß.

«Dumme Geschichte», erwidert Charlie.

«Will ich mehr wissen?»

«Nein.»

Vorsichtig drückt sie am Rand des Nagelbetts entlang. «Glück gehabt.»

Charlie betrachtet den Nagel, der vom großen Zeh absteht wie eine geöffnete Motorhaube. Glück, findet er, sieht anders aus.

«Die Matrix ist noch intakt», erklärt Hayat, und nach einem Blick in sein Gesicht: «Die Wurzel, wenn du so willst.»

«Und das bedeutet?»

«Das bedeutet, dass du jetzt schön hier sitzen bleibst. Bin gleich wieder da.»

Hayat legt seinen Fuß auf dem Hocker ab. Charlie hört, wie sie die Wohnung verlässt, ohne die Tür zu schließen, lehnt sich mit dem Rücken gegen die Fliesen und sieht seinen Zeh an, als seien er und sein Fuß lediglich entfernte Bekannte. Saubere Arbeit. Ole sollte sich seine «Pediküre» patentieren lassen.

Bevor Charlie Gelegenheit hat, seine Gedanken zu vertiefen, ist Hayat zurück. Sie hält etwas in der Hand, das wie eine Damenpistole aussieht – eine Zierde für jede Handtasche –, sich bei näherer Betrachtung jedoch als Akkuschrauber herausstellt, in Größe XS. Vorne drin steckt ein sehr feiner Bohrer.

«Hab ich mir von den Nachbarn geliehen», sagt sie.

«Ist ein Scherz jetzt», sagt Charlie.

«Keine Sorge», Hayat zieht eine Schublade auf und schält eine Spritze aus der Verpackung, «vorher geb ich dir eine Betäubung.»

Es ist kein Scherz. Hayat ist nicht der Scherzchen-Typ. Mit routinierter Präzision sticht sie an drei Stellen die Nadel in seine Haut, kurz darauf sind Charlie und sein Zeh tatsächlich nur noch entfernte Bekannte. Anschließend bohrt sie mit dem Akkuschrauberchen ein halbes Dutzend feine Löchlein in den Nagel – damit das Blut abfließen kann –, drückt ihn zurück in sein Bett und näht ihn an zwei Stellen am Zeh fest. Zu guter Letzt verbindet sie ihn.

«Die Fäden musst du nicht ziehen lassen», sagt sie, «die lösen sich nach einer Weile von selbst auf.» Sie beginnt, ihre Utensilien zu verstauen. «Du brauchst also nicht noch mal herzukommen.»

Hat Charlie verstanden. Sie sehen einander an. Ihre Augen sind fast schwarz und groß wie Billardkugeln. Der perfekte Moment, um doch noch im Bett zu landen. Findet Charlie.

«Denk nicht mal drüber nach.» Hayat legt ihm einige Wundauflagen und drei Mullbinden heraus, schließt die Schublade und lässt das Handtuch im Wäschekorb verschwinden. Das Bad sieht exakt so aus wie vorher. «Ich könnte dir jetzt sagen, dass du deinen Fuß ruhig halten sollst, aber wenn ich eins von dir weiß, Charlie, dann, dass du immer auf dem Sprung bist. Das nächste Mal fahr einfach in die Notaufnahme.»

Charlie sagt das Einzige, das ihm noch zu sagen bleibt: «Danke.»

Hayat zuckt nur mit der Schulter.

8

Als es am Morgen an die Tür des Gartenhauses klopft, benötigt Charlies Gehirn einige sehr träge Sekunden, um sich im Hier und Jetzt einzufinden. Sein Kopf und sein Zeh fühlen sich gleichermaßen geschwollen an. Die Tür öffnet sich, eine schlaksige Gestalt erscheint, die sich verkehrt herum eine Lockenperücke aufgesetzt hat. Dann schüttelt die Gestalt die Haare aus dem Gesicht, und Charlies Neffe kommt zum Vorschein.

«Morgen.» Lucas deutet mit dem Kinn zum Haus hinüber. «Dicke Luft. Besser, du gehst erst rein, wenn der Herr Kommissar sich verzogen hat.»

Charlie stützt sich auf die Ellenbogen und versucht, seine Augen vollständig zu öffnen. «Ist was passiert?»

«Besorg dir den Tagesspiegel. Rest ist selbsterklärend. Bis später. Endgeiles Board übrigens.»

Und weg ist er.

Charlie lässt den Kopf zurück auf das Kopfteil sinken, schließt die Augen, bewegt sich leicht hin und her und stellt fest, dass die Matratze über Nacht die Luft gehalten hat. Die relativen Freuden des kleinen Mannes.

Als er die Augen das nächste Mal aufschlägt, ist es kurz vor elf, und die Luft im Gartenhaus erinnert an eine Trockensauna. Sein Zeh puckert. Er zieht seine Jeans an, setzt seine Sonnenbrille auf und wagt die Konfrontation mit dem Tageslicht. Ohne die Brille abzusetzen, hält er seinen Kopf unter die improvisierte Dusche, anschließend streift er ein frisches T-Shirt über und humpelt zum Haus.

Sandra steht an der Küchenzeile und blickt aus dem Fenster. Die Spülmaschine pumpt das letzte Wasser ab. Aus dem Haarknoten in ihrem Nacken haben sich zwei Strähnen gelöst. Charlie kommt ihre Haltung weniger aufrecht vor als sonst.

In der Tür stehend betrachtet er sie einen Moment, bevor er sagt: «Guten Morgen.»

«Morgen, Charlie.» Sie ringt sich ein Lächeln ab und lässt den Putzschwamm, mit dem sie die Arbeitsfläche von sämtlichen Bakterien befreit hat, in die Spüle fallen. «Kaffee ist in der Kanne. Wenn du magst ...»

Charlie mag. Er gießt sich einen Becher ein, stellt sich neben Sandra, Blick in die entgegengesetzte Richtung.

«Ich hätte nicht kommen sollen», sagt er.

Sandra sieht ihn an. «Wie kommst du darauf?»

«Seit *ich* hier bin, herrscht ... dicke Luft – um die Worte deines Sohnes zu benutzen.»

«Das ist es nicht, Charlie. Die Luft war vorher schon dick. Du hast sie nur sichtbar gemacht.»

«Was ist es dann?»

«Außer dass ich frustriert bin, weil mir das Leben durch die Finger rinnt und ich niemanden dafür verantwortlich machen kann außer mir selbst?»

«Ich kenn mich da nicht so aus», überlegt Charlie, «aber

ist das nicht normal – dass einem das Leben durch die Finger rinnt, wenn man zwei Kinder und einen Job hat? Du hast eben Familie ...»

«Ich wollte Journalistin werden.»

«Aber das bist du doch.»

«Ich wollte über Außenpolitik berichten, Charlie, Minister interviewen, den Finger in die Wunde legen. Stattdessen schreibe ich über die Grüne Woche – wo alle nur hingehen, weil man sich da umsonst besaufen kann.»

Charlie denkt an sich selbst, den Storch und den Igel. «Alles geht vermutlich nicht.»

«Da frag mal deinen Bruder. Der hat auch zwei Kinder und eine Familie. Seinem beruflichen Werdegang hat das keinen Abbruch getan.»

Charlie weiß nichts zu erwidern. Er trinkt einen Schluck. Schmeckt bitter heute, der Kaffee.

«Ich hatte die Chance, Charlie, und ich hab zurückgesteckt. Ich hätte es einfordern müssen und hab es nicht getan. Und heraus kommt dann so was.» Sandra stößt sich von der Arbeitsplatte ab, nimmt den Tagesspiegel, der auf dem Tisch liegt, zieht den Unterschrank mit den vier verschiedenen Müllbehältern auf und lässt die Zeitung im Altpapier verschwinden. «Was ist mit deinem Zeh passiert!?»

Charlie blickt auf seine nackten Füße. An einer Stelle ist Blut durch den Verband gesuppt. «Gestoßen.»

«Das sieht aber nicht gut aus. Solltest du damit nicht zum Arzt gehen?»

«War ich schon. Bei Hayat. Letzte Nacht.»

Sandra überlegt. «Deine ...»

«... aktuelle Ex-Bettgenossin», zitiert Charlie die Umschreibung seines Bruders.

«Und?»

«Sie hat ihn wieder in Ordnung gebracht», erklärt Charlie.

«Das meine ich nicht.»

Natürlich weiß Charlie, dass Sandra das nicht meint. Sie meint Hayat. «Sie hat gesagt, dass ich nicht wiederkommen muss, weil sich die Fäden von alleine auflösen. Und dass ich beim nächsten Mal in die Notaufnahme gehen soll.»

Sie sehen einander an, ihre Gesichter ungefähr einen Meter voneinander entfernt. «Was ist passiert?», fragt Sandra.

«Es hätte nicht funktioniert. Es *hat* nicht funktioniert. Und Hayat hat das irgendwie klarer gesehen als ich.»

Es tut immer gut, Sandra lächeln zu sehen. Ist eine Art Universalmedizin. «Zu erkennen, dass es nicht funktioniert, war noch nie deine Stärke.»

Es ist klar, dass Sandra auf ihre gemeinsame Vergangenheit anspielt – bevor sie sich für seinen großen Bruder entschieden hat. Fünfundzwanzig Jahre ist das her, kaum zu glauben.

Charlie erwidert ihr Lächeln. «Stimmt.»

Sie ist im Begriff, ihm eine Hand auf den Arm zu legen, macht es dann aber doch nicht.

«Ich geh eine Runde laufen», sagt sie.

Charlie wartet, bis Sandra sich um- und die Tür hinter sich zugezogen hat, ehe er die Zeitung wieder aus dem Altpapier fischt. Der Artikel ist nicht schwer zu finden. Eine halbe Seite im Lokalteil, dazu ein Foto des «Kosmos». Über Jimmy Schütz ist zu lesen, der in den Siebzigern der «Pate von Westberlin» gewesen sei, über die schwarze Etage, die Legenden. Und über den Mord an Cedric V., einen Mord, der viele Fragen aufwerfe, auf die «die Polizei bislang noch keine Antworten gefunden» habe. Auf Nachfrage habe sich vor allem ein «allgemeines Rätselraten» offenbart. Der Artikel ist gut geschrieben: eine Prise Zynismus, eine Spur Häme. Aber nichts davon so aufdringlich, dass der Leser auf eine Ehekrise zwischen dem ermittelnden Kommissar und der Redakteurin schließen würde. Es sei denn, beim Leser handelte es sich um den ermittelnden Kommissar. Oder dessen Bruder.

Charlie spült seinen Becher aus und humpelt zurück ins Gartenhaus, um den Verband zu wechseln. Es wartet Arbeit auf ihn.

Es ist Sonntag. Im LKA 1 treibt sich heute nur herum, wer mitten in einer wichtigen Ermittlung steckt oder kein Zuhause hat. Holger genießt die ungewohnte Ruhe, die ausbleibenden Schritte auf dem Flur. Frau Bökh ist da, ebenso Jensen. Die beiden sitzen im Nachbarbüro und sichten die einlaufenden Informationen.

Bis jetzt gibt es wenig Neues. Zu wenig. Einen wie Cedric van de Vedel räumst du nur auf diese Weise aus dem Weg, wenn du dadurch etwas zu erreichen hoffst, die nächste Stufe, ein Stück vom Kuchen. Es sei denn, es handelt sich um einen Racheakt, wofür es bislang keine Indizien gibt. Und da mindestens vier Personen an der Aktion beteiligt waren, hat Holger es offensichtlich mit organisierter Bandenkriminalität zu tun. Folglich hat er die Bökh und den Jensen gebeten, jede neue Information unter diesem Aspekt zu beleuchten: «Ich will wissen, wer die sind.»

Holger ist überzeugt, dass sich, sobald sie einen Hinweis auf die Organisation haben, die ersten Puzzleteile ineinanderfügen werden. Trotzdem besteht die Möglichkeit, dass er die ganze Zeit etwas übersieht, das bereits vor ihm liegt. So etwas passiert ihm nur selten, er ist gut darin, aus verschiedenen Richtungen zu denken. Aber allein die Tatsache, dass er den Verdacht hat, er könne etwas Wesentliches übersehen, macht ihn auf unbefriedigende Weise wachsam.

Holger schreckt auf. «Vielleicht hast du das Schild am Eingang übersehen», sagt er. «Das hier ist das Landeskriminalamt. Das Hostel ist vorne an der Kurfürstenstraße.»

Charlie steht vor ihm. Wenn man dem einmal die Gartentür öffnet, saugt er sich an dir fest wie ein Blutegel.

«Ich dachte, du könntest einen vernünftigen Kaffee gebrauchen.» Charlie hält einen Träger in der Hand, in dem zwei Cappuccini aus dem Café Einstein stecken. Einen davon dreht er heraus und stellt ihn auf Holgers Schreibtisch, während er unauffällig seinen Blick über die Papiere schweifen lässt. «Zucker ist schon drin.»

«Danke», sagt Holger, was sein Bruder offenbar als Aufforderung missversteht, sich häuslich einzurichten.

«Fenster zu zwei Seiten», nuschelt Charlie und nimmt einen Schluck.

«Wie bitte?», fragt Holger.

«Nichts.» Charlie nimmt noch einen Schluck, dann sieht er ihn an. «Tut mir leid.»

«Interessant.»

«Wegen des Artikels von Sandra. Hab ihn gelesen ...»

«Danke, dass du mich daran erinnerst.»

Sie nippen an ihren Bechern. Schließlich fragt Holger: «Willst du mir sagen, warum du hergekommen bist, oder sollen wir es einfach mal laufen lassen?»

«Wie gesagt: Ich dachte, du könntest einen vernünftigen Kaffee gebrauchen.»

«Wie gesagt: Danke.»

«Dein Büro hat Fenster zu zwei Seiten.»

Holger erwidert nichts. Er hat dieses Büro seit seiner letzten Beförderung. Es ist nicht so, dass er seine Fenster heute zum ersten Mal sähe.

«Habt ihr schon einen konkreten Verdacht?»

Holger dreht den Becher auf der Stelle. «Das ist das Dumme an Sandras Artikel: Im Grunde hat sie recht – wir stochern im Nebel.»

«Was ist mit dem Wagen in der Tiefgarage?»

«War geklaut, aber das wussten wir schon, bevor die KTU ihn auseinandergenommen hat.»

«Was ist mit Bobby Schütz?»

Holger blickt aus einem seiner Fenster. «Der soll seinen eigenen Partner mit einem halben Dutzend Kugeln erschießen, um anschließend mit seinem Business alleine dazustehen? Bobby Schütz ist keine Leuchte, Charlie, aber er ist schlau genug, um zu kapieren, dass er den Laden unmöglich alleine managen kann. Ich könnte mir vorstellen, dass der gerade ganz schön das Flattern kriegt.»

«Die beiden hatten Ärger.»

«Ich kann mich nicht erinnern, das in Sandras Artikel gelesen zu haben.»

«Stand auch nicht drin.»

Holger sieht seinen kleinen Bruder fragend an.

«Was man so hört», erwidert Charlie.

«Wie dem auch sei: Dass Bobby seinen Partner auf diese Weise hinrichtet und außerdem die halbe Wochenlieferung Koks liegen lässt, während er gleichzeitig van de Vedels Wagen aus der Tiefgarage stehlen lässt ... Das passt nicht zusammen.»

«Oder soll nicht zusammenpassen.»

Holger erwägt die Möglichkeit, dass Bobby die ganze Sache so inszeniert haben könnte, dass es nicht nach ihm aussieht. «Zu kompliziert für Bobby.»

Das ist es nicht, denkt Charlie. «Ein halbes Dutzend Kugeln, sagst du?»

«In der Leiche. Insgesamt waren es fünfzehn. Wahrscheinlich eine Beretta. Das vollständige Magazin. Al Pacino lässt grüßen.»

Charlie erinnert sich daran, wie Bobby den Kopf abwandte, bevor Ole ihm den Zeh pedikürte. Er wollte es nicht sehen. Macht auf Pitbull, aber wenn er alleine ist, hört er Coldplay und trinkt Kamillentee.

«Was ist mit der Frau, die die Leiche gefunden hat?»

«Frau Szabatzki? Was für ein Motiv sollte die haben? Und dazu dieses Blutbad ... Außerdem war sie sauber.»

«Szabatzki?»

«Ja, Nicoletta Szabatzki. Nennt sich Nikita. Wieso – sagt dir der Name was?»

Jetzt schon, denkt Charlie. Er leert seinen Becher. «Nicht, dass ich wüsste.»

Erst als Charlie aufsteht, bemerkt Holger, dass sein Bruder Flip-Flops trägt – und einen bandagierten Zeh hat.

«Was hast du denn gemacht?»

«Bin in einen Nagel getreten», lügt Charlie, «im Gartenhaus. Ist ja ziemlich dunkel da – so ganz ohne Strom.»

«Versteh ich gar nicht.» Holger schmunzelt. «Hab dir doch extra die Taschenlampe gegeben.»

Charlie hat das Büro verlassen und Holger sich in die Frage nach einem möglichen Motiv vertieft, als das Telefon klingelt.

«Sie sind im Büro. Das ist erfreulich.»

Beate Niermeyer. Denk es nicht, nimmt Holger sich vor. Denk. Es. Nicht.

«Ist das ein Kontrollanruf?», fragt er. Jetzt denkt er es natürlich doch: Quotenchefin.

«Keineswegs. Haben Sie den Artikel im heutigen Tagesspiegel gelesen?»

«Hab ich.»

«Den hat nicht zufällig Ihre Frau verfasst?»

Nein, denkt Holger, *zufällig* hat sie den sicher nicht verfasst. «Das müssen Sie meine Frau fragen. Als ich heute Morgen ins Büro gefahren bin, schlief sie noch.»

«Scheint ja einen gesunden Schlaf zu haben, Ihre Frau.»

Holger schweigt.

«Es erscheint mir wenig zielführend, Herr Brinks, wenn die Frau eines ermittelnden Kommissars sich in der Tagespresse über die Orientierungslosigkeit der Polizei auslässt.»

Quotenchefin.

«Herr Brinks?»

«Ja?»

«Haben Sie gehört, was ich gesagt habe?»

«Klar und deutlich, Frau ... Niermeyer.»

Ein plötzliches Schweigen füllt die Leitung.

«Frau Niermeyer?»

«Ja?»

«Ist noch was?»

«Sie haben gerade ‹Quotenchefin› gedacht, stimmt's?»

«Wie bitte?»

«Sie haben ‹Quotenchefin› gedacht. Ich konnte hören, wie Sie es gedacht haben.»

«Dann müssen Sie aber sehr gute Ohren haben, Frau Niermeyer.»

«Hab ich, Herr Brinks. Ist übrigens gut geschrieben – der Artikel Ihrer Frau.»

«Ja, schreiben kann sie.»

Charlie wirft einen Blick in den Fußraum und bewegt vorsichtig seine Zehen. Richtig laufen kann er damit noch nicht, aber Auto fahren geht schon wieder. Er hat sich einen unauffälligen Wagen besorgt: Skoda Oktavia. Ergonomisch, praktisch, seelenlos. Amar, ein alter Bekannter, betreibt in der Rhinstraße einen Autohandel. Wenn Charlie einen anderen Wagen braucht, lässt er sich einen Vorführwagen geben und schiebt Amar dafür ein paar Scheine über den Tisch. Noch immer trägt er die WM-Flip-Flops in den Farben der brasilianischen Nationalflagge. Zwischendurch hat er es mit Turnschuhen versucht, aber schon das Anziehen war eine Qual.

Über ihm rattert die Hochbahn. Abendstimmung am Bülowbogen. Zwei Frauen mit Kopftüchern schieben ihre Kinderwagen über den Bürgersteig, werden kurz von einer Gruppe Fahnen schwenkender Fußballfans verschluckt und kurz darauf wieder ausgeschieden. Charlie erinnert sich: Heute findet das DFB-Pokalfinale im Olympiastadion statt.

Da drüben, auf der anderen Straßenseite, wohnt Nicoletta Szabatzki. Vorderhaus, vierter Stock. Um Punkt halb acht hält ein Taxi in zweiter Reihe vor dem Haus. Zwei Minuten später geht die Tür auf, und eine indische Gottheit erscheint – Shiva oder wie die heißt – kunstvoll geflochtenes Haar, sariartiges Kleid, Glanz und Gloria, auf einer Seite schulterfrei. Eine Haut wie Alabaster, die Schlüsselbeine von Michelangelo handgedrechselt. Der Taxifahrer springt praktisch aus dem Wagen, um ihr die Tür zu öffnen. Wann hat man das je gesehen – dass ein Berliner Taxifahrer aus dem Wagen steigt, um dem Fahrgast die Tür aufzureißen? Erst als das Taxi anfährt, wird Charlie klar, dass da niemand anderes als Nicoletta Szabatzki davonrollt. Diese Frau kann alles sein! Hektisch dreht er den Schlüssel und tritt aufs Gas.

Beinahe verliert Charlie das Taxi aus den Augen, doch da er ahnt, wohin die Fuhre geht, ordnet er sich am Winterfeldplatz links ein, und noch bevor er die Uhlandstraße kreuzt, hat er es wieder vor sich. Erste, schwere Tropfen klatschen auf die Scheibe – was immer das bedeutet. Den Tag über war es ungewöhnlich warm, jetzt entlädt sich etwas. Sommerregen im Mai. Wie von Charlie erwartet, hält das Taxi vor dem «Kosmos». Charlie macht einen waghalsigen U-Turn, parkt, hoppelt über die Straße und stolpert ins Foyer, als Nicoletta Szabatzki den Fahrstuhl betritt, und genau in diesem Moment – während der Regen niederzuprasseln beginnt und sich zwei Kilometer Luftlinie entfernt die Spieler für das Finale warm schießen –, in diesem Moment treffen sich erstmals ihre Blicke.

Der Blick von Charlie sagt: In Fleisch und Blut bist du noch schöner als auf dem Foto, und ja, der Raum um dich herum tritt tatsächlich in den Hintergrund, löst sich praktisch auf, und ich weiß, ich stehe gerade da wie ein Trottel, und du hast mich gesehen, was nicht hätte passieren sollen, echt nicht professionell, aber jetzt ist es zu spät. Und die Flip-Flops trage ich nur ausnahmsweise, wegen dem Zeh.

Der Blick von Nicoletta Szabatzki sagt: Süß, spielt aber nicht in meiner Liga.

Charlie sieht, wie sie den Schlüssel ins Schloss für die schwarze Etage steckt, dann schließt sich die Tür.

9

Da die Hotelbar Charlie praktisch zuwinkt, wäre es im Grunde unhöflich, ihr nicht wenigstens kurz Gesellschaft zu leisten. Charlie wählt also den Barhocker mit dem besten Blick ins Foyer und bestellt einen Gin Tonic. Abgesehen von zwei Russen, die in Sesseln am anderen Ende des Raumes sitzen, mit gedämpften Stimmen reden und mit fleischigen Fingern die Nussschalen leer schaufeln, ist Charlie der einzige Gast.

Er ist im Begriff, den zweiten Schluck zu nehmen und seinem Gin Tonic das Du anzubieten, als sich die Fahrstuhltür öffnet und Nicoletta Szabatzki ins Foyer entlässt – an der Seite eines betagten Herrn in Frack und Fliege und mit dem betonten Gang eines geborenen Herrschers. Charlie tippt auf Oper oder Konzerthaus. Vom Kronleuchter tröpfelt das Licht auf sie herab. Trotz der zwölf Zentimeter hohen Absätze berühren ihre Schuhe kaum den Boden.

Da er alleine an der Bar sitzt, ist es praktisch unvermeidlich, dass sich Nicolettas und Charlies Blicke ein zweites Mal begegnen. Und dieses Mal trifft ihn ihr Blick, wie Oles Queue seinen Zeh getroffen hat: punktgenau und mit exakt der

Wucht, die maximalen Schaden anrichtet, den Getroffenen aber am Leben lässt.

Charlies Blick sagt: Irgendwo in deiner Brust schlägt ein Herz, ich weiß es. Und es schlägt für mich.

Der Blick von Nicoletta Szabatzki sagt: Typen, die in Flip-Flops an der Bar sitzen und einen Skoda Octavia fahren, werden nie in meiner Liga spielen.

Und Charlies Blick sagt: Der Skoda ist nur gemietet, ehrlich! Sonst fahr ich ... Moment mal: Woher weißt du das überhaupt?

Und Nicolettas Blick sagt: Mach's gut, Charlie.

In Wirklichkeit hat sie natürlich längst das Hotel verlassen, und Charlie fragt sich, ob das ein Lächeln war, das sie ihm zum Abschied zugeworfen hat – da vorne unter dem Kronleuchter. Das war doch ein Lächeln!

Bevor er aufstehen und nachsehen kann, ob Nicolettas Lächeln noch irgendwo auf dem Teppich liegt, klingelt sein Handy. Als er den Namen des Anrufers auf dem Display liest, meldet er sich, indem er sagt: «Sie war es nicht.»

«Wer war was nicht?», schnauft Bobby Schütz.

«Nicoletta Szabatzki.»

«Die, von der ich dir das Foto geschickt habe?» Bobbys Atem geht, als besteige er gerade den Mount Everest und stehe kurz vor dem Gipfel. Im Hintergrund sind dumpfe Geräusche zu hören. «Festhalten, hab ich gesagt», bellt er, meint aber offenbar nicht Charlie.

Der wartet, bis der Barkeeper außer Hörweite ist, bevor er antwortet. «Genau die. Nikita. Die schafft zwar hier an und hat einen Privatschlüssel für die schwarze Etage, aber das war es dann auch. Solltest du eigentlich besser wissen als ich, ist schließlich der Laden deines Vaters. Wie auch immer:

Dass ausgerechnet die deinen Kompagnon umlegen und in seinem Kokain liegen lassen sollte, ergibt überhaupt keinen Sinn.»

«Meins», keucht Bobby.

«Wie bitte?»

«Es ist *mein* Koks.»

«Natürlich ist es deins, Bobby. Aber darum geht's jetzt nicht. Pass auf: Es ist durchaus möglich, dass Nicoletta und Cedric sich kannten – vielleicht hat er sie mit Stoff für ihre Kunden versorgt –, aber nicht einmal darauf habe ich Hinweise gefunden. Und dass sie im Auftrag einer Konkurrenzfirma gearbeitet haben soll, erscheint mir abwegig. Die arbeitet für niemanden als sich selbst.»

Für einen Moment sind nur die dumpfen Geräusche zu hören, dann sagt Bobby: «Irgendwas ist mit der.»

Das kannst du laut sagen, denkt Charlie. Er antwortet: «Wenn du andere Informationen oder einen konkreten Verdacht gegen sie hast, Bobby, dann sag's mir. Lass mich nicht im Trüben fischen.»

«Nix Konkretes. Aber mit der ist was.»

«Sag mal: Was ist denn los bei dir? Ich versteh dich kaum.»

«Sandsack.»

«Du prügelst gerade auf einen Sandsack ein?»

«Klar.»

«Und wie hast du mit Boxhandschuhen meine Nummer gewählt?»

«Für so etwas hab ich meine Leute – festhalten! Handschuhe hab ich trotzdem keine an. Ist besser, weißt du. Der Schmerz, Mann, du musst den Schmerz spüren.»

Holger hat recht, überlegt Charlie, Bobby geht die Düse. Der würde im Moment so ziemlich alles tun, um sich selbst das Gefühl zu geben, vorbereitet zu sein. «Okay, also was: Ich bleib an ihr dran?»

«Ja, bleib an ihr dran.»

Nichts lieber als das. «Gut. Jetzt zu dir.»

«Hm?»

«*Du* hast *mich* angerufen.»

«Korrekt.» Bobby schnauft und ruft: «Pause!» Schließlich fällt ihm wieder ein, weshalb er angerufen hat. «Schon mal was von Lolek und Bolek gehört?»

«Die Zeichentrickserie, mit der man uns als Kinder zu Tode gelangweilt hat?»

«Nein, Mann. Marder.»

«Du meinst Autodiebe.»

«Hab mich umgehört: Profis. Sind neu in der Stadt.»

«Und du glaubst, die haben Cedrics Wagen geklaut?»

«Weiß ich nicht, Mann. Möglich.»

«Und haben außerdem Cedric ein halbes Dutzend Kugeln verpasst – Lolek und Bolek?»

«Geh mir nicht auf die Eier, Charlie. Wenn ich die Antworten hätte, bräuchte ich dich nicht. Find's einfach raus.»

«Die waren zu viert, Bobby.»

«Und?»

«Lolek und Bolek sind zwei.»

«Ich hab dir doch gerade gesagt, dass du mir nicht auf die Eier gehen sollst! Die *Bande* heißt Lolek und Bolek. Und wenn die auf mehr aus sind, als schicke Autos klarzumachen, dann sind das vielleicht die Typen, die mir gerade das Leben schwer machen. Du sollst einfach nur herausfinden, ob die Polizei etwas über sie weiß.»

Als Charlie aus dem «Kosmos» heraus und auf den Bürgersteig tritt, läuft der Regen in dicken Fäden die Markise herab. Es ist seltsam ruhig auf den Straßen. Außer Charlie wollen alle das Finale sehen, das sich gerade in der Halbzeitpause befindet und absäuft.

Alle außer Charlie und Holger, sollte man korrekterweise hinzufügen. Der Kommissar sitzt noch immer in seinem Büro und geht dem diffusen Gefühl nach, etwas übersehen zu haben. Dabei kann er sich im Gegensatz zu seinem kleinen Bruder durchaus für Fußball begeistern. Doch heute gibt es Wichtigeres zu tun. Immer wieder weckt er seinen Laptop aus dem Ruhezustand und betrachtet die Fotos vom Tatort. Das Gemetzel wirkt wie die Tat eines Psychopathen. Oder soll so wirken. Eine Abrechnung, denkt er, was Persönliches.

Als Charlie reinkommt, ist Holger nur mäßig überrascht. Statt Kaffee hat sein Bruder diesmal zwei Bierflaschen dabei. Irgend so ein Craft-Bier, wie man es neuerdings trinkt. Für Feinschmecker. Holger kennt sich damit nicht aus. Er findet, Feinschmecker sollten Wein trinken.

«Man könnte meinen, du hättest kein Zuhause», sagt er.

«Weißt du, Holger: Wenn du versuchst, witzig zu sein ...» Charlie stellt eine der Flaschen vor seinem Bruder ab, wirft einen beiläufigen Blick auf den Bildschirm, stößt mit der anderen an und setzt sich. «... das hat noch nie funktioniert.»

Holger schmunzelt: «Ich fand's ganz lustig.»

«Was nur beweist, dass ich recht habe.»

Holger nimmt die Flasche und prostet seinem Bruder zu. Sie trinken. Schmeckt gut, wie er zugeben muss.

«Gibt's Neuigkeiten?», fragt Charlie.

Holger stellt die Flasche auf dem Tisch ab. «Sag mal: Dein

plötzliches Interesse an meinem Fall ... Dahinter steckt nicht zufällig mehr als persönliche Neugier?»

«Also nein – es gibt nichts Neues. Sonst würdest du am Sonntagabend nicht in deinem Büro sitzen.»

«Selbst wenn es Neuigkeiten gäbe, dürfte ich mit dir nicht über den Fortgang der Ermittlungen reden. Und das weißt du.»

«Ich hab vielleicht was für dich.»

«Du ziehst aus?»

«Holger, ehrlich: Versuch das mit dem Witzigsein erst gar nicht. Nein, ich habe etwas, das deinen Fall betreffen könnte. Sagen dir Lolek und Bolek etwas?»

Beinahe verschluckt sich Holger an seinem Bier. «Du weißt schon, dass ich hier in der Mordkommission arbeite, oder? Das ist nicht die Kindertagesstätte.»

«Haben die Kollegen von der organisierten Kriminalität schon etwas über die Autodiebe herausgefunden?»

Holger blickt auf seine Uhr. «Bis vor einer Stunde noch nicht.»

«Dann wirf ihnen doch mal die Namen Lolek und Bolek zu. So heißt eine Bande. Ist neu in der Stadt, möglicherweise mit Ambitionen.»

«Darf ich fragen, woher du deine Informationen hast?»

«Klar.»

«Aber sagen wirst du es mir nicht.»

Statt zu antworten, grinst Charlie nur. Er trinkt. «Schmeckt ganz gut, oder?»

Holger nickt.

«Beim Italiener an der Ecke gibt's Public Viewing», sagt Charlie.

«So, so.»

«Die standen da dicht gedrängt unter der Markise. Sah ganz kuschlig aus.»

«Interessant.»

«Zur Halbzeit stand's eins zu eins.»

«Lass uns gehen.»

Sandra erwartet die beiden leicht angeschickerten Brüder mit ineinander verschränkten Beinen und in unguter Gemütsverfassung. Sie würde sich gerne bei ihrem Mann für die Reportage im Tagesspiegel entschuldigen. Die zu schreiben war unangemessen, unfair und – besonders schmerzlich – unter ihrem Niveau. Dass sie sie dennoch geschrieben hat, zeigt allerdings deutlich, dass etwas in diesem Haus aus der Balance geraten ist. Und daran, findet Sandra, trägt Holger die Schuld.

«Hallo, ihr beiden!» Sie hat sich vorgenommen, freundlich zu sein, es gut zu meinen, zu verzeihen. Doch ihr Vorsatz steht auf wackeligen Beinen. «Wie war's im Büro?», fragt sie ihren Mann.

Auch Holger ist gewillt, sich von der versöhnlichen Seite zu zeigen. Wenn Sandra und er Streit haben – das setzt ihm zu. Leider hat er jedoch genau ein Craft-Bier zu viel getrunken, und Sandras Frage ruft ihm augenblicklich das Gespräch mit Frau Niermeyer ins Gedächtnis. Dabei hatte er den Zeitungsartikel gerade zum dritten Mal an diesem Tag erfolgreich verdrängt.

«Geht so», entgegnet er. «Meine Chefin fragt sich, ob der richtige leitende Kommissar mit dem Fall betraut ist. Sie hält es für wenig zielführend, dass meine Frau sich in der Tagespresse über die Unfähigkeit der Polizei auslässt.»

«Ich habe mich nicht über die Unfähigkeit der Polizei

ausgelassen», verteidigt sich Sandra. «Ich habe lediglich geschrieben, dass die Ermittlungen bislang keine konkreten Ergebnisse erbracht haben.»

«Ich meine, mich an die Formulierung ‹allgemeines Rätselraten› zu erinnern», entgegnet Holger.

«Stimmt», quatscht Charlie dazwischen, «daran erinnere ich mich auch.» Er spürt ein plötzliches Verlangen nach seiner Luftmatratze. Bevor Sandra die nächste Eskalationsstufe zünden kann, sagt er: «Ich werde mich mal in mein Gartenhäuschen zurückziehen.»

Sandra macht große Augen. Mit denen sieht sie erst ihren Schwager und dann ihren Mann an. «Ach – Charlie schläft also immer noch im Gartenhaus?»

Holger sagt nichts.

«Er weiß es gar nicht, stimmt's?», hakt Sandra nach.

«Er weiß *was* nicht?», fragt Charlie seinen Bruder.

«Ja, Holger – *was* weiß dein Bruder nicht?», sagt Sandra.

Holger atmet deutlich hörbar ein und wieder aus. Anschließend sagt er: «Wir hatten überlegt, dich in Ellens Zimmer schlafen zu lassen.»

«Aber?», fragt Charlie.

«Ich hab mich umentschieden.»

Das ist der Moment, in dem die wackeligen Beine von Sandras Vorsatz endgültig einknicken. «So – *du* hast *dich* also umentschieden. Wieso nur überrascht mich das gar nicht? Weißt du, Charlie, so läuft das nämlich immer: Solange alles so funktioniert, wie dein Bruder das möchte, herrscht hier Friede, Freude, Eierkuchen. Aber sobald ein Problem auftaucht, für das man eine *gemeinsame* Lösung finden müsste, ist es am Ende Holger, der entscheidet.»

Auch Holgers Vorsätze liegen inzwischen am Boden. «Ich

zahle nicht bei meinem Bruder zwanzig Jahre lang die Raten für mein Haus ab, um anschließend ...»

«Da siehst du's!» Auf der Suche nach einem Verbündeten richtet Sandra ihren Blick auf Charlie. «Holger und ich werden im Herbst unseren zwanzigsten Hochzeitstag feiern – jedenfalls war das mal der Plan. So lange wohnen wir jetzt gemeinsam in diesem Haus. Aber wenn es ein Problem gibt, ist es plötzlich *sein* scheiß Haus!»

Holger könnte darauf beharren, dass schließlich er es war, der seinem Bruder zwanzig Jahre lang die Raten überwiesen hat, doch dann würde Sandra kontern, dass sie auch nichts dagegen gehabt hätte, die Raten zu bezahlen, wenn sie nicht damit beschäftigt gewesen wäre, zwei Kinder großzuziehen, und dann wäre eine Eskalationsstufe erreicht, bei der eine gänzlich unkontrollierbare Reaktion droht.

Holger sieht seinen kleinen Bruder an: «Also bitte: Von mir aus kannst du Ellens Zimmer haben.» Und zu Sandra: «Aber du beschwer dich nicht, wenn er Weihnachten immer noch hier wohnt.»

Unter normalen Umständen würde Charlie das Angebot natürlich sofort annehmen. Sieben Zonen Latexmatratze, Jalousien vor dem Fenster, keine Spinnen ... Doch sein schlechtes Gewissen erhebt Einsprüche, denen er stattzugeben bereit ist.

«Das ist wirklich nett von euch», sagt er. «Aber ich glaube, ich bleib lieber im Gartenhaus. Ehrlich. Ich mag es. Ist wie Zeltfreizeit.» Er wendet sich der Terrassentür zu, als ihm etwas einfällt. «Ist es okay, wenn ich mir noch eine Flasche Wein mit rübernehme?»

Holger verdreht die Augen: «Seit wann fragst du vorher?»

«Musstest du ausgerechnet den Chablis nehmen?», fragt Holger.

Keine halbe Stunde hat es gedauert, dann ist er seinem Bruder zum Gartenhaus gefolgt. Die Terrassentür hat er offen gelassen, so kann die dicke Luft besser abziehen.

«Ich hab einfach irgendeine genommen», sagt Charlie.

Was nicht ganz der Wahrheit entspricht. Er hat eine von ganz oben genommen. Und als die erste sich als Scheurebe herausstellte, hat er sich außerdem einen zweiten Versuch gegeben. Aber man kann nicht immer die ganze Wahrheit sagen.

Die zwei Stufen des Gartenhäuschens sind gerade breit genug, dass man nebeneinandersitzen kann. Holger hat sich ein Glas mitgebracht, Charlie schenkt ihm ein.

Holger deutet auf Charlies Zeh, dessen frische Bandage im fahlen Licht der Straßenlaterne leuchtet. «Du bist in keinen Nagel getreten, stimmt's?»

«Stimmt.»

«Ich hab einen Verdacht, Charlie.»

«Lass hören.»

«Ich hab den Verdacht, dass es einen Zusammenhang gibt zwischen deinem verbundenen Zeh und der Tatsache, dass du dich neuerdings für meinen Fall interessierst.»

«Hm.»

«Spuck's aus, Charlie.»

«Ich hab Spielschulden.»

«Bei Bobby dem Bruchpiloten?»

«Hm.»

«Ole hat dir den Zeh pedikürt.»

«Ich hab eine Information für dich, Holger: Bobby war's nicht.»

«Interessant.»

«Er hat mich angeheuert, um herauszufinden, wer Cedric umgebracht hat.»

«Nachdem Ole dir den Zeh pedikürt hat?»

«Hm.»

«Er will, dass du deine Schulden abarbeitest.»

«Er war es nicht.»

«Und jetzt soll ich was über Lolek und Bolek herausfinden, das du ihm dann steckst.»

«Eine Hand wäscht die andere», schlägt Charlie vor.

«Das könnte mich meinen Job kosten.»

«Weiß ich.»

«Aber?»

«So eine Pediküre von Ole ist echt nicht angenehm.»

«Du bist ein Idiot, Charlie.»

«Und du lässt deinen Bruder im Gartenhaus schlafen.»

10

Charlie fragt sich, warum er aufgewacht ist. Er muss die Augen nicht öffnen, um zu wissen, dass noch Nacht ist. An der Luftmatratze liegt es nicht. Die hat brav die Luft gehalten. Nein, es ist, weil ... ihm etwas über das Gesicht gelaufen ist!

Hektisch fummelt er den Reißverschluss des Schlafsacks auf, tastet nach der Taschenlampe und beginnt, an dem integrierten Dynamo herumzudrücken. Im Schein der LED-Lämpchen untersucht er seinen Schlafsack, und siehe da: In einer Falte des Kopfteils sitzt eine Spinne, deren Beine die Spannweite einer Untertasse haben. Charlie schüttelt sich. Er kann Spinnen nicht ausstehen. Als sie noch Kinder waren, hat Holger sich einen Spaß daraus gemacht, ihm die Dinger heimlich irgendwo hineinzusetzen – den Pullover, die Jacke, die Schulmappe. Ältere Brüder eben.

Vorsichtig nimmt er seinen Schlafsack, trägt ihn nach draußen, geht zum Zaun – als würde ein Maschendrahtzaun eine Spinne aufhalten – und schüttelt ihn so lange über dem Nachbargrundstück aus, bis er die Spinne in die Blätter fallen hört. Dann steht er auf dem Rasen und spürt dem Gras unter den Füßen nach, während langsam das Licht seiner Taschenlampe erlischt. Leise ist das Summen der Straßenlaterne zu hören. Im Haus ist alles dunkel. Die Terrassentür ist geschlossen. Charlie fragt sich, ob Sandra und Holger sich wieder versöhnt haben und ob sein Bruder jetzt im Schlaf den Arm um sie gelegt hat. Oder ob jeder an seiner Kante liegt, zwischen ihnen eine Wand aus Eis. Und dann weiß Charlie, dass er nicht wieder einschlafen wird.

Er geht ins Gartenhaus, zieht sich an, tastet nach seiner Jacke und dem Schlüssel für den Skoda. Einen anderen hat er nicht. Passiert auch nicht oft im Leben – dass der Autoschlüssel der einzige ist, den man noch hat. Weniger hast du nur im Knast. Kann einen wehmütig stimmen. Andererseits hat es auch etwas Befreiendes, wie Heilfasten oder so. Hat eben alles seine zwei Seiten.

Zwanzig Minuten später parkt er den Skoda unter der Hochbahn vor Nicoletta Szabatzkis Haus. Um kurz nach fünf geht im Treppenhaus das Licht an. Charlie steigt aus, wartet hinter einem Pfeiler, bis eine verschlafene Frau mit Kopftuch aus dem Haus schlurft, und schlüpft hinein. Draußen existiert zwar kein Klingelschild mit Nicolettas Namen, aber an einem Briefkasten steht Szabatzki, und unter ihrer Klingel im vierten Stock ist ebenfalls ihr Name zu lesen. Er geht zurück zu seinem Wagen, setzt sich hinter das Steuer und wartet. Alle zehn Minuten rattert eine U-Bahn über die Gleise. Um kurz vor halb sieben sagt ihm etwas, dass sie nicht zu Hause ist. Und das kann eigentlich nur eines bedeuten.

Frühstück gibt es im «Kosmos» ab sechs Uhr dreißig. Charlie ist auf die Minute pünktlich. Er nimmt sich den Tagesspiegel, setzt sich in einen Sessel im Foyer und lässt sich einen Cappuccino bringen, dann einen zweiten, dann noch einen.

Über den «Mord im Drogenmilieu» ist im Berlinteil nichts Neues zu lesen, dafür wird ausgiebig über die weltweit einmalige Ausstellung der größten Kunstwerke des zwanzigsten Jahrhunderts berichtet, die ab kommende Woche für drei Monate im Gropiusbau zu erleben sein wird. Renoir, Picasso, Monet – alle da. Die Tickets sind auf Wochen hin ausverkauft. Zur Eröffnung hat sich von der Kulturstaatsministerin aufwärts so ziemlich alles angekündigt, was kurzfristig eingeflogen werden konnte.

Dann dieser Augenblick – als Nicoletta aus dem Fahrstuhl kommt und ihr Blick auf den Typen mit den grünen Flip-Flops fällt, der gestern Abend schon an der Bar saß. Als frage sie sich, ob Charlie echt oder nur eine Projektion ist. Charlie hingegen glaubt, einen Schatten auf ihrem Gesicht zu entdecken, wo gestern noch keiner war. Ein Hauch von Sterblichkeit um ihre Augen. Diese Entdeckung löst einen Gedanken von geradezu philosophischer Dimension bei ihm aus: Erscheint uns Schönheit nur deshalb so schön, weil wir wissen, dass sie vergeht? Hat er sonst nie, solche Gedanken.

Er erwischt Nicoletta, bevor sie ins Taxi steigen kann. Es ist ein anderer Fahrer, doch auch dieser hält ihr die Tür auf.

«Entschuldige!» Er humpelt die Stufen hinab.

Nicoletta legt ein ganz kleines bisschen den Kopf schief, so wie manche Menschen ein Bild betrachten: Der Typ ist also keine Projektion. Aber was will er? Normalerweise genügt ihr *ein* Blick, um einen Mann richtig einzuschätzen, manchmal braucht sie zwei. Diesen Typ sieht sie jetzt zum dritten Mal und bekommt ihn nicht scharfgestellt.

«Kann ich dich zu einem Kaffee einladen?», fragt Charlie.

Ihr Blick sagt: In einem anderen Leben, Charlie. Vielleicht.

Sein Blick sagt: Ich hab nur das eine.

Der Blick des Taxifahrers sagt: Ich setze einen Hunderter, dass sie ihn abblitzen lässt.

«Ich glaube nicht.» Nicoletta wendet sich dem Taxi zu.

Charlie blinzelt in die Morgensonne. «Komm schon, bitte. *Einen* Kaffee.»

Damit ist der Punkt erreicht, an dem Nicoletta Männern normalerweise unmissverständlich und unwiderruflich klarmacht, dass sie kein Interesse hat, egal woran, nicht heute, nicht morgen, nie. Sie blickt also Charlie an, der noch immer die Augen zusammenkneift und wie ein ungemachtes Bett aussieht, und sagt:

«Halbe Stunde.»

Und ihr Blick sagt: War ich das, die gerade «halbe Stunde» gesagt hat?

Und sein Blick sagt: Äh ... Ach so?

Und der Blick des Taxifahrers sagt: 'N Hunderter weg, einfach so. Die Schicht fängt ja gut an.

Sie gehen zu Starbucks am Olivaer Platz, das ungefähr so romantisch und persönlich ist wie eine Stasi-Verhörstube, aber man kann auf Barhockern am Fenster sitzen und auf den zum Leben erwachenden Platz schauen, und wenn man will, kann man dabei an Paris oder New York denken.

Mit leicht flattrigen Fingern stellt Charlie die Tassen ab. Nach drei Cappuccini auf nüchternen Magen sollte er langsam etwas zu essen nachschieben. Stattdessen trinkt er den vierten.

«Ich heiße übrigens Charlie», sagt er.

Nicoletta zögert einen Moment, bevor sie «Zoe» sagt. «Ich bin Zoe.»

«Und, Zoe», fragt Charlie, «was machst du so?»

Sie nippt an ihrem Becher: «Du hast mich gesehen, gestern Abend. Du weißt, was ich so mache.»

«Ich kann mir denken, womit du dein Geld verdienst. Aber was du sonst so machst, weiß ich nicht.»

Charlie spürt ihre Nähe wie die eines Kaminfeuers. Sie sitzen keine drei Handbreit voneinander entfernt. Die Dame, deren Hund gerade auf dem Platz die Stuhlbeine vor dem Coffee Shop beschnüffelt, hält sie vermutlich für ein Paar oder für Arbeitskollegen, glaubt, das hier passiere jeden Tag.

«Wie kommt es», erwidert Nicoletta, «dass du morgens um sieben in einem Hotel sitzt, obwohl du dort kein Gast bist?»

«Wie kommst du darauf, dass ich da kein Gast bin?»

Sie blickt über sein rechtes Ohr. «Du hast Blätter im Haar.»

Charlie tastet nach den Blättern und zieht sie heraus. «Meine Kaffeemaschine ist kaputt.» Als erkläre das die Blätter.

«Ja. Klar.»

«Okay, um die Wahrheit zu sagen: Ich hab gar keine Kaffeemaschine. Mehr. Also ich hatte mal eine, aber jetzt nicht mehr. Was aber nicht so schlimm ist, denn ich hab streng genommen auch keine Küche mehr. Aber! Dafür gibt es ja Hotels, in denen man so etwas bekommt.»

«Morgens um sieben?»

«Hab schlecht geschlafen.»

Nicolettas Blick fällt auf die Blätter, die Charlie neben seine Tasse gelegt hat. «Kann ich mir denken. Ist sicher unbequem – so eine Parkbank.»

«Bist du verrückt – ich schlaf doch nicht im Freien!»

«Nein?»

«Nein. Ich schlafe ... im Gartenhaus meines Bruders.»

Charlie, denkt Charlie, du bist ein lausiger Privatermittler. Dein Job sollte sein, unauffällig Informationen über Nicoletta Szabatzki einzuholen, und jetzt sitzt du hier, liest ihr praktisch dein Tagebuch vor und weißt nach wie vor nichts über sie.

«Warum?» Nicoletta blickt ihm offen ins Gesicht.

«Warum?»

«Warum ich?»

Charlies Blick sagt: Soll das ein Witz sein? Hast du in letzter Zeit mal in den Spiegel geschaut?

Nicoletta sagt: «Dieser Stadt mangelt es nicht an attraktiven Frauen.»

Hübsche Formulierung. Bobbys Worte kommen ihm in den Sinn: Bleib an ihr dran. Irgendwas ist mit der. Und dann sagt Charlie etwas, das ihm selbst total kitschig vorkommt, aber irgendwie stimmt es auch. Also, er sagt:

«Bist du schon mal von einem Blitz getroffen worden?»

«Nein.»

«Okay, schlechtes Beispiel.» Er überlegt. «Hast du schon mal versucht, etwas aus dem Briefkasten zu holen, also oben, durch den Schlitz, weil du den Schlüssel nicht hattest» – er macht es vor – «und dann bist du mit der Hand stecken geblieben und hast sie nicht wieder herausbekommen?»

Amüsiert betrachtet Nicoletta Charlies zappelnde Finger, die in einem unsichtbaren Briefkasten umhertasten. Und plötzlich schwappt eine Erinnerung in ihr Bewusstsein, von der sie gar nicht wusste, dass sie noch irgendwo verborgen war.

«Ich erinnere mich an ein Glas mit Kirschen, als Kind ...»

Um ihre Hand zu befreien, hatte ihr Ziehvater es am Ende

unter Nicolettas panischem Geschrei mit einem Hammer zerschlagen.

«Warum?», gibt Charlie die Frage zurück.

Nicoletta blickt hinaus auf die Kreuzung, den morgendlichen Verkehr. Inzwischen flutet Sonnenlicht den Platz. «Neugier?»

Das war es zwar nicht, was Charlie sagen wollte – der wollte nämlich darauf hinaus, dass niemand wissen kann, warum er vom Blitz getroffen wird, und dass es nicht vorhersehbar ist –, aber ganz ungelegen kommt ihm Nicolettas Antwort nicht.

«Also dann: Neugier.»

Nicoletta sollte dieses Gespräch beenden. Jetzt und für immer. Charlie ist ... etwas ist an ihm, das eine Seite bei ihr anschlägt. Und je länger sie miteinander reden, umso lauter wird der Ton, und umso schlechter versteht sie, was es ist. Er hat etwas Unverdorbenes, Kindliches, das sie von anderen Männern so nicht kennt. Doch was es auch sein mag: Es führt nirgendwohin, kann nirgendwo hinführen.

«Tut mir leid.» Sie steht auf.

«Was ist?»

«In zwei Stunden muss ich an der Uni sein, und da möchte ich ungern als Mata Hari auflaufen.»

«Du studierst?»

«Es war wirklich nett, dich kennengelernt zu haben, Charlie. Aber ich gehe jetzt. Mach's gut.»

«Warte, ich fahr dich.»

Beinahe verrät sich Charlie – als er wie selbstverständlich in Richtung Urania fährt, ohne Nicoletta nach dem Weg gefragt zu haben.

«Du weißt, wo ich wohne?»

«Schön wär's.»

«Weshalb fährst du dann hier lang?»

«Schöneberg», erwidert er, als sei es selbsterklärend.

Sie wirft ihm einen Blick zu, der macht, dass das Lenkrad in seinen Fingern zu Gummi wird. Er steht drauf. Mein Gott, und wie er drauf steht!

«Hast du nicht gesagt, du wohnst in Schöneberg?», fragt er.

«Ich glaube nicht.»

«Und wie komme ich dann darauf?»

«Keine Ahnung.»

«Also wohnst du gar nicht in Schöneberg?»

«Doch.»

«Umso besser.»

Sie nennt ihm die richtige Straße, aber die falsche Hausnummer. Charlie hält vor einem unfassbar hässlichen Sozialbau aus den 60ern, der die Farbe von Erbrochenem hat.

«Hier?», fragt er.

«Genau.»

«Hübsch.»

«Ist nur vorübergehend.»

«Gehst du mit mir aus?»

«Nein.»

«Warum nicht?»

Ihr Blick fällt auf das Hemd, das Charlie seit zwei Tagen nicht gewechselt hat, auf die Flip-Flops ...

«Ich hab auch richtige Schuhe», sagt Charlie.

«Freut mich für dich.» Aber du wirst nie, nie, niemals in meiner Liga spielen. Und erzähl mir jetzt nichts vom Blitz oder der Hand im Briefkasten. Und Sentimentalitäten habe ich mir strikt untersagt.

«Kaffee», sagt er, «heute Nachmittag. Um drei.»

«Da hab ich Vorlesung.»

«Geil. Und wann ist die aus?»

«Um vier.»

«Dann um vier.»

Sie zupft an einem der Goldfäden ihres indischen Gewands herum und dreht den rechten Fuß auf dem Absatz hin und her.

«*Einen.* Kaffee.» Sie greift nach dem Türgriff. «Um vier. Vor der UDK.»

«Im Ernst? Du studierst an der Universität der Künste?»

«Um vier. Mach's gut.»

Charlie ist im Begriff, die Hälfte dessen, was ihm von seinem Vorschuss noch geblieben ist, am Ku'damm für ein Paar federleichter Sommerschuhe rauszuhauen, als Bobby ihn anruft.

«Neuigkeiten?»

«Noch nicht», sagt Charlie, «aber ich b...»

«Falsch!» Bobby ist schlecht drauf. O Mann, ist der schlecht drauf. «Es gibt Neuigkeiten. Da sind irgendwelche *Spasties* in *meiner* Stadt unterwegs und verdealen *mein* Koks! Und zwar miserabel verschnitten und zu Schleuderpreisen!»

«Und du glaubst, dahinter stecken Lolek und Bolek?»

«Verdammt noch mal, Charlie – du gehst mir schon wieder auf die Eier! Ich hab dich angeheuert, um *mir* Informationen zu beschaffen. Nicht, um *dir* welche zu geben. Und du lieferst nicht. Das schleift, Charlie, und ich kann Dinge, die schleifen, nicht gebrauchen.»

Charlie streckt sein Bein aus und bewegt vorsichtig die Zehen im Schuh. Geht. Er wird damit zwar wie Leonardo di

Caprio bei einem Segelturn an der Côte d'Azur aussehen, aber einigermaßen laufen können. Das Weiß blendet etwas – wie die Zähne des Verkäufers, der vor Begeisterung beinahe in die Hände klatscht und wild seinen Daumen noch oben reckt, als Charlie den Fehler macht, seinen Blick zu heben.

«Charlie?»

«Ich bin dran, Bobby.»

«Nicht dran genug», erwidert Bobby. «Sei mehr dran.»

Charlie signalisiert dem Verkäufer, dass er die Schuhe nehmen wird, worauf der tatsächlich in die Hände klatscht.

«Ist das bei dir angekommen?», schnauft Bobby.

«Ja. Ist angekommen.»

«Ich glaub, ich hab ein Déjà-vu», sagt Holger, als Charlie in dessen Büro aufschlägt. Charlie will etwas erwidern, doch Holger bedeutet ihm, die Klappe zu halten. Er hat gerade den Hörer am Ohr. «Nein, nicht Sie ... Ja? ... In Lichtenberg?» Holger steht auf. Plötzlich ist es, als hätte jemand die Luft im Raum ans Stromnetz angeschlossen. «Wie ist die Adresse?» Holger nimmt einen Kugelschreiber, der nicht schreibt, wirft ihn durchs Büro, findet einen, der funktioniert, und schreibt eine Adresse auf seinen Abreißblock. «Danke.» Er behält den Hörer am Ohr, drückt auf die Gabel und tippt eine Kurzwahltaste an. Während er wartet, reißt er den Zettel ab. «Ich brauche ein Einsatzkommando, sechs Mann, jetzt ... Nein, den Staatsanwalt rufe ich von unterwegs an.»

«Lolek und Bolek?», fragt Charlie.

Holger sieht seinen kleinen Bruder an, als frage er sich, wie der plötzlich in sein Büro gekommen ist. «Nicht im Traum, Charlie.»

«*Ich* war es, der dir den Tipp gegeben hat», protestiert Charlie.

«Ich schulde dir nichts», sagt Holger.

«Doch, tust du.»

Kleiner Bruder, großer Bruder. Wenn die Rollen einmal festgelegt sind, kommst du da dein Leben lang nicht mehr heraus.

«Erstens dürfte ich dir selbst dann keine Informationen geben, wenn ich *nicht* wüsste, dass du für einen der Verdächtigen arbeitest. Zweitens nutzen Lolek und Bolek offenbar eine Lagerhalle in Lichtenberg als Umschlagstation für die geklauten Autos. Wir konnten einen Mercedes zurückverfolgen. Drittens hast du diese Information nicht von mir. Streng genommen besitzt du sie gar nicht.»

Dieses «erstens, zweitens, drittens» ist echt Holgers Ding. Strukturen schaffen, Ordnung. Es ist erstaunlich, wie die Gehirne von zwei Brüdern so unterschiedlich arbeiten können.

Holgers Telefon gibt ein ausgesprochen bürokratisches Tüdeldidü von sich. Er nimmt den Hörer ab. «Brinks ... Ja ... Jetzt ... Bin auf dem Weg.» Als er auflegt, fällt sein Blick auf Charlie. «Was machst du noch hier?»

«Kann ich mitkommen?»

«Zu einem SEK-Einsatz? Aber sicher doch. Willst du noch ein paar Freunde einladen? Ich stell euch einen gepanzerten Mannschaftswagen, und auf dem Weg halten wir an einer Tankstelle, damit ihr einen Kasten Bier holen könnt.»

Wenn man etwas tut, das man streng genommen nicht tun sollte, ist es immer hilfreich, sich ungerecht behandelt zu fühlen. Erst liefert Charlie Holger die Information, nach wem er suchen muss, dann bekommt er nichts zurück. Klarer

Fall von ungerechter Behandlung. Und deshalb hat Charlie auch kein schlechtes Gewissen, als er in seinem Skoda sitzt und mühsam mit einem extra weichen Bleistift den Zettel schraffiert, den er im Hinausgehen von Holgers Notizblock gerissen hat. Ein, zwei Buchstaben muss er raten, aber dann hat er es.

«Bobby?»

Da ist ein Rauschen in der Leitung, Straßenverkehr. Bobbys Stimme kommt über die Freisprechanlage. «Ich hör dich, Charlie.»

«Ich hab eine gute und eine schlechte Nachricht.»

«Und schon geht er mir wieder auf die Eier», sagt Bobby wie zu sich selbst. «Wie schaffst du das nur, Charlie?»

«Naturtalent», erwidert Charlie. «Jetzt pass auf: Lolek und Bolek nutzen offenbar eine Lagerhalle in Lichtenberg als Verschiebebahnhof für die geklauten Wagen ...»

«Weiß ich.»

«Das *weißt* du?»

«Ja. Weiß ich.»

«Äh, okay. Jetzt die gute Nachricht: Ich hab die Adresse.»

«Ich auch.»

«Du hast die Adresse?»

«Geh mir nicht auf die Eier, Charlie.»

«Herzogstraße 42?»

«Herz*berg*straße. Und die Nummer stimmt auch nicht. Ich steh davor.»

«Du bist schon da?»

«Meine Methoden sind einfach effektiver als deine. Wir haben uns einen von den Dealern gegriffen, die mit meinem Stoff unterwegs sind. Der hatte dringend eine Pediküre nötig.»

Charlie bewegt vorsichtig den Zeh in seinem neuen Schuh. «Und was willst du jetzt machen?»

«Na, reingehen natürlich. Glaubst du, ich fahr umsonst bis nach Lichtenberg? Von hier aus kann man praktisch die polnische Grenze sehen.»

«Alleine?»

«Wenn ich eins von meinem alten Herrn gelernt habe, Charlie, dann das: ‹Die wichtigen Dinge im Leben musst du selbst erledigen.›»

«Warte mal, Bobby. Angenommen, du hast recht, und Lolek und Bolek haben deinen Partner umgelegt. Was, glaubst du, werden die mit dir machen, wenn du da jetzt reinspazierst?»

«Was ist los mit dir? Du bist ja wie 'ne Mutti zu mir.»

«Ich hab ja auch noch kein Geld gesehen.»

«Hast auch noch keins verdient.»

Charlie hört, wie Bobby den Motor abstellt. Nicht gut, denkt er, gar nicht gut.

«Wir reden später», meint Bobby.

«Warte, ich hab dir die schlechte Nachricht noch gar nicht gesagt.»

«Später, Charlie.»

«Aber ... mein Bruder kreuzt da gleich auf – mit einer Sondereinheit!»

Dummerweise hat Bobby bereits aufgelegt. Hätte er das nicht getan, würde ihn Charlies Information möglicherweise davon abhalten, sich der Lagerhalle zu nähern. Aber wahrscheinlich ist es nicht. Bobby gehört nicht zu der Sorte Mensch, die anderen den Vortritt lässt.

Charlie drückt die Wahlwiederholung, doch sein Gesprächspartner ist «momentan nicht zu erreichen». Bobby, der Bruchpilot, denkt er. So einen Spitznamen bekommst du nicht ohne Grund.

«Da sieht's aus wie im Westjordanland», wird Holger von seinem Einsatzleiter begrüßt.

Holger hat keine Ahnung, wie es im Westjordanland aussieht, aber freiwillig kommt hier keiner her. Industriegebiet Lichtenberg. Eine tristere Mischung aus Brachland und Beton hat er lange nicht gesehen.

Die Lagerhalle, die Lolek und Bolek als Umschlagplatz dienen soll, liegt drei Straßen entfernt. Während Holger sich mit dem Einsatzleiter bespricht, legen die anderen mit routinierter Konzentration ihre Monturen an, ziehen sich Helme über die Masken, testen die Mikros.

Aus dem Augenwinkel sieht Holger, wie Niclas hinter dem Steuer an den Nägeln kaut. Als er vorhin einstieg und sagte, «Diesmal haben wir es *wirklich* eilig», da hat Niclas als Erstes den Wagen abgewürgt.

«Die Halle liegt ziemlich auf dem Präsentierteller», erfährt Holger. «Sandiger Untergrund. Unbemerkt kommen wir da nicht ran.»

«Kameras?», fragt Holger.

«Negativ.»

«Gibt es eine Seite ohne Fenster?»

«Alle.»

«Wie kommt man rein?»

«Ein Rolltor auf der Westseite, eine Stahltür auf der Südseite.»

«Bekommen Sie die ohne größere Schwierigkeiten auf?»

«Was meint ihr, Kollegen», der Einsatzleiter spricht mit seinem Helm, «kriegen wir die auf?»

Holger hört ein «höhöhö», ein «hihi», zwei Kollegen wenden sich gelangweilt ab..

Der nächste Blick, den er dem Einsatzleiter zuwirft, bewirkt, dass es plötzlich sehr ruhig wird. «Gut», sagt er. «Wie ist Ihr Plan? Synchrone, kontrollierte Sprengung beider Türen, Zugriff simultan von zwei Seiten?»

Der Einsatzleiter justiert seine Gesichtsmaske. «Genau das wollte ich Ihnen gerade vorschlagen.»

«Also dann ...», sagt Holger.

Er lässt Niclas den Dienstwagen in Sichtweite des Gebäudes hinter einem schwarzen BMW X6 parken. Außer einem Fuchs, der über das Gelände patrouilliert, ist nichts Lebendes zu sehen. Plötzlich zuckt Niclas zusammen. Jeweils drei schwarz vermummte Gestalten sprinten über das Brachland und drücken sich gegen die Halle, Maschinenpistolen im Anschlag. Der Fuchs sucht das Weite.

Der vor ihnen parkende BMW hat getönte Scheiben, wie Holger auffällt. Sonderausstattung. Alles an dem Ding schreit: Ich bin ein Prolet, aber ich scheiß dich zu mit meinem Geld! Holger nimmt sein Handy, wählt eine Nummer:

«Hallo? ... Ja, Brinks hier. Könnt ihr bitte ein Nummernschild für mich überprüfen?»

Während Holger mit dem Telefon am Ohr zur Halle blickt, erwartet er, als Nächstes die synchrone, kontrollierte Sprengung der Türen zu hören. Stattdessen aber sieht er, wie sich die gesamte Einheit, drei links, drei rechts, neben dem Rolltor einfindet und es umstandslos aufzieht. Einen Wimpernschlag später sind alle sechs Beamten in der Halle verschwunden.

Es dauert nicht länger als 75 Sekunden, bis der Einsatzleiter mit hochgeklapptem Sichtschutz in der Tür erscheint und in lockerem Laufschritt auf Holgers Wagen zutrabt. Holger, der noch immer auf das Ergebnis der Kfz-Überprüfung wartet, drückt das Gespräch weg und steigt aus.

«Das Rolltor ist bereits vorher gewaltsam geöffnet worden», erklärt der Beamte entschuldigend. Als hätten sie zugelassen, dass ein anderer ihre Arbeit erledigt. «Kommen Sie.»

Als Erstes bemerkt Holger den Geruch. Autolack. In der Halle stehen ungefähr ein Dutzend Wagen. Diejenigen, die nicht abgedeckt sind, sehen praktisch neu aus. Er tastet in der Jackentasche nach den extra starken Kaugummis, drückt zwei von ihnen aus dem Blister und schiebt sie sich in den Mund.

«Hier lang.»

Bevor Holger die Leiche sieht, sieht er die Blutlache auf dem staubigen Beton. Sie ist größer, als man glauben würde. Wie viel Blut in so einem Körper zirkuliert, begreift man erst, wenn es ausläuft. Holger geht um den Mercedes herum, der ihm die Sicht verstellt, und betrachtet den Toten, der mit dem Gesicht in seinem eigenen Blut liegt. Der Mann war jung, keine dreißig, hager. T-Shirt, Jeans, Turnschuhe. Und gestern hat er wahrscheinlich noch Party gemacht. Wie es aussieht, ist er erst in die Ecke der Halle zurückgewichen und anschließend erschossen worden. Holger geht neben ihm in die Hocke, studiert das Gesicht. Nein, sagt ihm nichts. Nur dass er zu jung war, um zu sterben.

Zwei Schritte neben dem Toten liegt ein weiterer Mann auf dem Boden, Gesicht auf dem Beton. Und schnauft. Er bekommt schlecht Luft, weil ein Beamter ihm ein Knie ins Kreuz drückt. Anders als bei dem Toten kennt Holger dieses Gesicht sehr wohl. Er schätzt den Beamten, der ihm im Kreuz sitzt, auf 90 Kilo, dazu 15 Kilo Schutzweste und das ganze Gebammel … Da wird auch für einen wie ihn die Luft dünn.

«Die hatte er in der Hand, als der Zugriff erfolgte.» Der Einsatzleiter hält Holger mit spitzen Fingern eine Smith & Wesson hin, in Edelstahl mit Holzgriffen. Holger nennt solche Dinger Kompensationswaffen. Leute ohne Minderwertigkeitskomplex brauchen so etwas nicht. «Kaliber 45», fügt der Einsatzleiter hinzu. «Riecht wie Silvester am Brandenburger Tor.»

Holger nimmt die Pistole mit noch spitzeren Fingern und beschnuppert den Lauf. Im selben Moment klingelt sein Handy. Mit der freien Hand fingert er es aus der Tasche. «Danke», sagt er, «inzwischen weiß ich, wem der Wagen gehört.»

Er geht in die Hocke und hält dem schnaufenden Mann mit dem Beamten im Kreuz die Pistole vor die Hälfte des Gesichts, die nicht in den Beton gedrückt wird.

«Das war schon wieder nicht ich!», keucht Bobby.

Und Holger sagt: «Abführen.»

«Morgen müssen Sie mich sowieso wieder laufen lassen», protestiert Bobby. «Mein Anwalt …» Er schnappt nach Luft.

«Sicher.» Holger steht auf und lässt seinen Blick durch die Halle wandern. Er fragt sich, ob einer der abgedeckten Wagen möglicherweise der A5 von Cedric van de Vedel ist. «Ich bin schon ganz gespannt, was Doktor Otter uns diesmal erzählen wird.»

11

Als er Nicoletta Szabatzki an der Seite einer Kommilitonin durch das Portal des UDK-Hauptgebäudes ins Nachmittagslicht treten sieht, löst sich Charlies gesamtes bisheriges Leben für einen Moment in einem diffusen Nebel auf, und er könnte nicht sagen, was er vor zwei Stunden gemacht hat oder wo er mal zur Schule gegangen ist. Ihre braunen Haare – auf einer Seite hinters Ohr geklemmt – reichen ihr gerade so nicht bis auf die Schultern, ihre ebenfalls braunen Augen sind ungeschminkt und warm wie flüssiger Honig. Sie trägt Sneakers, helle Jeans und eine Sweatshirtjacke mit Kapuze. Ganz aus Fleisch und Blut ist sie, beinahe könnte man sie für eine normale Studentin halten.

Charlie weiß, er sollte den Schlüssel drehen, jetzt, und wegfahren, für immer. Aber Charlie ist eben Charlie, da lässt sich nichts machen. Wenn er die Wahl hat, etwas Dummes zu tun, das sein Herz höher schlagen lässt, oder aber etwas Schlaues zu tun, das bei rationaler Betrachtung geboten erscheint, wird er zuverlässig das Dumme tun. Er steigt also aus dem Wagen, wartet, bis Nicoletta ihn sieht, und hebt entschuldigend die Hand.

Nicoletta hält inne. Auf ihrem Gesicht erscheint ein Lächeln, dem etwas Tragisches anhaftet. Als könne sie von ihrem Platz aus in die Zukunft blicken und bereits jetzt erkennen, was da alles auf sie zukommt. Sie verabschiedet sich von ihrer Kommilitonin, rückt den Schultergurt ihrer Tasche zurecht und wechselt mit federndem Gang zwischen den Autos hindurch auf Charlies Straßenseite hinüber.

«Ich hatte gehofft, du kommst nicht», begrüßt sie ihn.

«Dachte ich mir.»

«Aber?»

Charlie zieht die Schultern hoch. Er ist trotzdem gekommen. Was gibt's da noch zu erklären?

«Café am Neuen See?», fragt er.

Wieder dieses Lächeln – wie zum Abschied. Sie blickt die Straße hinunter. «Also gut.»

Um diese Zeit sind nur etwa ein Drittel der Tische im Café am Neuen See besetzt. Einige späte Kaffeetrinker reichen den Stab an die ersten frühen Biertrinker weiter. Das Licht hängt satt in dem schamlos jugendlichen Grün der Blätter, auf dem aus der Winterstarre erwachten See schwimmt diverses Federvieh.

Sie setzen sich an einen der Tische auf der oberen Terrasse, die das Wasser überragt. Jeder von ihnen hat einen Kaffeebecher vor sich, zwischen ihnen steht ein Teller mit einem Stück Kirschstreusel, Sahne und zwei Gabeln. Charlie trennt eine Ecke ab, spießt sie auf, tunkt sie in die Sahne. Nicoletta rührt ihre Gabel nicht an.

«Was genau studierst du eigentlich?», fragt er.

«Bildende Künste.»

«Malerei?»

An Charlie vorbei blickt sie auf den See hinaus. Sie ist mit den Gedanken überall, nur nicht bei ihm. «Hm?»

«Du studierst Malerei – so richtig? Ich meine, mit Staffelei und Ölfarben und Atelier?»

«Zumindest versuch ich's. Meine Profs meinen, ich werde besser. Ich allerdings hab das Gefühl, ich verstehe immer weniger davon. Mit jedem neuen Semester werde ich unsicherer – ein Graus. Scheinbar gehört das dazu: Teil des künstlerischen Findungsprozesses und so weiter. Aber dann steh ich vor einer Arbeit von Gerhard Richter und denke, dass es eine Anmaßung von mir ist, überhaupt einen Pinsel in die Hand zu nehmen.»

Um es kurz zu machen: Charlie ist hingerissen. Was ihn nicht intelligenter aussehen lässt. Dass Nicoletta eine unsichere Seite hat, den existenziellen Zweifel kennt, ist wie die Einlösung eines großen Versprechens. Inzwischen plitscht die Sahne von dem Streuselkuchen, der noch immer auf seiner Gabelspitze steckt.

Nicoletta sieht ihn an. Ihre schmale Nase wirft einen gebrochenen Schatten auf ihre Wange. «Charlie ...»

«Gleich sagst du etwas, das ich nicht hören will, stimmt's?»

«Es wird kein weiteres Treffen geben.» Jetzt nimmt sie doch noch ihre Gabel. Die Zinken kratzen über den Biertisch. Den Kuchen rührt sie nicht an. «Ich könnte versuchen, es dir zu erklären, aber im Grunde spielt es keine Rolle. In meinem Leben ist einfach kein Platz für ...» – sie macht eine Geste, mit der sie alles einzufangen hofft, den See, das Licht, die Trauerweiden, Charlie – «... so was», schließt sie.

Sie schweigen. Eine Ente jagt eine andere über den See. Irgendwann lässt Nicoletta ihre Gabel los, und Charlie legt seine samt Kuchen zurück auf den Teller. Dann klingelt sein Smartphone.

«Entschuldige.» Charlie steht auf und tritt zwei Schritte vom Tisch zurück, bevor er den Anruf entgegennimmt. «Brinks.»

«Charlie Brinks?» Eine Stimme wie die Schlange Ka aus dem Dschungelbuch: Tsschaalie Brinkss?

«Und mit wem hab ich das Vergnügen?»

«Doktor Otter. Ich bin der Anwalt von Familie Schütz.»

«Und weiter?»

«Ich habe ungute Nachrichten. Bobby Schütz befindet sich in Untersuchungshaft.»

Immerhin lebt er noch, denkt Charlie und flüstert: «Bruchpilot.»

«Wie bitte?»

«Nichts. Was ist passiert?»

«Offenbar befand sich mein Mandant mit einer Leiche im selben Raum, als eine Sondereinheit der Polizei das Gebäude stürmte.»

«Na, so ein Zufall.»

«Können Sie in einer halben Stunde in meiner Kanzlei sein?»

Charlie blickt über die Schulter zu Nicoletta, die mit ihren kastanienbraunen Augen den See anstarrt. Wäre er Renoir oder Matisse oder einer von denen, würde er auf der Stelle sein Smartphone in den See werfen und zu malen anfangen.

«Ist grad schlecht», sagt er.

Es folgt eine Pause. Doktor Otter hat offenbar eine andere Antwort erwartet. Schließlich sagt er: «Herr Brinks, mir gegenüber steht ein gewisser Herr Ole, der mir soeben versichert hat, dass eine halbe Stunde kein Problem für Sie darstellen sollte.»

Charlie betrachtet seine neuen, reinweißen Segelschuhe. Blutflecken würden sich da gar nicht gut drauf machen. «Das alles will er Ihnen gesagt haben? Der redet doch sonst nie mehr als zwei Worte am Stück.»

«Sagen wir, er hat es mir zu verstehen gegeben.»

Nicoletta wendet Charlie den Kopf zu: Dies ist so oder so unser letztes Treffen. Ob sich unsere Wege jetzt trennen oder in einer halben Stunde, macht keinen Unterschied.

Warum eigentlich immer ich, denkt Charlie und sagt: «Komme.»

«Gut, wir erwarten Sie.»

«Wir?»

«Herr Ole und ich.»

«Na wunderbar. Sagen Sie ihm, wenn ich irgendwo in seiner Nähe einen Queue sehe, schieß ich ihm vorsorglich in beide Kniekehlen.»

Charlie tritt an das Geländer und tut das, was Nicoletta macht: blickt auf den See hinaus. Ein junges Paar rudert in einem Leihboot in entlegenere Gefilde, unschuldig, unbekümmert, hemmungslos romantisch. Aus irgendeinem Grund sind es immer die anderen, die in so einem Boot sitzen, werden es immer die anderen sein.

«Schön, nicht?», hört er Nicoletta sagen.

«Ja», erwidert Charlie. «Zu schön, um wahr zu sein.»

«Ärger?»

Charlie wendet sich von der impressionistischen Zumutung ab und Nicoletta zu – ein Anblick, der ebenfalls nur schwer auszuhalten ist. Die deutet auf die Hand, die sein Smartphone hält.

«Wo ich bin, gibt es immer Ärger.» Charlie steckt das Smartphone ein. «Er verfolgt mich.»

«Das sind ja keine schönen Aussichten.»

«Nein. Aber schön, dass du von Aussichten sprichst.»

«Ich meinte *deine* Aussichten.»

«Ich weiß.»

«Tut mir leid, Charlie.»

«Ja.»

Diesmal lässt sich Nicoletta vor dem richtigen Haus absetzen. Eigentlich ist alles gesagt, aber Charlie will sie nicht gehen lassen, ist störrisch wie ein kleines Kind.

«Heute Morgen hast du noch woanders gewohnt», sagt er.

«Hab doch gesagt, dass es nur vorübergehend ist.»

Die U-Bahn rumpelt über die Gleise, dann die aus der Gegenrichtung. Dann kommt es Charlie merkwürdig still vor. Nicoletta lehnt sich zu ihm und küsst ihn auf die Wange.

«War schön, dich kennengelernt zu haben.»

Charlie hört die Autotür zuschnappen, sieht Nicoletta über den Bürgersteig gehen und im Haus verschwinden. Und dann ist da eine Leerstelle im Wagen, als hätte sie den Sitz mitgenommen.

Zu sagen, die Kanzlei von Doktor Otter in der Westfälischen Straße sei nachlässig eingerichtet, wäre ein Euphemismus. Streng genommen sollte man hier mal eine Entrümpelungsfirma durchschicken. Abgesehen von seinem 23-Zoll-iMac gibt es keinen Einrichtungsgegenstand, der nicht noch aus Westberliner Zeiten stammt. Aus dem Teppichläufer im Flur ist die Farbe ausgetreten, in den Schränken mit den Gesetzestexten biegen sich die Regalbretter wie Hängematten, bei dem Staub auf der schief hängenden Art-déco-Lampe lassen sich die Jahresringe zählen. Dabei könnte die Wohnung ein Traum sein: Charlottenburger Stuck-Altbau, Beletage, Flügeltüren, Übereck-Erker. Aber manche Menschen – und zu diesen gehört Doktor Otter – entwickeln einfach keinen Sinn für Schönheit. Und ihre Mandanten ebenfalls nicht.

Wie um dem Nachdruck zu verleihen, hat der Anwalt sich heute eine üppig gemusterte Krawatte umgebunden, in Farben, wie sie Charlie sonst nur aus einem schlechten Drogenrausch kennt. Wie üblich trägt Otter seine Haare nach hinten pomadisiert und das Kinn erhoben. Er spricht praktisch zur Decke. Ein Blinder könnte hören, dass der Herr Doktor gerne mehr wäre, als er ist.

«Nehmen Sie Platz», zischt er und macht eine Geste, als erweise er Charlie eine Gnade.

Charlie setzt sich auf einen altersmüden Stuhl und hat sofort ein ungutes Gefühl. Vorgestern wurde ihm bei einer ähnlichen Gelegenheit der Zeh pedikürt. «Wo ist eigentlich ...» – er blickt sich um – «... ha!»

Ole lehnt unbeweglich an der Wand, wo er Charlie beim Hereinkommen tatsächlich nicht aufgefallen ist, weil er ihn für einen Teil der Einrichtung gehalten hat.

«Du solltest echt mal am Erwerb sozialer Kompetenzen arbeiten», rät Charlie. «Eines Tages kriegst du einen Herzinfarkt, und keiner merkt's.»

Ole macht mit seinem Zeigefinger eine Bewegung, als rühre er in der Suppe. «Vorne spielt die Musik.»

Charlie versichert sich, dass Ole nicht irgendwo einen Queue versteckt hat, dann wendet er sich Doktor Otter zu, der inzwischen die Hände auf dem Tisch gefaltet hat.

«Zur Sache, Herr Brinks.»

Der Umstand, dass er zur Decke spricht, hat zur Folge, dass man nicht anders kann, als währenddessen seinem hüpfenden Adamsapfel zuzusehen. Was Charlie irritiert. Als sei es der Adamsapfel, der zu ihm spreche.

«Mein Mandant lässt Ihnen ausrichten, dass Sie ab sofort all Ihre Energie darauf konzentrieren sollen herauszufinden, wer die anderen Personen sind, die an dem Überfall im Hotel beteiligt waren. Da der Mann in der Lagerhalle bei Herrn Schütz' Eintreffen ja bereits verstorben war, ergab sich für meinen Mandanten leider keine Gelegenheit mehr, ihn persönlich zu befragen. Jetzt, da die Polizei zumindest einen Leichnam hat, sollten die ersten Ermittlungsergebnisse nicht lange auf sich warten lassen. Und sobald die Polizei die hat, möchte Herr Schütz sie ebenfalls haben. Sie wüssten schon, was damit gemeint sei.»

«Noch was?»

«Ja. Wir gehen davon aus, dass die Autodiebe im Auftrag gehandelt haben. Dass es einen Kopf gibt ...»

Auf jeden Fall gibt's einen mordsmäßigen Adamsapfel, denkt Charlie. Ist nicht einfach, sich da zu konzentrieren. «Ja», überlegt er, «die haben das nicht auf eigene Faust durchgezogen. Dafür stellen sie sich jetzt zu dämlich an.»

«Exakt das ist auch unsere Einschätzung.»

«Falls es nicht doch Bobby selbst war.»

Doktor Otter hüllt sich in Schweigen. Schließlich sagt er: «Gut, das war's dann.»

«Moment», erwidert Charlie, «ich brauche mehr Vorschuss. Sagen wir fünfhundert ...»

«Mein Mandant lässt Ihnen ausrichten, Ole wird beglückt sein, Ihnen zusätzliche Vorschusswünsche mit dem Queue auszuzahlen.»

«Was ...»

Charlie dreht sich um: Da steht er, Ole, in seiner ganzen imposanten Höhe, Breite und Tiefe, genau wie zuvor – einzig mit dem Unterschied, dass seine wulstigen Griffel gerade dabei sind, die beiden Teile eines Profiqueues aufeinanderzuschrauben. Ist Charlie ein Rätsel, wo er den plötzlich herhat. Wie ein Zaubertrick.

«Lass gut sein, Ole.» Charlie steht auf. «Ich hab's auch so verstanden: keine Informationen, kein Geld.» Oles Hände halten inne, dann drehen sie die beiden Teile wieder auseinander. Im Hinausgehen sagt Charlie zu ihm: «Sag Bescheid, wenn ich mal jemanden zur Wartung vorbeischicken soll. Nicht, dass deine Scharniere noch einrosten.»

Als Holger am Abend nach Hause kommt, ist er tatsächlich froh, seinen Bruder auf den Stufen des Gartenhauses anzutreffen. Hätte er auch nicht gedacht – dass er sich einmal darüber freuen würde, seinen Bruder zu sehen. Irgendwie scheint Holgers bislang so geordnetes Leben zunehmend seiner Kontrolle zu entgleiten. Dazu dieser Fall ... Das macht ihn nervös. Kontrollverlust ist für ihn, was für andere der Gerichtsvollzieher ist: Da geht's ans Eingemachte.

Charlie reißt seinem Bruder eine Flasche aus dem Sixpack und reicht sie ihm. Holger dampft den Frust des zurückliegenden Tages förmlich aus.

«Bobby war's nicht, stimmt's?», fragt Charlie. Und weil Holger ihn nur leer anblickt, fügt er hinzu: «Der Tote in der Lagerhalle.»

Holger stellt seinen Aktenkoffer ab und setzt sich. Er ist zu müde, um Charlie zu fragen, woher er das schon wieder weiß. Sie stoßen an und blicken zum Zaun hinüber, der Holgers Grundstück von dem der Nachbarn trennt. Holgers und Sandras Grundstück besser gesagt.

«Immer wenn ich glaube, ich hab irgendwo den Haken drin, dreht er sich wieder raus.» Holger trinkt. «Nein, Bobby war es nicht. Er hatte eine Waffe bei sich, eine Smith & Wesson, Kaliber 45, und die hat er auch abgefeuert. Aber nur, um das Tor aufzuschießen – wie im Western. Die Tatwaffe haben wir nicht gefunden. Und: Cedric van de Vedel ist weder mit Bobbys noch mit der Tatwaffe aus der Lagerhalle erschossen worden.»

«Zwei Opfer, drei Waffen. Kommt auch nicht oft vor.»

«Und ständig grätscht mir die Niermeyer dazwischen.»

«Die Quotenchefin?»

«Woher weißt du das denn?»

«Das weiß sogar die BZ.»

Holger nickt. Und trinkt. Die ganze Flasche. Auf ex. Wortlos schält Charlie seinem Bruder eine zweite Flasche aus dem Sixpack.

«Sie ist nicht gerade beglückt, dass ich die Aktion heute durchgezogen habe, ohne das vorher mit ihr abzusprechen. Jetzt meint sie, wir müssten ‹intensiv an unserer Kommunikationsstruktur arbeiten›. Brauch ich wie ein Loch im Kopf.» Er setzt die zweite Flasche an. «Und Bobby muss ich früher oder später auch laufen lassen. Wir kriegen ihn dran wegen unerlaubtem Waffenbesitz und Einbruch, aber eine große Nummer wird da nicht draus. Sieht nie gut aus, wenn man einen Verdächtigen vorläufig wieder auf freien Fuß setzt. Ich kann sie schon hören.»

«Die Quotenchefin.»

«Frau Niermeyer, ja.» Holger spült den Namen mit einem Schluck Bier herunter.

«Habt ihr schon etwas über das Opfer?»

«Nichts. Kein Name, keine Adresse.»

«Fingerabdrücke?»

«Nirgends registriert. Wir wissen nicht einmal, ob er einer der Autodiebe war. Oder gar der vierte Mann, der Cedric erschossen hat. Auf den Aufnahmen aus der Tiefgarage ist einer dabei, der er sein könnte. Aber mit Sicherheit sagen lässt sich's nicht.»

Während langsam das letzte Tageslicht schwindet, hängt jeder seinen Gedanken nach. Die Straßenlaterne springt an und wirft lange Schatten über den Rasen. Die Luft ist merklich abgekühlt.

«Hast du sie dabei?» Charlie deutet auf den Aktenkoffer, dessen Messingscharniere im Laternenlicht glänzen. Er weiß, dass Holger seinen Laptop da drin spazieren führt.

«Du weißt, dass ich dir die Aufnahmen nicht zeigen darf.»

«Vier Augen sehen mehr als zwei.»

«Die Aufnahmen haben sich schon mindestens zehn Augen angesehen – ohne Erfolg.»

«Nicht meine.»

«Die Antwort ist: nein.»

«Findest du das nicht selbst langsam ein bisschen albern, dieses ‹Du weißt, ich darf das nicht›? Du klingst schon wie meine Mathelehrerin von damals. Immer wenn ich an der Tafel was vorrechnen sollte, hat sie sich vor die Klasse gestellt, sich gestrafft wie eine Bogensehne und gesagt ...»

«‹So – geht – das – nicht!›», beendet Holger den Satz.

Charlie setzt die Flasche ab: «Du hattest die auch?»

«Frau Seegers? Klar hatte ich die auch.»

«Stimmt», erinnert sich Charlie. «Die Seegers ...»

«Nur hat sie mich nie an die Tafel geholt.»

«Logisch nicht. Du hättest ja auch gewusst, wie es geht.»

«Und bei dir konnte sie sicher sein, dass du es nicht weißt.»

«Warst eben immer schon ein Streber.»

«Und du ’ne faule Sau.»

«Dafür musst du dich heute mit einer Quotenchefin herumschlagen.»

«Und du musst im Gartenhaus deines Bruder schlafen.»

Charlie grinst: «Wann lernst du’s endlich, Holger? Es ist *euer* Gartenhaus.»

Holger ignoriert die Bemerkung. Stattdessen sagt er: «Auf einer Luftmatratze ...»

Sie sehen einander an. Jetzt ringt auch Holger sich ein Grinsen ab.

«Was ein Scheißtag, hm?», fragt Charlie.

«Kann man so sagen.»

«Noch ein Bier?»

«Gerne.»

Holger hat die Hälfte seines dritten Bieres getrunken, als er sich wortlos vorbeugt, den Deckel seines Aktenkoffers zurückschlägt und seinen Laptop herauszieht.

«Ein Wort zu irgendjemandem, und ich schlitz dir die Matratze auf.»

Auf den Stufen des Gartenhauses, die Gesichter in bläulichen Schimmer getaucht, verfolgen Charlie und Holger, wie der BMW in die Tiefgarage fährt, außerhalb des Kameraradius parkt, wie Cedric van de Vedel später seinen A5 abstellt und im Aufzug verschwindet, wie anschließend zwei Autodiebe ins Bild treten, Cedrics Wagen geknackt wird und zur Schranke fährt. Kamerawechsel. An der Schranke hält der Wagen, und der dritte Mann steigt ein, während der Fahrer den Parkschein in den Automaten schiebt. Holger hält das Bild an.

«Der hier», er deutet auf den ungelenk wirkenden Typen, der Wache gestanden hat und sich jetzt in den Sportwagen faltet, «der könnte der Tote aus der Lagerhalle sein.»

Charlie betrachtet das Standbild, trinkt einen Schluck, betrachtet es erneut. «Und von den anderen habt ihr nichts?»

«Bis jetzt nicht.»

«Sag mal: Wenn man einen Parkschein bezahlt, dann druckt die Maschine doch da irgendwo die Zeit und das Datum drauf, oder?»

Holger sieht seinen Bruder an und zeigt ihm die Zeitleiste am unteren Bildrand: «Wann sie das Parkhaus verlassen haben, wissen wir.»

Charlie zeigt mit dem Finger auf die Hand, die sich aus dem Fahrerfenster streckt und den Parkschein in den Automaten schiebt. «Sieht nicht so aus, als hätte er Handschuhe an. Könnte ein astreiner Daumenabdruck drauf sein.»

Holger starrt den Monitor an, trinkt selbstvergessen einen Schluck und stellt die Flasche zu den anderen. «Für eine faule Sau nicht schlecht, Brüderchen.» Er fischt sein Smartphone aus der Tasche.

«Wenn die Polizei irgendetwas zu dem Fingerabdruck hat», fragt Charlie, «sagst du es mir dann?»

«Klar doch.» Holger wischt auf dem Display herum. «Und die PIN von meiner EC-Karte gibt es gratis dazu.»

«Also nein.»

Holger hat den gesuchten Kontakt gefunden, tippt ihn an und hält sich das Smartphone ans Ohr. «Ich schulde dir nichts.»

«Das hast du heute schon mal gesagt.»

«Und?»

«Da hat es auch schon nicht gestimmt.»

Als Melanie Bökh Holgers Anruf entgegennimmt, dringt ihre Stimme in einer Lautstärke aus dem Gerät, dass Holger es auf Armeslänge von sich hält.

«Je später der Abend!» Ihr Atem geht keuchend.

«Frau Bökh – ist alles in Ordnung bei Ihnen?»

«Schon. Ich hab nur gerade Sex mit meinem Nachbarn.»

Holger und Charlie sehen sich an.

«War ein Scherz», gluckst sie. «Ist nicht mein Nachbar.» Und zu wem auch immer, der da bei ihr ist, sagt sie: «Bist du verrückt – mach weiter!»

Holger lockert den Kragen seines Hemdes. «Soll ich lieber später noch mal anrufen, Frau Bökh?»

«Nein, nein, passt schon – wenn's nicht zu lange dauert. Sonst komme ich nämlich, während ich mit Ihnen telefoniere, und das wär mir irgendwie unangenehm.»

Charlies Augen werden größer und größer. Ganz offensichtlich hat er die Arbeit bei der Kripo falsch eingeschätzt. Mit den Lippen formt er die Worte: *Deine* Kollegin? Holger verdreht die Augen.

«Ja, weil es ist so, dass ... Also wir haben möglicherweise etwas übersehen, auf dem Überwachungsv...»

In diesem Moment juchzt Frau Bökh auf: «Uiuiui! O mein Gott! Herr Brinks?!»

«Ja?»

«Können wir doch lieber *gleich* noch mal telefonieren? So in zehn Minuten vielleicht? Ach was – fünf reichen, glaube ich.»

«Äh, sicher.»

«Primstens – HUIIII! – Danke, bis gleich!!»

Nachdem das Telefon verstummt ist, hält Holger es noch eine Weile von sich weg, als überlege er, wie er es nach diesem Gespräch je wieder benutzen solle.

«Die ist verrückt», entscheidet er. «Die Bökh ist verrückt.»

«Aber», sagt Charlie und leert sein Bier, «sie hat Spaß.»

«Und Sex.»

«Und Sex», bestätigt Charlie.

«Beides.»

«Spaß und Sex.»

Nachdem Holger ins Haus gegangen ist und Charlie sich die Zähne geputzt hat, liegt er in seinem Schlafsack, die Hände hinter dem Kopf verschränkt. Er denkt über Nicoletta nach, über den Sex, den sie nicht hatten und nie haben werden. Und um sich davon abzulenken, denkt er außerdem über Bobby nach. Ist Schütz junior wirklich nur der Bruchpilot, für den ihn alle halten? Oder ist er schlauer, als man ihm zutraut, und führt gerade alle hinters Licht? Was Charlie zu Nicoletta zurückbringt. Mit der ist was, hat Bobby gesagt. Weiß er mehr, als er rausrückt? In meinem Leben ist kein Platz für so was. Das waren ihre Worte. Gemeint war Charlie. In ihrem Leben ist kein Platz für Charlie. Warum eigentlich nicht?

12

Wieder wacht Charlie früher auf, als ihm lieb ist, verfolgt, wie der Raum um ihn Gestalt annimmt, sich die Balken aus dem Dunkel schälen. Das Bier von gestern Abend drückt ihm auf die Blase. Eine Weile ringen seine Müdigkeit und sein Harndrang miteinander und liefern ihm einen Vorgeschmack auf das Alter, beziehungsweise Charlies Vorstellung davon. Sieht so das Leben von Jimmy Schütz aus? fragt er sich. Jeder Tag, jede Stunde ausgefüllt mit dem Ringen von Harndrang versus Müdigkeit? Wird es irgendwann nur noch zwei Dinge geben, nach denen dein Körper verlangt, nämlich schlafen und pinkeln? Charlie schüttelt den Gedanken ab, schält sich aus dem Schlafsack, tritt in Unterhose und T-Shirt aus dem Gartenhaus, stellt sich vor die Brombeersträucher und lässt es laufen, gefühlt zwei Minuten lang.

Nach etwa eins dreißig bemerkt er, dass er nicht der Einzige ist, der über das Fassungsvermögen seiner Blase staunt. Jenseits des Zauns steht eine Frau und starrt ihn an. Er könnte nicht mit Sicherheit sagen, ob es dieselbe Frau ist, die ihn schon vor drei Tagen beim Duschen beobachtet hat, aber er meint, das zeitlos schicke Alu-Faltkörbchen mit dem Obstaufdruck wiederzuerkennen.

«Nicht schlecht, was?» Er streckt den Daumen nach oben – «Ist alles noch okay, Blase und so!» – und blickt ihr nach, wie sie im Laufschritt über den Plattenweg eilt.

Bis er geduscht ist, sich angezogen hat und gegen die Terrassentür klopft, ist es halb acht. Sandra öffnet ihm. Die Erleichterung in ihrem Gesicht, als sie ihn sieht, sagt Charlie, dass Holger und sie bereits ihren ersten Streit hinter sich haben. Er wünscht sich wirklich, die beiden würden sich zusammenraufen.

«Was ist passiert?»

«Du hast es gerochen, stimmt's?»

«Was?»

«Dass der Kaffee fertig ist.» Sie lächelt. «Komm rein.»

Es stellt sich heraus, dass Holger bereits vor einer Stunde abgeholt wurde – zu einer Razzia.

«Was für eine Razzia?», will Charlie wissen.

«Der Nachtclub von Bobby Schütz, nehme ich an.»

«Die filzen das ‹Western›?»

«Genaues weiß ich nicht», erwidert Sandra.

Aus irgendeinem Grund fällt Charlie erst jetzt auf, dass Sandra ein angenehm weit sitzendes Tanktop und angenehm eng sitzende Leggins trägt. Während sie in der Küche stehen und miteinander reden, stemmt sie den rechten Fuß gegen die Innenseite des linken Oberschenkels. Charlie würde das keine zehn Sekunden durchhalten.

Sie führt vor der Brust ihre Handflächen zueinander. «Ich kann ihn nicht mal mehr nach dem Wetter fragen, ohne dass er Angst hat, seine Antwort am nächsten Tag in der Zeitung zu lesen.»

«Tut mir leid, dass ihr gerade eine ...», er sucht nach einem anderen Wort für Krise, «... nicht so gute Phase habt.»

«Holger ist der Ansicht, dass du dich heimlich darüber freust.»

«Bullshit.»

Charlie ist ehrlich entrüstet. Er ist nicht missgünstig, nie gewesen. Angst, denkt er. Einen anderen Grund kann es für so eine Unterstellung nicht geben. Holger hat Angst, dass ihm die Felle davonschwimmen könnten. Der sollte sich wirklich mal locker machen.

«Ich meine», erklärt er, «du bist doch eine tolle Frau. Holger kann sich glücklich schätzen, dich an seiner Seite zu haben. Und das tut er auch, das weiß ich. Und Holger ist ein guter Typ. Und gemeinsam seid ihr ein gutes Team. Oder könntet es sein. Also im Moment wohl eher nicht ...»

«Holger glaubt, du hältst ihn für einen Spießer.»

«Kunststück – ist er ja auch. Immer schon gewesen. Ich meine: Schondecken auf den Sofa-Armlehnen – wer macht denn so was? Ich weiß noch, als er aufs Gymnasium kam, da hat er jeden Morgen den Verschluss seines Ranzens mit einem Brillenputztuch poliert, weil er glaubte, jemand könnte heimlich an seine Sachen gehen, und dann würde er die Fingerabdrücke auf der Schnalle haben und könnte so den Täter überführen. Der war bei seiner Einschulung schon Hauptkommissar. Trotzdem ist er ein guter Typ: verantwortungsvoll, loyal, verlässlich ...»

«Und er hat totale Panik, dass du und ich noch einmal miteinander im Bett landen könnten.»

Bei Charlie leuchten sämtliche Warnlampen auf. Hat er gerade auf dem Grund dieses Satzes den Umriss eines Wunsches erblickt? Wie bei diesen Tiefsee-Aufnahmen, wo man sich fragt, ob das womöglich ein gesunkenes Schiff ist oder eben doch nur eine Klippe?

«Große Güte, das ist fünfundzwanzig Jahre her», sagt er.

«Dreiundzwanzig, aber trotzdem.»

«Niemals.»

Sandra schnipst mit dem Finger. «Weg.» Sie legt ihrem Schwager die Hand auf den Arm. «Ach, Charlie ...»

Das ist keine Klippe, das ist tatsächlich ein gesunkenes Schiff. Du wirst nicht mit ihr im Bett landen, Charlie, auf keinen Fall. Und auch nicht auf der Luftmatratze. DAS. DARF. NICHT. PASSIEREN!

Zum Glück geht in diesem Moment die Tür auf, und Lucas schlurft herein. Sandras Hand löst sich von Charlies Arm.

Charlie fragt sich, wie es möglich ist, sich fortzubewegen, ohne die Füße vom Boden zu lösen. Doch so ist es: Lucas bewegt sich durch den Raum, obwohl seine Füße zu keinem Zeitpunkt den Bodenkontakt verlieren.

«Morgen, Charlie», sagt er.

Das nächste Mysterium: Wie kann er durch den Vorhang vor seinen Augen sehen, wer in der Küche ist? Hat er Charlie gerochen?

«Morgen, Lucas», erwidert Charlie. «Deine Mutter ist übrigens auch da.»

«Hm-m.» Er zieht die Kühlschranktür auf und ertastet die Milch.

«Müsstest du nicht längst in der Schule sein?», fragt Sandra.

«Hab zur dritten.»

Er schüttet verschiedene Zutaten in eine Schüssel, nimmt sich einen Esslöffel und wischelt wieder aus dem Zimmer.

«Du hast neuerdings auffällig oft zur dritten.»

«Kann ich doch nichts für.»

Die Tür schließt sich wie von Zauberhand.

Sandra versucht sich an einem Lächeln. «Der einzige Mann, der noch weniger mit mir redet als Holger.»

Sie wirft Charlie einen vielsagenden Blick zu. Natürlich weiß sie, dass ihre Anwandlung eben einer romantischen Schwäche geschuldet war und dass ihre Sehnsucht nicht so sehr mit Charlie zu tun hat als vielmehr mit dem, womit er in ihrer Erinnerung aufgeladen ist: der eigenen Jugend, einem endlosen Sommer, gutem Sex.

«Ich könnte im Moment ein bisschen Leichtigkeit gut gebrauchen», entschuldigt sie sich, räumt das Geschirr in die Spülmaschine und wickelt ihre Haare zu einer Schnecke, die ohne Hilfsmittel auf ihrem Kopf sitzen bleibt. «Also dann ... Die Redaktion ruft. Ich bin an einer Story dran, die die Welt aus den Angeln heben wird: ‹Keime in der Kita›.»

Erst nachdem Sandra in die Redaktion gefahren ist und Lucas sich aus dem Haus geschoben hat, beginnen Charlies Gedanken, sich zu ordnen. Er hat es sich auf der Terrasse bequem gemacht und beobachtet schätzungsweise ein halbes Dutzend Vögel, die in der Hecke einen Rabatz veranstalten, als fände dort die Endausscheidung von «Deutschland sucht die Supermeise» statt.

Die Situation ist also folgende: Hayat und er gehören der Vergangenheit an, seine Schwägerin, in deren Gartenhaus er Unterschlupf gefunden hat, seufzt «Ach, Charlie», legt ihm die Hand auf den Arm und wünscht sich «ein bisschen Leichtigkeit» in ihrem Leben, und in Nicoletta Szabatzkis Leben ist kein Platz für «so was». Warum, denkt er, kann ich nicht einfach ein Igel sein?

In Charlies Hosentasche vibriert es.

«Andrej Horvat», sagt Holger.

«Die Fingerabdrücke auf dem Parkticket?», fragt Charlie.

«Du hast diese Information nicht von mir.» Holger atmet. «Du hast diese Information überhaupt nicht.»

«Ist klar. Habt ihr noch was, das ich nicht weiß und schon gar nicht von dir?»

«Autodiebstahl in mehreren Fällen. Slowene. Offenbar neu in der Stadt. Wird gesucht, steht aber ziemlich weit unten auf der Liste. Ist nicht gemeldet. Nach Mordkomplott sieht das nicht aus.»

Charlie hört Holgers Tastatur klappern. «Sag mal, du hast nicht zufällig ein Foto von ihm?»

«Es gibt eins, aufgenommen auf einem Privatparkplatz in Mitte. Viel zu sehen ist darauf allerdings nicht.»

Charlie erspart sich die nächste Frage. Holger kennt sie sowieso. Er schnauft. Über den eigenen Schatten springen ist für seinen Bruder wie Benzin schlucken – da lehnt sich alles in ihm auf.

Als Nächstes hört Charlie ein «Ping» an seinem Ohr. «Danke, dass du es mir nicht gerade aufs Handy geschickt hast.»

«Keine Ursache.»

«Sag mal, wie ist eigentlich die Razzia gelaufen?»

«Nicht so wie erhofft. Allerdings haben wir neben einigen nicht registrierten Schusswaffen auch ein paar Beutel Kokain gefunden, die sehr so aussehen, als könnten sie aus Cedrics Koffer stammen. Das würde Bobbys Anwalt ganz schön in Erklärungsnot bringen.»

Charlie hofft, dass niemand auf die Idee kommt, die Kokainbeutel auf Fingerabdrücke zu untersuchen. Das würde nämlich *ihn* ganz schön in Erklärungsnot bringen. «Verstehe.»

Sobald Holger aufgelegt hat, blättert Charlie seine Anrufliste durch.

«Otter.»

Kurz ist Charlie versucht, «Känguru» zu antworten. Er sieht Doktor Otters hüpfenden Adamsapfel vor sich. «Ich hab etwas, das Bobby interessieren dürfte», sagt er.

Charlie könnte nicht sagen, warum, aber eine Stunde später findet er sich in seinem Skoda wieder, über ihm rattert die Hochbahn, und drüben, auf der anderen Seite, wohnt Nicoletta Szabatzki. Gravitation. So kommt es ihm vor. Als hätte jemand ein Gewicht an ihr Haus gehängt, und Charlie, die kleine Kugel in den Straßen Berlins, rollte automatisch irgendwann vor ihre Tür. Im Radio läuft ein Schubiduu-Song aus den Achtzigern, anschließend noch einer. Danach kommt wieder der erste oder klingt zumindest so. Charlie würde den Sender wechseln, aber das Infotainment-System ist nichts für Menschen, die gewöhnlich in einem 75er Gran Torino herumcruisen. Derselbe Jahrgang wie Charlie übrigens, Starsky & Hutch lassen grüßen. Zwei Songs hält er noch durch, dann schultert er seine «Werkzeugtasche» und wechselt die Straßenseite.

Erst klingelt er bei Nicoletta, anschließend bei der Wohnung gegenüber. Er lauscht ins Treppenhaus. Schließlich setzt er die Tasche ab, schlägt den Deckel zurück und streift seine Latexhandschuhe über. Die eigentliche Kunst – das hat er in seiner Zeit bei Sandler & Sandler gelernt – besteht nicht darin, eine Wohnungstür zu öffnen, sondern sie so zu öffnen, «so that no one can tell». Charlie braucht fast zehn

Minuten, womit er bei seinen Kollegen in Amerika ein mitleidiges Kopfschütteln ausgelöst hätte, aber anschließend ist tatsächlich nichts zu sehen.

«Das ist nicht nett von dir, Charlie», murmelt er, lauscht noch einmal ins Treppenhaus und schlüpft in Nicolettas Wohnung.

Es riecht nach einer Mischung aus Minze, exquisitem Parfüm und etwas, das Charlie erst zuordnen kann, als er ins Wohnzimmer tritt – das kein Wohnzimmer ist, sondern ein Atelier. Ölfarbe. Die Fenster gehen zur Südseite, es gibt eine Flügeltür, die auf einen kleinen Balkon führt, von dem aus man auf die Hochbahn hinabsehen kann. An den Wänden lehnen Leinwände, an der Stelle mit dem besten Licht steht eine Staffelei mit einem halbfertigen Bild: Ein angeschnittener Frauenkopf löst sich von einem diffusen Hintergrund ab, die Augen hinter eine Maske verborgen, die Lippen leicht geöffnet. Die Frau hinter der Maske, denkt Charlie. Er versteht nicht viel von Kunst, gar nichts eigentlich, aber das Bild beeindruckt ihn. Die explosiven Farben, der Blick, mit dem die Frau den Betrachter fixiert. Mit dieser Frau, suggeriert das Bild, kann dir alles passieren, das Schönste und das Schrecklichste. Die hat immer einen Fuß über dem Abgrund. Nicoletta nimmt dieses Kunst-Ding wirklich ernst. Aber schließt sie das aus dem Kreis der Verdächtigen aus?

Die Wohnung ist klein, kein Luxus. Neben dem als Atelier genutzten Wohnzimmer verfügt sie über ein Schlafzimmer zum Hinterhof, das zu zwei Dritteln mit Klamotten und Schuhen gefüllt ist, außerdem eine kleine Küche mit Tisch und ein noch kleineres Bad, in dem sich auf der Waschmaschine Pinselreiniger und Nagellackentferner die Waage halten. Nichts deutet auf Besuch hin. Nicoletta ist keine, die andere zu sich nach Hause einlädt.

Auch persönliche Gegenstände gibt es kaum. Ein Ordner mit Miet- und Handyverträgen, ein Kästchen mit Schmuck, ein Buch auf dem Nachttisch. Der Name der Autorin sagt Charlie so wenig, dass er ihn sofort wieder vergisst. Das einzige Foto, das er findet, ist in Folie eingeschweißt, steckt im Buch und dient als Lesezeichen. Es zeigt ein nicht mehr junges Paar vor der Tür eines Hauses, von dem nur die bröckelnde Eingangsstufe, abblätternde Farbe und eine morsche Türüberdachung zu sehen sind. Der Mann trägt eine dickrandige Brille und einen gemütlichen Bierbauch, die Frau hält ein weinendes Baby mit einer weißen Strickmütze auf dem Arm. Vor ihnen steht ein Kinderwagen – so neu und chromglänzend, dass das Haus dagegen wirkt wie aus dem Mittelalter. Hinter dem Paar und halb abgeschnitten ist ein Mann zu sehen, der einen abscheulichen Anzug trägt, üppige Koteletten und eine Brille mit Goldrand. Keine der Personen kommt Charlie bekannt vor. Wenn es sich, wie er vermutet, bei dem Baby auf dem Arm der zärtlich lächelnden Frau um Nicoletta handelt, dann stammt die Aufnahme ziemlich exakt aus der Zeit des Mauerfalls. Wer das Paar ist, ist dagegen unklar. Als Eltern sind sie zu alt. Die Großeltern? Und der Mann im Hintergrund? Die Folie ist zerkratzt, dennoch fotografiert Charlie das Bild vorsichtshalber mit seinem Smartphone ab. Man kann nie wissen.

Er hat hinter jede Leinwand geguckt, hat die Fliesen im Bad beklopft und sich Nicolettas Bett von unten angesehen, als er bei einem abschließenden Blick auf die Hochbahn die Kratzspuren auf den Dielen bemerkt. Er kniet sich vor die Fensternische, tastet hinter der Heizung, findet nichts, denkt nach, zieht an der Fußleiste und hält sie in der Hand. Ohne die Fußleiste lässt sich die letzte Diele herausnehmen.

Drei doppelt in Folie eingewickelte Päckchen. Ausschließlich Hunderter. Charlie öffnet ein Päckchen, zieht ein Bündel heraus, untersucht die Scheine. Das Geld ist echt, eine Viertelmillion, eher mehr. Bei schätzungsweise tausend bis dreitausend Euro pro Nacht kommt schnell was zusammen. Nicoletta hatte recht: Charlie würde nie in ihrer Liga spielen. Was er nicht findet, sind Drogen oder eine Waffe.

Sein Smartphone klingelt. Der hüpfende Adamsapfel ruft. «Biber hier», sagt Charlie. Nein, sagt er nicht. Aber er ist wirklich kurz davor.

«Was ich Ihnen jetzt sage», zischelt Otter, «sollten Sie sich gut einprägen.»

Die Adresse ist in Neukölln, Hobrechtstraße. Eine gute Gegend – vorausgesetzt, man hat eine Allergie gegen Tageslicht, möchte unbehelligt in der Stadt untertauchen und sich von niemandem Fragen anhören. Die angegebene Wohnung liegt im Hinterhaus, Erdgeschoss. Da schon die Straße so düster ist wie ein Verlies, kommt man sich im Erdgeschoss des Hinterhauses wie in einer Katakombe vor.

Sofern Oles Informationen richtig sind, hat sich der erschossene Automarder die Wohnung mit dem Typen geteilt, dessen Fingerabdrücke auf dem Parkticket waren – Andrej Horvat. Ole meint, seine Quelle sei verlässlich. Charlie mag sich gar nicht vorstellen, wie viele Menschen in Berlin inzwischen mit sich ablösenden Zehennägeln durch die Straßen humpeln. Ob Ole das Spaß macht, er eine heimliche Befriedigung verspürt, wenn er anderen die Zehen pedikürt? Die Frage ist eher, ob ihm überhaupt etwas Vergnügen bereitet und woran man das erkennen könnte. Woran erkennt man, dass ein Tresor Spaß hat?

Charlie parkt in Sichtweite des Eingangs. Das Haus macht nicht den Eindruck, als seien viele seiner Bewohner gemeldet. Solange du deine Miete zahlst, fragt keiner nach. Die beiden Ladeneinheiten sind unvermietet, die Schaufenster verrammelt. Als Charlie in den Durchgang tritt, öffnet sich die zum rechten Laden gehörende Tür, und ein Asiate kommt heraus. Im Vorbeigehen sieht Charlie noch mehr von ihnen – ungefähr ein Dutzend. Die hausen in dem Laden wie im Käfig. Im Hinterhof liegen ein paar zertretene Fahrräder neben einem zerfledderten Sofa.

Die Wohnung, die Doktor Otter ihm genannt hat, hat weder Klingel noch Namensschild. Die Fenster zum Hof sind mit Sichtschutzfolie verklebt. Es riecht nach Kohlenkeller und gammeligen Äpfeln. Charlie legt sein Ohr an die Tür. Sie ist geschlossen, aber nicht verriegelt. Sein Puls beschleunigt, in seinen Ohren rauscht das Blut. Er wirft einen Blick hinauf ins Treppenhaus, streift die Latexhandschuhe über und atmet durch. Zwei Wohnungseinbrüche an einem Tag. Etwas daran fühlt sich unseriös an. Er öffnet die Reißverschlusstasche und zieht die SIG Sauer heraus, die er dort verwahrt, lässt sie aber gesichert.

Es gelingt ihm, nahezu geräuschlos die Tür zu öffnen. War da etwas? Er wartet, den Knauf in der Hand. Das Pochen in seinen Ohren verstärkt sich. Innerhalb von Sekunden bildet sich ein Schweißfilm auf seiner Handfläche. Zentimeterweise öffnet Charlie die Tür, die Pistole auf Kopfhöhe. Ein Flur, von dem ein Zimmer abgeht. Mehr ist von dort, wo er steht, nicht zu sehen. Charlie setzt einen Fuß auf den grauen Teppich. Es riecht nach Wäschekorb. Die Dielen unter dem Teppichboden geben nach, machen aber kein Geräusch. Charlie schiebt sich an der Tür vorbei, zieht das zweite Bein nach. Noch immer kein Geräusch. Dann spürt er etwas, seitlich im Genick. Einen Pistolenlauf. Fuck.

«Das hatte ich mir anders gedacht», sagt er.

«Drehst du dich um, bist du tot», sagt eine Stimme. Der Lauf der Pistole bohrt sich in Charlies Halswirbel. «Waffe.»

Charlie hebt die Arme, die SIG baumelt an seinem Zeigefinger. Der Mann pflückt sie von seiner Hand.

«Boden.»

«Was ist damit?», fragt Charlie.

Der Druck der Mündung verstärkt sich.

«Schon gut!» Charlie geht auf die Knie.

«Ganz.»

Charlie legt sich bäuchlings auf den Boden, atmet Teppichflusen. Sein Puls drückt mit hundertvierzig Schlägen pro Minute gegen sein Trommelfell. Der Mann steht über ihm, ein Bein rechts, eins links, nimmt Charlies Tasche, schüttet den Inhalt auf den Boden und schiebt die Sachen mit dem Fuß auseinander. Fieberhaft sucht Charlie nach einer Möglichkeit, ihn zu überwältigen, ohne vorher von einem halben Dutzend Kugeln getroffen zu werden. Aber wenn du selbst, Gesicht nach unten, auf dem Boden liegst und keine Waffe hast, dein Gegner aber über dir steht und zwei Waffen hat, drehst du dich mit deinen Überlegungen schnell im Kreis.

«Was willst du?»

«Wonach sieht's denn aus?», fragt Charlie und spuckt Flusen.

«Du bist Einbrecher?»

«Der eine klaut Autos, der andere nimmt Wohnungen aus.»

Charlie weiß nicht, was an dem Satz schwierig zu verstehen sein könnte, dennoch scheint der Mann eine Denkpause einzulegen.

«Mit Waffe?», fragt er schließlich.

«Hast doch selbst eine.»

Der Mann beugt sich vor und hebt einen von Charlies Kabelbindern auf. «Hände.»

Charlie lässt sich die Hände auf dem Rücken verschnüren – fester, als notwendig wäre. Er hört den Mann mit einer Waffe hantieren. Dann passiert etwas Sonderbares. Der Mann zieht Charlie die Handschuhe aus, drückt ihm eine Pistole in die Hand – allerdings nicht Charlies –, legt den Finger um den Abzug und drückt ab. Ein trockener Knall ist zu hören, nicht lauter als ein platzender Ballon. Charlie erwartet Schmerzen, doch statt in ihn ist die Kugel in den Putz eingedrungen. Er fragt sich, was das zu bedeuten hat, aber bevor er eine befriedigende Antwort findet, trifft ihn sein eigener Pistolengriff seitlich am Kopf, und mit einem Muhen wie von einer Kuh wird er ohnmächtig.

Als Charlie sein Bewusstsein wiedererlangt, sind sie da – die Schmerzen. Von seiner Braue tropft Blut auf den Boden. Vor seinem Gesicht hat sich ein roter Kreis von der Größe eines Flaschenbodens gebildet. Der Teppich ist so gesättigt, dass jeder neue Tropfen aufspringt wie von einer Pfütze. Charlie will eine Hand an die Schläfe führen, wird jedoch schmerzhaft daran erinnert, dass seine Hände mit Kabelbinder auf dem Rücken verschnürt sind. Noch immer hält er den Griff der fremden Pistole umklammert. Jetzt weiß er wieder, wo er sich befindet und wie er hergekommen ist.

Mit einem erneuten Stöhnen dreht er sich vom Bauch auf den Rücken, und zwar zu der Seite, auf der der Mann den

Inhalt seiner Tasche verstreut hat. Es dauert eine Weile, doch schließlich ertasten Charlies Finger seinen gelben Minicutter, und kurz darauf gelingt es ihm, seine Hände von dem Kabelbinder zu befreien, ohne sich dabei die Pulsadern aufzuschlitzen. Der Mann, der ihn bewusstlos geschlagen hat, ist verschwunden. Bei der Pistole, die er ihm in die Hand gedrückt hat, handelt es sich um eine CZ 75. Noch immer weiß Charlie nicht, was das soll. Doch lange muss er nicht nach dem Grund suchen.

In der Küche kniet ein Mann wie zusammengefaltet, den Oberkörper vornübergebeugt, die Stirn auf dem Boden. Sein Gesicht liegt in einer Blutlache, die noch dabei ist, sich auf dem PVC auszubreiten. Vor zehn Minuten muss er noch am Leben gewesen sein. Die Kugel ist im Kopf stecken geblieben, Charlie findet keine Austrittsstelle. Und sie wurde mit der Waffe abgefeuert, an der jetzt Charlies Fingerabdrücke kleben und deren Schmauchspuren er an der Hand hat.

Die Decke in der Küche ist mit Styroporplatten abgeklebt, die aussehen, als würden sie Krebs erzeugen. Auf der Küchenanrichte gurgelt eine Kaffeemaschine. Ihn zu trinken hatte der Tote keine Gelegenheit mehr. Ist noch warm. Und riecht nicht schlecht. Charlie gießt sich einen Becher ein, blickt an die Decke und betrachtet den Fugenverlauf der Styroporplatten, einfach so, wartet auf eine Entscheidung. Dann zieht er sein Smartphone hervor.

«Das wird dir nicht gefallen», flüstert er, während er Holgers Nummer antippt.

«Charlie?», fragt Holger mit Vorahnung in der Stimme.

«Das wird dir nicht gefallen», sagt Charlie, diesmal laut.

Holger wartet.

«Ich glaube, ich habe Andrej Horvat ausfindig gemacht.»

«Ausfindig gemacht?»

«Er ist tot.»

Holger schweigt.

«Ich hab auch die Tatwaffe.»

Holger schweigt weiter.

«Das Problem ist, ich hab mit ihr geschossen.»

«Wo bist du?»

Charlie sagt es ihm.

«Du rührst dich keinen Zentimeter von der Stelle.»

«Keine Sorge. Und bring einen Arzt mit. Mir läuft Blut aus dem Schädel.»

«Ich wusste, ich hätte es dir nicht sagen sollen.»

«Hätte, hätte, Fahrradkette.»

13

«Ich hab dir gleich gesagt, dass Bobby nichts damit zu tun hat», ruft Charlie gegen den Verkehrslärm an.

Sein Kopf dröhnt. Vier Stiche, über dem linken Ohr. Außerdem hat ihm der Arzt einen hübschen Schmiss in seine Haarpracht rasiert.

«Soll ich Ihnen das gleich hier zumachen», fragte er Charlie, «oder wollen Sie in die Notaufnahme? Da warten Sie dann allerdings drei Stunden.»

Charlie war zu sehr in Anspruch genommen für eine Antwort, also erkundigte sich Holger: «Sollte man nicht abklären, ob eine Gehirnerschütterung vorliegt?»

Charlie sah den Arzt an. Sollte man?

Der Arzt hielt ihm ein Klemmbrett mit einer Erklärung hin. «Können Sie das unterschreiben?»

Charlie zog den Kugelschreiber aus der Klammer und unterschrieb.

«Na bitte», meinte der Arzt, «keine Gehirnerschütterung.»

Jetzt ist Charlie ein bisschen schlecht, und schwindelig ist ihm ebenfalls.

Sie sitzen auf zwei Betonpollern auf dem Herrmannplatz. Holger zerkaut ein gebackenes Oval mit einem Kirsch-Vanille-Auge, Charlie arbeitet sich an einem Falafel ab. Der Rand von Holgers Stückchen ist trocken wie nach einer langen Dürre, das Innere matschig wie die Everglades. Ein paar Wüstenkrümel bleiben auf seinem Hemd liegen – da, wo neuerdings sein Bauch anfängt. Charlie hat die Beine gespreizt und hält seinen Oberkörper vorgebeugt, damit die herabtropfende Sesamsoße direkt auf dem Pflaster landet und nicht seine neuen Schuhe besprenkelt. In allen vier Himmelsrichtungen drängen sich auf mehreren Spuren Autos aneinander vorbei, als würden sie endlos im Kreis fahren.

«Nur weil Bobby in Untersuchungshaft sitzt, heißt das nicht, dass er nichts damit zu tun hat», sagt Holger. «Im Gegenteil: Ein besseres Alibi kannst du gar nicht vorweisen.»

«Der hätte mich doch nicht in diese Wohnung geschickt, um seinen eigenen Killer zu stellen.»

«Im Moment sieht es so aus, als wärst *du* der Killer. Außer dir hat den nämlich niemand gesehen.»

«Sehr witzig.»

«Finde ich überhaupt nicht.»

«Klar. Und anschließend haue ich mir selbst die Tatwaffe aufs Ohr.»

«Wärst nicht der Erste.»

«Du kriegst 'n Bauch.»

Holger spart sich eine Antwort, wischt aber unauffällig die Krümel aus der Hemdfalte.

Charlie schiebt sich den Rest seines Falafels in den Mund, steht auf und lässt das tropfende Wachspapier in den nächsten Mülleimer fallen. Als er sich zurück auf den Poller setzt, sagt Holger zu ihm:

«Hast du früher schon immer gemacht.»

«Was?»

«Dir die Hände an der Hose abgewischt.»

Charlie schaut einer jungen Frau nach – ein halbes Mädchen noch, in einem knallengen Glitzershirt –, die einen Kinderwagen Richtung U-Bahn-Eingang schiebt.

«Der Alte ist jedes Mal an die Decke gegangen», ruft Holger seinem Bruder in Erinnerung.

«Logisch.»

«Hast du es deshalb gemacht – um ihn auf die Palme zu bringen?»

«Glaube schon.»

«Und was sollte das?»

«Als alter Hobbypsychologe würde ich vermuten, dass ich versucht habe, seine Aufmerksamkeit zu kriegen, und mir nichts Besseres eingefallen ist.»

Ein doppelstöckiger Bus der Linie 194 schiebt sich über die Kreuzung. Eine Gruppe kostümierter Kinder ist damit beschäftigt, die Scheiben im Obergeschoss zu verschmieren und sich die Welt aus drei Metern Höhe anzusehen. Ein kleines Mädchen in einem Marienkäferkostüm winkt Holger zu, und der winkt zurück. Dann erst erkennt er an ihrer Reaktion, dass er gar nicht gemeint war. Eine Rußwolke hinter sich herziehend, verschwindet der Bus die Sonnenallee hinunter.

«Zwei verschiedene Paar Schuhe», murmelt Charlie.

Holger blickt immer noch auf die Stelle, wo eben noch der Bus war.

«Was», führt Charlie seine Überlegung fort, «wenn der Mord an Cedric und der Autodiebstahl gar nichts miteinander zu tun haben?»

«Du meinst, Cedric van de Vedel ist *zufällig* in dem Moment liquidiert worden, in dem sein Auto aus der Tiefgarage geklaut wurde?»

«Wär doch möglich.»

«In der Theorie ja, aber in der Praxis ...»

«Dann muss irgendetwas schiefgelaufen sein», überlegt Charlie. «Ich meine, da sind vier Typen, und die ziehen eine Aktion durch, bei der jemand umgebracht und gleichzeitig dessen Auto gestohlen wird. Das erfordert Planung, Recherche, Kalkül. Und alles läuft exakt nach Plan. Und dann bringen die sich plötzlich gegenseitig um – wegen zweieinhalb Kilo Kokain? Das ist doch, als hätten die plötzlich alle den Kopf verloren.»

«Oder es ist eine Vergeltungsaktion von Bobby, der seine Leute rausgeschickt hat, um sein Revier zu sichern, indem er die Konkurrenz ausschaltet.»

«Dann hätte Bobby mir eine Falle gestellt, um mich wie Horvats Mörder aussehen zu lassen.»

«Und du wärst reingetappt.»

Holger spürt die Vibration seines Handys in der Jackentasche. Als er auf das Display blickt, zieht sich im Nacken seine Kopfhaut zusammen. Kann er nichts gegen tun.

«Brinks ... Ja, Frau Niermeyer ...» Er bricht ein Stück vom Rand seines Kirsch-Vanille-Ovals ab und zerbröselt es über dem Pflaster. Die Krümel haben kaum Gelegenheit, den Boden zu berühren, bevor sie von einer Handvoll Spatzen aufgepickt werden. «Kann ich nicht sagen», fährt er fort. «Das tun wir alle, Frau Niermeyer ... Ja ... Bin auf dem Weg.»

«Die Quotenchefin», stellt Charlie fest.

Holger lässt das Telefon zurück in die Jackentasche gleiten. «Wollte von mir wissen, wie viele Opfer wir wohl noch zu beklagen haben werden, ehe es uns gelingt, einen Täter zu präsentieren.»

«Und jetzt sollst du ins LKA kommen.»

Holger nickt. «Um achtzehn Uhr ist eine Pressekonferenz angesetzt.»

«Bei der du den Kopf hinhalten sollst.»

Holgers Schultern geben unmerklich nach.

«Sandra wird auch da sein, oder?», bemerkt Charlie.

Holger ist in Gedanken bereits damit beschäftigt, die Fragen der Journalisten möglichst nicht zu beantworten. «Wo?»

«Na, bei der Pressekonferenz?»

Holger gibt einen Laut von sich, als habe Charlie die ganze Zeit schon an seinem Zahn herumgebohrt und jetzt, endlich, den Nerv getroffen.

Als Holger seinen Bruder im Gartenhaus aufsucht, hat er eine quälend lange Pressekonferenz und eine ebenso zähe Diskussion mit Sandra hinter sich. Sie haben versucht, ruhig miteinander zu reden – im Auto, in der Garage. Als dürften sie ihre Konflikte nicht ins Haus tragen. Lucas, Sandras berufliche Stagnation, das Haus ... Alles Dinge, über die Sandra fünfzehn Jahre lang kein Wort verloren hat. Und jetzt sollen das plötzlich schon immer «latente Probleme» gewesen sein. Holger überlegte, was er sich unter einem «latenten Problem» vorzustellen hatte, und landete bei Frau Doktor Niermeyer. Das machte es nicht besser.

Jetzt hält er zwei Sitzkissen in der linken und einen Sixpack in der rechten Hand. Er ist froh, *nicht* von Charlie gefragt zu werden, wie die Pressekonferenz gelaufen ist.

Charlie legt die Kissen auf die oberste Stufe und lässt sich ein Bier geben: «Sag mal, du bist nicht gerade dabei, so was wie ein Ritual zu etablieren, oder?»

Holger hat anderes im Sinn: «Die Niermeyer ...» Er trinkt, ohne zuvor mit seinem Bruder anzustoßen. «Manchmal weckt die eine romantische Sehnsucht nach Willkürmaßnahmen.»

«War nur so ein Gedanke von mir – das mit dem Ritual», bringt Charlie seine Überlegung zu Ende.

Holger versucht, sich auf den Fall zu konzentrieren. «Die Tatwaffe – wir reden hier von der, die *du* abgefeuert hast – ist dieselbe, mit der der Mann in der Lagerhalle erschossen wurde.»

«Wenig überraschend.»

«Hast du ein Alibi für den Mord in der Lagerhalle?»

«Du meinst, außer dass ich kurz vorher noch bei dir im Büro war?»

Holger trinkt schweigend sein Bier.

«Du nimmst nicht ernstlich an, dass Bobby mich losgeschickt hat, um drei Autodiebe und den Mörder seines Partners umzulegen?»

Nein, tut Holger nicht. Natürlich nicht. Er überlegt: «Nehmen wir an, es sind vier, und sie haben die Tat gemeinsam geplant. Dann rennt einer von denen jetzt herum und legt seine Kollegen um.»

«Der Mörder von Cedric.»

«Vermutlich.

«Will nicht teilen.»

«Möglich.»

«Nehmen wir an, du hast recht», nimmt Charlie den Faden auf. «Dann würde ich an seiner Stelle ganz fix aus der Stadt verschwinden. Und das bedeutet ...»

«... wir brauchen den dritten Mann, solange er noch am Leben und in der Stadt ist.»

«Wir?»

«Ja, wir.»

«Du meinst: Wir beide? Du und ich?»

«In der Not frisst der Teufel Fliegen.»

«Nicht, dass du am Ende dieser Geschichte noch bei mir im Gartenhaus einziehen willst», witzelt Charlie.

«Am Ende dieser Geschichte bist du längst aus dem Gartenhaus ausgezogen.»

Charlie hält ihm die Flasche hin. Holger zögert einen Moment – wie jemand, der weiß, dass er gleich einen Fehler begehen wird –, dann stößt er mit ihm an. Der Pakt ist besiegelt.

Das Laternenlicht von jenseits der Hecke mindert die Wirkung um einiges, dennoch ist der Sternenhimmel eine Pracht. Nachdem Holger im Haus verschwunden war, kam Lucas irgendwann. Charlie bot ihm das zweite Sitzkissen an, doch Lucas wollte sich nicht setzen. Gehen wollte er aber auch nicht.

«Wie geht's?», fragte Charlie.

Die Hände in den Taschen, strich Lucas mit dem Fuß durchs Gras. «Okay.»

Reden wollte er also auch nicht. Aber Schweigen war auch nicht das Richtige. Fünfzehn zu sein, dachte Charlie, ist einfach die Pest.

«Willst du 'n Bier?», fragte er.

«Okay.»

Sie tranken jeder ihr Bier. Ab und zu wippte Lucas mit dem Kopf wie zu einer unhörbaren Musik. Immer raus damit, dachte Charlie, aber als die Flasche ausgetrunken war, sagte Lucas nur «Ich geh dann mal» und verschwand wie in einem Traum. Hatte er nicht in einem Radius von etwa einem Meter den Rasen platt getreten, Charlie hätte daran gezweifelt, dass sein Neffe wirklich bei ihm gewesen war.

Jetzt trinkt Charlie den Rest seines Bieres, betastet vorsichtig das Pflaster über der kahl rasierten Stelle und blickt zu den Sternen empor. Eine Pracht, wirklich. Durch die Terrassentür des Nachbarhauses schwappt bläuliches Licht in den Garten. Charlie wartet, ohne zu wissen, worauf, und dann, von sehr weit weg, bahnt sich ein Gedanke den Weg durch die Sterne, fällt auf die Erde und plumpst zu Charlies Füßen in den Garten.

Achmed Kutscher, genannt Kutschi. Bevor Charlie nach Amerika ging, arbeiteten sie eine Zeitlang als Fahrer für einen Security-Service. Lustiger Typ. Trug seine Haare immer zu einem Pferdeschwanz gebunden. Sie hatten beide ein Faible für amerikanische Autos, glotzten gerne kurzen Röcken hinterher, zogen ab und zu einen durch und verspielten ihr Geld nach der Schicht beim Poker. Kutschi war ein lausiger Pokerspieler, noch schlechter als Charlie, und das musste man erst einmal hinbekommen. Ansonsten aber war er schlau. Schlauer als Charlie jedenfalls.

Sie kündigten gemeinsam. Charlie, um in die USA zu gehen, Kutschi, um eine eigene Sicherheitsfirma aufzuziehen, «Exclusive Security Services». Die Idee war, das Sicherheitsversprechen mit Exklusivität aufzuladen. Da sei Geld zu holen, meinte Achmed – wie bei einer Partnerbörse: «Die ohne Geld wollen einfach nur irgendwen ficken, aber die *mit* Kohle, Alter, die wollen *exklusiv* ficken.»

Während Charlies Zeit in L.A. meldete sich Kutschi zweimal bei ihm – und bot ihm an, bei «Exclusive Security Services» einzusteigen. Jedes Mal hatte er mehr Mitarbeiter. Seine Idee war aufgegangen, allerdings stieß er an seine Grenzen.

«Du musst gar nicht viel machen», versprach er. «Ich brauch einfach jemanden, der smart rüberkommt, dem die Leute vertrauen. Wenn die meine Türkenfresse sehen, zucken die meisten erst mal zurück.»

Charlie hat ihn unter «Kutschi» abgespeichert. Beim dritten Klingeln geht Achmed ran.

«Gibt's ja nich.» Dieselbe rauchige Stimme wie damals.

«Wie geht's?», fragt Charlie.

«Wie soll's schon gehen, Alter? Bestens, wie immer. Bist du wieder in der Stadt?»

«Sieht so aus.»

«Brauchst du 'n Job? Kannst morgen bei mir anfangen.»

«Danke, hab schon einen. Aber sag mal: Arbeitet deine Firma immer noch für die Staatlichen Museen von Berlin?»

«*Zu* Berlin, Alter. Das heißt Staatliche Museen *zu* Berlin! Aber ‹ich geh *nach* Aldi› soll falsch sein.» Kutschi gluckst in den Hörer. «Ihr Deutschen habt Probleme – da würden sie sich anderswo den Arsch für aufreißen.»

«Ja, und ... Hast du die noch als Kunden?»

«Die Staatlichen Museen zuuuu Berlin? Klar, Mann! Ich hab sie alle. Und wenn ich deine Fresse hätte, dann wäre ich schon längst der George Clooney der Sicherheitsbranche. Und 'n Tripper hätte ich auch.»

Über den letzten Spruch freut sich Achmed besonders.

Als Charlie aus dem Gran Torino steigt und über sich die Hochbahn rattern hört, trägt er seine sauberste Jeans und sein einziges weißes Hemd. In Verbindung mit seinen Segelschuhen sieht er aus, als sei er gerade aus Saint-Tropez eingeflogen. Er hat sogar seinen Zeh frisch bandagiert und die Pappbecher aus dem Fußraum entsorgt. In Nicolettas Atelier brennt Licht. Die Luft ist lau. Du bist ein Idiot, denkt Charlie. Dann drückt er die Haustür auf und steigt die Stufen zum vierten Stock empor.

Charlie klingelt, kurz darauf meint er, durch den Spion eine Bewegung zu erkennen. Er klingelt noch einmal. Schließlich wird die Tür geöffnet.

Nicoletta ist barfuß, trägt ein weißes T-Shirt und eine sandfarbene Latzhose mit den Spuren hundertfach abgewischter Pinsel an den Oberschenkeln, außerdem eine Basecap, unter der im Nacken ein Zopf hervorspringt.

«Das hab ich nicht gemeint, als ich sagte, es würde keine weiteren Treffen geben», erklärt sie.

Charlie kann sie nicht hören. Die Verzauberung ist zu groß. Alles, was er spürt, ist, wie er sein Herz verliert, es Nicoletta praktisch zu Füßen legt. Point of no return. Da kommt er nicht wieder raus.

«Malst du gerade an was?» Er klingt, als sei sie in der Küche auf Öl gestoßen.

Nicoletta besieht sich ihre Hose, die Farbflecken. «Nein, ich mach mir gerade die Nägel. Was willst du hier, Charlie?»

«Ich hab was für dich.»

«Ich will es nicht.»

«Da wäre ich nicht so sicher.»

«Ich hab's dir gesagt, Charlie: In meinem Leben ist kein Platz für so was.»

«Dann sieh es als Abschiedsgeschenk an.»

Nicolettas Blick sagt: Du bist ein hoffnungsloser Fall, Charlie.

Als wüsste er das nicht selbst.

«Also gut», sagt sie, «was ist es?»

Charlie deutet auf ihre Füße: «Du wirst Schuhe brauchen.»

Der Gran Torino gluckert die Potsdamer Straße hoch Richtung Mitte, als Nicoletta sagt: «Gestern hattest du noch ein anderes Auto.»

«Ist wie mit deiner Wohnung.» Charlie wechselt auf die Busspur. «War nur vorübergehend.» Er nimmt sein Smartphone aus der Ablage und ruft Kutschi an. «Sind in fünf Minuten da.»

«Fahr einfach die Rampe hoch und stell den Wagen vor dem Nebeneingang ab. Ich komm raus.»

«Wohin fährst du mich eigentlich?», fragt Nicoletta.

«Jetzt willst du es doch wissen, hm?»

Am Potsdamer Platz biegt Charlie erst rechts ab, dann links, dann stehen sie vor dem Seiteneingang des Martin-Gropius-Baus, dunkel und geheimnisvoll wie ein riesiges Mausoleum. Charlie macht den Motor aus.

Nicoletta sieht ihn an.

Charlie deutet auf die vier erleuchteten Fahnen, die sich vor dem Haupteingang im Wind wiegen. «Meisterwerke des 20. Jahrhunderts» ist auf ihnen zu lesen.

«Richter», sagt er kennerhaft, «stehst du doch drauf, oder?»

Nicoletta sieht ihn an, als habe er auf dem Weg zwischen Bülowbogen und Potsdamer Platz irgendwo den Verstand verloren. Bevor sie jedoch etwas erwidern kann, wird ihre Tür geöffnet, sie zuckt zusammen, und Kutschi sagt: «Wenn ich bitten darf ...»

Man müsste schon sehr genau hinsehen, um eine Veränderung an Kutschi zu bemerken. Der Pferdeschwanz könnte etwas dünner geworden sein. Ein paar Falten um die Augen. Aber sonst: dasselbe verschmitzte Grinsen, dieselbe breitbeinige Ghetto-Gang-Haltung. Und noch immer sieht er in Uniform wie verkleidet aus.

«Alter …!», ruft Kutschi aus.

Charlie und er klopfen einander die Rücken ab. Anschließend tritt Achmed einen Schritt zurück und lässt seinen Blick unverhohlen an Nicoletta herunter- und wieder heraufwandern. Diskretion war noch nie seine Paradedisziplin.

«Die sollten lieber *dich* da drin aufhängen», meint er. Und dann, mit Blick auf ihre Hose: «Nix übermalen, okay?»

Nicoletta starrt Charlie an: «Wir gehen jetzt nicht ernstlich da rein, oder?»

Statt zu antworten, schiebt Charlie sie vorsichtig hinter Kutschi her durch den Seiteneingang.

«Ihr kommt genau richtig», sagt Kutschi, als er die Tür hinter ihnen abschließt, «der Putztrupp ist gerade durch. Hier warten. Ich mach euch Licht – und schalte den Alarm aus.»

Als sie in den Lichthof treten, rutscht Nicoletta die Tasche von der Schulter und plumpst auf den Boden. Sie dreht sich um die eigene Achse und muss nach Luft ringen. Alle, alle sind sie da, nur für sie: Renoir, Matisse, Liebermann, Picasso. Ihre Hand tastet nach einem Halt und findet Charlies Schulter.

«Mehr geht nicht», sagt sie.

Das sieht Charlie anders, behält es aber für sich.

Stumm schreiten sie die Galerien ab. Die einzigen Geräusche rühren von ihren Schritten auf dem Steinboden her. Charlie gibt sich alle Mühe, Nicolettas Ergriffenheit nicht zu stören, bestaunt die kubistische Rätselhaftigkeit eines Picasso ebenso wie das flirrende Licht über einer Frühlingswiese von Renoir, nickt beeindruckt, die Hände hinter dem Rücken verschränkt. Vor beinahe jedem Bild bleibt Nicoletta stehen, lange, betrachtet es eingehend, sieht Dinge, die Charlie offenbar verborgen bleiben. Anders ist das nicht zu erklären. Im ersten Stock angekommen, verharrt sie irgendwann und rührt sich einfach gar nicht mehr.

Sie werden von zwei Kinderaugen angestarrt. Öl. Ein auf der Seite liegender Kopf, das Bild so groß wie ein Doppelbett. Man weiß nicht genau, ob es ein Junge oder ein Mädchen ist, ob es lebt oder tot ist, ob es schwebt oder liegt. Alles an dem Bild ist uneindeutig. Charlie findet, man sollte es hochkant hängen. Dann würde das Kind wenigstens stehen.

Als er sich zum wiederholten Mal umsieht und abzuschätzen versucht, wie lange sie für die obere Galerie wohl noch brauchen werden, streift sein Blick Nicolettas Gesicht und bleibt daran hängen.

«Weinst du etwa?», fragt er.

Nicoletta wischt sich die Tränen von der Wange. «Du kannst Fragen stellen ...»

Charlie sieht sich das Gemälde genauer an: «Wegen dem da?»

Nicoletta nickt.

Noch einmal betrachtet Charlie das Gemälde, geht ganz nah ran, verrenkt sich den Hals. Es ist und bleibt ein Kinderkopf. Und bringt eine Frau wie Nicoletta zum Weinen. Wahnsinn. So verliebt war er noch nie.

Er spürt in sich hinein, überlegt, welche Empfindungen das Bild bei *ihm* auslöst. Hm. Ist nicht leicht zu greifen. Sein Kopf verlangt nach Schmerzmitteln. Und er könnte gut einen Gin Tonic vertragen. Ansonsten ... eher nicht so viel.

«Ich hab dich angelogen», sagt Nicoletta ohne erkennbaren Zusammenhang.

Sie sind auf dem Weg zurück nach Schöneberg, Charlie fährt so langsam, dass sein Gran Torino gerade nicht absäuft. Jede Minute zählt. Er überlegt, wie eine angemessene Reaktion aussehen könnte, falls Nicoletta ihn nicht mit in ihre Wohnung nimmt. Pulsadern aufschneiden? Ole um eine weitere Pediküre bitten? Alles darunter wäre zu wenig.

«Macht nichts», erwidert er. «Ich belüg mich ständig.»

Und dich hab ich auch angelogen, denkt er. Ich sollte dich nämlich nur aushorchen. Und jetzt kann ich dir nicht mal mehr die Wahrheit sagen, weil ich dann alles kaputt machen würde.

«Hat das womöglich was mit der Platzwunde zu tun, die du am Kopf hast?», fragt sie.

«Ja. Wär schon möglich», antwortet Charlie vage.

«Will ich wissen, wie es dazu gekommen ist?»

«Ich glaub nicht.»

Schweigen.

«Ich heiße gar nicht Zoe, ich heiße Nicoletta.»

Charlie hält vor einer Ampel, obwohl sie noch gar nicht rot ist. «Ist doch auch ein schöner Name», sagt er.

Nicoletta schüttelt den Kopf, anschließend beschenkt sie Charlie mit einem Lächeln, von dem er sich wünscht, er könnte es in einem Glas aufbewahren – für schlechte Zeiten. Die kommen nämlich. Immer. Nimm mich mit nach oben!, fleht er im Geiste. Ich will mir nicht die Pulsadern aufschneiden müssen.

14

«Jetzt ist er dran», sagt Holger.

Charlie kneift im Halbschlaf die Augen zusammen. «Holger?»

«Nein, Bobby. Holger bin ich.»

«Das mein ich doch.»

«Wir haben das Kokain aus seinem Tresor untersuchen lassen», fährt Holger fort.

Charlie beschäftigt etwas ganz anderes. «Sie hat mich nicht mit nach oben genommen», stöhnt er. Mit geschlossenen Augen zieht er seine Arme aus dem Schlafsack und streckt sie seinem Bruder hin, Innenseiten nach oben. «Hab ich mir die Pulsadern aufgeschnitten?», fragt er.

Holger ignoriert ihn. «Das Kokain stammt eindeutig aus der Charge, die bei van de Vedel sichergestellt wurde. Entweder Bobby war bei dem Mord an Cedric dabei, oder aber der Stoff stammt aus dem Koffer in der Tiefgarage.»

Charlie hält sich die Arme so dicht vors Gesicht, dass sie genug Schatten werfen, um die Augen einen Spalt zu öffnen. «Hätte ich sie mir doch nur aufgeschnitten», jault er.

«Ich fahre jetzt ins LKA», verkündet Holger, «und quetsche

Bobby aus, bis er Rotz und Wasser heult. Irgendwie steckt er mit drin, und wenn er nicht auspackt, bleibt er in Haft, bis ihm Schwimmhäute zwischen den Zehen wachsen.»

Mit diesen Worten macht er kehrt, geht im Stechschritt über den Rasen, strafft sich, bläht die Brust und spürt die Sonne im Nacken – ein Prickeln wie von Champagnerperlen.

Im LKA hat es sich dann relativ zügig ausgeperlt. Sobald Holger den Flur betritt, der zu seinem Büro führt, springt eine Frau von ihrem Stuhl auf und eilt ihm im Laufschritt entgegen. Obwohl sie High Heels trägt, kommt der sie bewachende Beamte kaum hinterher.

Ihren Zorn wie eine Bugwelle vor sich herschiebend, wird die Frau mit jedem Klacken ihrer Absätze größer. Holger nimmt sich vor, sie an sich abprallen zu lassen wie an einer Steilküste. Womit er jedoch nicht rechnet, ist, dass aus der Gischt ihrer Bugwelle eine Pfeilspitze hervorschießen und ihm in Form eines ausgestreckten Zeigefingers in die Brust bohren könnte.

«Sie lassen sofort meinen Mann frei!» Mit dieser Stimme, denkt Holger, könnte man Glas schneiden. Und dieses Parfüm – das reinste Synapsenfeuerwerk.

Er blickt den Uniformierten an, der einigermaßen ratlos aussieht: «Wer ist das, bitte?»

«Hey!» Bevor der Beamte die Frage beantworten kann, witschen pink lackierte Fingernagelextensions durch Holgers Blickfeld und ziehen seine Aufmerksamkeit auf sich. «Sie wollen wissen, wer ich bin?» Ihre Brüste drohen zu havarieren. «Ich sag Ihnen, wer ich bin: Ich bin Nadine Schütz! Bobby ist mein Mann, und den nehme ich jetzt mit, ob es Ihnen passt oder nicht.»

Holger sieht, wie im Hintergrund eine Tür geöffnet wird und Frau Bökh amüsiert ihren Kopf in den Flur streckt. An ihrem Ohr schaukelt ein Ring, groß genug, um einen Dackel durchspringen zu lassen. Sie kneift ein Auge zu und gibt Holger ein Thumbs-up. Sofort muss er an ihr Telefonat denken, als sie Spaß hatte – und Sex –, während er mit Charlie auf den Stufen zum Gartenhaus saß.

Erneut stößt Nadine Schütz dem Hauptkommissar ihren Zeigefinger in die Brust. «Mein Bobby hat niemandem was getan! Sie können ihn nicht einfach so einsperren.»

Mein Bobby. Die liebt den, geht es Holger durch den Kopf, liebt ihn wirklich. Bobby den Bruchpiloten. Würde alles für ihn tun. Dann ertappt sich Holger bei dem Gedanken, dass er nicht sagen könnte, ob das Gleiche für Sandra und ihn auch noch gilt. Zumindest nicht, was sie angeht. Holger würde alles für seine Frau tun. Aber würde Sandra auch alles für ihn tun? Er ist sich ihrer nicht mehr sicher.

«Ihr Mann», erklärt er mit professioneller Ruhe, «wurde in einer Lagerhalle angetroffen, wie er mit einer Waffe in der Hand über eine Leiche gebeugt stand.»

«Das beweist gar nichts!»

«Außerdem haben wir bei der Durchsuchung seines Clubs Kokain und zwei nicht registrierte Schusswaffen gefunden.»

«Na und?»

«Das ist strafbar.»

Bobbys Frau bekommt große Augen. Dass der Besitz von Kokain und nicht registrierten Schusswaffen illegal sein soll, ist offenbar Neuland für sie. «Sie lügen doch!»

Holger blickt den Beamten an: «Wie ist Frau Schütz überhaupt hier reingekommen?»

Der Beamte zieht die Schultern hoch.

Nadine Schütz ist im Begriff, Holger zum dritten Mal ihren Finger in die Brust zu bohren, als der die Kontrolle über die Situation zurückgewinnt: «Stopp!» Ihr Finger bleibt in der Luft stehen. «Sie können Ihrem Mann ausrichten, dass es meiner Einschätzung nach maßgeblich von seiner Kooperationsbereitschaft abhängen wird, ob er in nächster Zeit wieder auf freien Fuß kommt. Und Sie», er wendet sich an den Beamten, «sind bitte so freundlich und begleiten Frau Schütz nach draußen.»

Damit geht er an Nadine vorbei und steuert sein Büro an.

«Mein Bobby hat niemandem was getan!», ruft sie ihm nach.

Mein Bobby.

Charlie liegt, umschwirrt von Fliegen, auf seiner Luftmatratze und fragt sich, wie das Ende von etwas, das nie gewesen ist, einem derart in die Eingeweide schneiden kann. Er ist kein Trinker, aber heute hätte er nichts dagegen, den Tag mit einem Whiskey zu beginnen. Oder wenigstens einem Campari. Es gibt solche Tage. Und Charlie ist lange genug im Geschäft, um zu wissen, dass man sich vor ihnen in Acht nehmen sollte. Also kein Whiskey. Doch was dann?

Er findet seine alten Laufschuhe unter der Filzdecke im Kofferraum des Gran Torino, wo sie überwintert haben, ohne sichtbaren Schaden genommen zu haben. Allerdings riechen sie nach einer fatalen Liaison aus Schimmel und Benzin. Charlie nimmt sie zwischen Daumen und Zeigefinger und hält sie der Sonne entgegen. «Man nennt es Tageslicht», sagt er. Dann zieht er sie an und läuft los Richtung Flughafen. Auf dem Vorfeld angekommen, fasst er den Entschluss, einmal die große Runde zu laufen. Da hat allerdings sein Zeh noch nicht wieder zu bluten angefangen, und es ist ihm nicht klar, dass eine Runde sechs Kilometer lang ist.

Zwanzig Minuten später humpelt er atemlos über die Landebahn zurück Richtung Abfertigungshalle. Die Narbe über seinem Ohr pocht. Außerdem hat sich die Spitze seines Schuhs rot gefärbt. Beinahe ist er dankbar für die Schmerzen. Der Schweiß brennt ihm in den Augen, die Sonne im Nacken. Und dort, auf halbem Weg zurück zur Haupthalle und umgeben von einer einmaligen Weite, dringen plötzlich Holgers Worte von vorhin in sein Bewusstsein, und er läuft wieder los.

«Otter», dringt es aus dem Hörer.

Charlie kann hören, wie sich das Kinn des Anwalts zur Decke reckt. Er sitzt inzwischen auf der Stufe des Gartenhauses, das Telefon zwischen Ohr und Schulter geklemmt, und versucht, sich die blutverklebte Socke vom Fuß zu ziehen.

«Hat mein Bruder Bobby schon verhört?», fragt er.

«Bedauerlicherweise nicht. Man lässt uns warten, und zwar seit nicht weniger als ... Oh, ich korrigiere: Herr Brinks ist soeben hereingekommen. Wir telefonieren sp...»

«Nein!», ruft Charlie. «Herr Otter?»

«Ja?»

«Hören Sie: Mein Bruder wird Bobby gleich zu dem Kokain befragen, das sie bei ihm im Tresor gefunden haben. Wenn Bobby aussagt, dass ich versucht habe, mit dem Zeug meine Spielschulden zu bezahlen, wird meinem Bruder nichts anderes übrig bleiben, als auch mich einzubuchten. Und dann hat Bobby niemanden mehr, der für ihn nach Cedrics Mörder suchen kann. Dann bin ich raus aus dem Spiel. Herr Otter?»

«Ja?»

«Haben Sie mich verstanden?»

«Klar und deutlich.»

Im Hintergrund werden Stühle gerückt. Charlie hört die Stimme seines Bruders.

«Und?»

«Ich werde sehen, was ich für Sie tun kann, auf Wiederhören.»

«Noch etwas!»

«Ja?»

«Sagen Sie Bobby, wenn ich herausfinde, dass er versucht hat, mich für einen Mord hinzuhängen, den einer seiner Jungs verübt hat, dann werde ich *ihm* die Zehen pediküren, und zwar mit einem Vorschlaghammer.»

Holger sitzt in seinem Büro, die Hände flach auf dem Tisch, und versucht, sich auf die anstehende Vernehmung von Bobby Schütz zu konzentrieren. Als er ein Räuspern hört, das nicht seins ist, schlägt er die Augen auf.

Vor ihm steht Frau Bökh, die Haare zu einem amorphen Gebilde geformt. Ist das Kunst, oder kann das weg?, kommt es Holger in den Sinn. Ihr draller Oberkörper steckt in einem frühlingsgrünen Top, das zu mindestens 95 Prozent aus Elastan bestehen muss. Ein anderer Stoff würde das nicht mitmachen.

«Ich habe nichts dagegen, wenn Sie klopfen, bevor Sie in mein Büro kommen», sagt Holger.

«Hab ich.»

Ihre Brüste befinden sich exakt auf seiner Augenhöhe, also *auf* Augenhöhe und außerdem darüber und darunter, und rechts und links ist auch noch was. «Verstehe.»

«Wahnsinn, die Frau, oder?» Damit meint sie Bobbys Frau Nadine. Sie ruckelt ihren BH zurecht. «Hat noch mehr Oberweite als ich. Aber dafür» – sie legt sich die Hände unter die Brüste und drückt sie prüfend – «sind meine wenigstens echt.»

«Frau Bökh?», sagt Holger.

«Ja, Chef?»

«Macht Ihnen das Spaß – mich in Verlegenheit zu bringen?»

«Schon ...»

«Also mir ist es eher unangenehm. Deshalb möchte ich Sie bitten, künftig davon abzusehen.»

«Wovon abzusehen?»

«Zum Beispiel davon, in meiner Gegenwart über Ihre Brüste zu reden.»

«Wieso – gefallen sie Ihnen nicht?»

«Darum geht es nicht.»

«Worum dann?»

«Es geht darum, dass dies eine Mordkommission ist und Ihre Brüste hier nichts verloren haben.»

Frau Bökh zupft an ihrer Unterlippe, als müsse sie nachdenken. «Kann sie schlecht zu Hause lassen.»

«So war es nicht gemeint.»

Mit dem Nagel an der Unterlippe, beginnt ihre Fingerkuppe, kleine Kreise zu ziehen. «Ich überleg's mir», sagt sie. Als hätte Holger ihr ein Angebot gemacht.

Er versucht, sich auf das Nächstliegende zu konzentrieren. «Was ist mit Herrn Schütz?»

«Ach ja: Bobby und sein Anwalt sitzen in Vernehmungszimmer Nummer zwei und warten.»

«Seit wann?»

«Halbe Stunde, würd ich sagen.»

«Na, dann wollen wir mal.»

Als Holger das Vernehmungszimmer Nummer zwei betritt, steht Doktor Otter in einer Ecke und telefoniert, während seine freie Hand mit der Krawatte spielt. Schon bei der letzten Begegnung hat Holger im Geiste nach einem Wort für ihn gesucht. Jetzt hat er es: Vogelscheuche. Der Typ sieht aus wie eine Vogelscheuche.

Bobby Schütz sitzt am Vernehmungstisch und knibbelt an seinem Daumennagel herum. Er wirkt, als warte er auf den Gong, damit er endlich in den Ring stürmen kann. Die Haut in seinem Nacken bildet Wülste. Es riecht wie in der Männerumkleide der Berlin Adler. Hätte Holger ihn noch zehn Minuten länger warten lassen, hätte ihm das Testosteron die Schädeldecke weggeblasen.

«Ich werde sehen, was ich für Sie tun kann, auf Wiederhören», hört Holger den Anwalt sagen.

Holger setzt sich Bobby gegenüber, blickt ihn aufmunternd an. Schließlich sagt er: «Gute Nachrichten.»

«Sie haben Cedrics Mörder?», erwidert Bobby.

«Gut möglich.» Holger wartet Bobbys Reaktion ab.

«Ich höre.»

«Ich habe heute Morgen etwas Interessantes erfahren.» Holger lehnt sich zurück. «Manchmal tauchen doch irgendwo so uralte Weinflaschen auf, für die dann Menschen, die nicht wissen, wohin mit ihrem Geld, bei Auktionen Unsummen ausgeben. Haben Sie sicher schon mal von gehört. Tausende von Euro. Für eine einzige Flasche Wein von – was weiß ich – 1842 oder so. Muss man sich mal vorstellen. Nur, um sie anschließend wieder in den Keller zu legen. Wie auch immer: Obwohl diese Menschen die Flaschen anschließend nur wieder für die nächsten hundert Jahre in ein dunkles Eckchen legen, wollen sie natürlich trotzdem wissen, ob der Wein in der Flasche auch wirklich der ist, der auf dem Etikett steht. Und um das herauszufinden, gibt es inzwischen Methoden, mit denen man das exakt bestimmen kann. Die ziehen sich drei Tropfen aus der Flasche, und dann, ich weiß auch nicht, legen sie die unter irgendein Spezialmikroskop oder was auch immer, und dann können die genau sehen, aha, Bordeaux, 1842, Südhang, Château Schießmichtot. Interessant, oder?»

«Kann mich vor Begeisterung kaum auf dem Stuhl halten», sagt Bobby.

Dr. Otter steht schräg hinter seinem Mandanten und hat seine Augen zu Schlitzen verengt, was offenbar Argwohn zum Ausdruck bringen soll.

«Jetzt fragen Sie sich natürlich: ‹Was bitte hat das mit mir zu tun?›» Holger beugt sich vor. «Ich sag's Ihnen. Das Verrückte ist: Mit Kokain verhält es sich genau wie mit Wein. Unglaublich, oder? Ein paar Körnchen reichen heutzutage aus, und man kann eine Art genetischen Fingerabdruck davon erstellen. Ich wusste das nicht. Sie? Ist ja auch unerheblich. Jedenfalls haben meine Kollegen von der Kriminaltechnik genau das letzte Nacht mit dem Kokain gemacht, das wir in Ihrem Tresor gefunden haben. Und das Ergebnis haben sie dann verglichen mit dem Kokain, das wir bei Cedrics Leiche gefunden haben. Und soll ich Ihnen etwas sagen? Der Vaterschaftstest Ihres Kokains hat ergeben, dass es zweifelsfrei aus derselben Lieferung stammt wie das, was Cedric van de Vedel in seinem Koffer hatte.» Holger lehnt sich wieder zurück. «Jetzt ist es ja so, dass Sie ausgesagt haben, Sie hätten von dem Mord gar nichts mitbekommen. Und da frage ich mich natürlich: Wie kommt dann das Kokain in Ihren Tresor? Das kann doch eigentlich nur auf zweierlei Weise passiert sein: Entweder, Sie waren doch dabei, als Ihr Partner erschossen wurde, oder aber das Kokain in Ihrem Tresor stammt aus dem Koffer, der in dem gestohlenen Audi war. Das wiederum würde bedeuten, dass Sie mit den Autodieben in Kontakt stehen. Und jetzt frag ich Sie: Wie wollen wir's machen? Wollen Sie weiterhin darauf bestehen, nichts mit den Morden zu tun zu haben? Dann müsste ich davon ausgehen, dass Sie Ihre Tat zu verschleiern versuchen. Oder aber Sie waren an den Morden tatsächlich nicht beteiligt. Dann würde ich an Ihrer Stelle langsam anfangen zu kooperieren.»

Bobby hat schon bei der Geschichte mit dem Wein begonnen, mit den Fingern zu knacken. Der Typ ist so genervt, das passt auf keine Skala. «Sie wollen wissen, woher das Koks in meinem Tresor stammt?», knurrt er.

«Bitte», erwidert Holger.

«Das Koks stammt ...»

«Einen Moment!» Herr Otter ist neben Bobby getreten und legt ihm eine Hand auf die Schulter. «Ich würde gerne kurz mit meinem Mandanten unter vier Augen sprechen.»

15

Auch nach mehr als zwei Jahrzehnten im Polizeidienst findet Holger es immer noch beeindruckend, wenn gewiefte Anwälte die Fakten binnen Sekunden so verbiegen, dass man sie selbst mit Mühe nicht wiedererkennen kann. Dr. Otter ist einer von diesen professionellen Verbiegekünstlern. Er braucht keine Minute, um Bobby zu briefen und eine einleuchtende Erklärung dafür zu liefern, warum sein Mandant mit dem Koks, das in seinem Safe gefunden worden ist, rein gar nichts zu tun hat. Und diese Erklärung geht so:

Angeblich sind ein paar Mitarbeiter beim Putzen über den Stoff gestolpert. Und Bobby, ganz treusorgender Arbeitgeber und ebenso verantwortungsvoller Staatsbürger, hat die Drogen zuerst sichergestellt und dann in seinem Safe deponiert, um sie gleich am nächsten Tag der Polizei zu übergeben. Alles hundertprozentig korrekt und im Einklang mit Recht und Ordnung – wenn man bedenkt, dass sich der Vorfall nachts in einem angesagten Berliner Club zugetragen hat, dann wäre es auch durchaus möglich gewesen, dass die Putzmannschaft sich das Zeug an Ort und Stelle durch die Nase gezogen hätte. Allein Bobbys ebenso beherztem wie pflichtschuldigem Eingreifen ist es also zu verdanken, dass das Kokain überhaupt sichergestellt werden konnte. Ironischerweise sitzt er also in Untersuchungshaft, weil er ungewöhnlich rechtschaffen ist.

Holger überlegt einen Moment, dann sagt er: «Ich war vor ein paar Jahren mal mit meinem Sohn in der Märchenhütte im Monbijoupark. Treten Sie da eigentlich auch regelmäßig auf?»

«Ich muss doch sehr bitten», erwidert Dr. Otter mit nicht sonderlich gut gespielter Entrüstung.

«Beweisen Sie mir einfach das Gegenteil», raunt Bobby und grinst.

Holger überlegt.

«Wäre das dann alles?», will Dr. Otter wissen. «Ich gehe davon aus, angesichts der arg dünnen Beweislage wollen Sie meinen Mandanten nicht noch länger hier festhalten, oder? Ich müsste mich nämlich sonst an übergeordneter Stelle über diese offensichtliche Willkürmaßnahme beschweren.»

Bobby lehnt sich entspannt zurück, verschränkt die Arme vor der Brust und wirft einen zufriedenen Seitenblick zu Dr. Otter, der in den Augen seines Mandanten wohl ausnahmsweise mal sein fürstliches Stundenhonorar wert ist.

Es klopft, Melanie Bökh erscheint. Augenblicklich strafft sich Bobbys Oberkörper.

«Frau Kommissarin», schnurrt er wie ein brünstiger Kater.

Frau Bökh wirft ein tonloses «Hallo» in den Raum und wendet sich zu Holger: «Ich habe da was, das Sie sich mal ansehen sollten.»

«Wo genau haben Sie es denn?», will Bobby wissen und verzieht den Mund zu einem Grinsen. «Ich würde mir das nämlich bestimmt auch gern mal ansehen.»

Otter sieht nach oben, als wünschte er, den Kommentaren seines Mandanten einfach davonfliegen zu können.

«Würde ich mir an Ihrer Stelle gut überlegen», kontert Bökh. «Ich glaube, mit Ihrer Frau ist nicht gut Kirschen essen. Wenn die rauskriegt, dass Sie außereheliche Doktorspiele veranstalten.»

«Müsste man ihr ja nicht gleich auf die Nase binden», säuselt Bobby.

Otter scheint in Gedanken höher und höher zu fliegen, immer den Wolken entgegen.

«Sie entschuldigen uns einen Moment», verkündet Holger. «Jetzt muss zur Abwechslung mal ich was unter vier Augen besprechen.»

«Und was ist mit mir? Kann ich gehen?», will Bobby wissen.

«Nein. Sie bleiben», verkündet Holger. «Ich brauche eine Liste aller Mitarbeiter, die in der Nacht anwesend waren, als das Kokain in Ihrem Club gefunden wurde.»

Holger bemerkt, dass Bobby zuerst stutzt und dann seinem Anwalt einen fragenden Blick zuwirft. Dr. Otters imaginärer Vogelflug endet ebenso abrupt wie unsanft.

«Und was soll das bringen?», will Bobby wissen.

«Ich vermute», antwortet Holger, «wir werden herausfinden, ob Sie die Wahrheit sagen. Wenn Ihre Leute die Päckchen wirklich angefasst haben, dann werden wir auch ein paar Fingerabdrücke darauf finden. Und das würde dafür sprechen, dass Ihre Geschichte stimmt. Ist doch toll, oder?»

«Unsere Putzfrauen tragen Handschuhe – aus gutem Grund.» Bobby bemüht sich, weiterhin einen lässigen Eindruck zu machen, aber seine Körpersprache verrät, dass er sich unwohl fühlt.

Holger blickt zu Dr. Otter, der ihn anstarrt wie das Kaninchen die Schlange.

Melanie Bökh steht in der Tür und wartet auf ihren Boss. Der schaut jedoch zwischen Bobby und seinem Anwalt hin und her, als ob er zwei Suchbilder nach den Unterschieden abklopfen würde.

Bökh versucht zu ergründen, was hier gerade vor sich geht. Als sie es aufgibt, sacken ihre Schultern herab. Es geht hier offenbar um Psychologie, und das ist eine der Wissenschaften, mit denen sie eher weniger anfangen kann.

Holger lässt derweil seinen Blick weiterhin pendeln. Bobby und Dr. Otter sitzen da wie angewurzelt. Sie erinnern an drittklassige Pokerspieler, die panische Angst davor haben, dass eine winzige Bewegung ihr miserables Blatt verraten könnte.

Holger muss grinsen. «Möchten die Herren mir sagen, was sie auf dem Herzen haben, oder soll ich das allein herausfinden?»

Keine Reaktion von Bobby oder seinem Anwalt.

«Gut. Ich freu mich jedenfalls auf die Liste.» Leise pfeifend folgt Holger seiner Mitarbeiterin in Richtung Besprechungsraum.

«Ich habe das Bewegungsprofil von Cedrics Handy ausgelesen», fällt Bökh mit der Tür ins Haus. «Und es gibt da ...»

«Sie wissen, dass das ohne richterlichen Beschluss verboten ist», wirft Holger ein.

«Häh? Sie haben das doch selbst angeordnet», erwidert Bökh irritiert.

«Stimmt. Verboten ist es trotzdem», sagt Holger. «Ich wollte nur sichergehen, dass Sie das auch wissen und es nicht an die große Glocke hängen.»

«Weiß ich, und ist mir egal», sagt Bökh. «Der Tote wird uns schon nicht verklagen, weil ich sein Handy ausgelesen habe.»

«Dann sind wir uns ja einig», wirft Holger ein.

«Außerdem hätte ich selbst mit einem Beschluss nur die Daten für Deutschland auslesen dürfen. Die sind aber lange nicht so interessant wie ein Ort in der Nähe von Prag, wo sich der Kerl in letzter Zeit ein paarmal aufgehalten hat. Offenbar eine Brache mit einem Baucontainer, zumindest soweit das im Internet zu erkennen ist.»

«Eine Baustelle? Wollte er sich in Tschechien ein Haus bauen?»

«Hab ich zuerst auch vermutet. Allerdings liegt die Brache in einem ehemaligen Gewerbegebiet. Die Gegend ist völlig heruntergekommen und somit keine gute Wahl für ein Wohnhaus. Mal ganz abgesehen davon, dass da seit Jahren nichts mehr gebaut worden ist. Ich vermute eher, es ist ein Treffpunkt.»

Holger überlegt. Cedric war zwar vorsichtig und obendrein sehr diskret, aber er hätte es nicht nötig gehabt, sich zu verstecken. Das Unternehmen von Jimmy Schütz verfügt seit zwanzig Jahren über ein ausgeklügeltes Informationssystem. Noch nie gab es in Schütz' Imperium eine Razzia, die ihn oder einen von seinen Männern für längere Zeit ins Gefängnis gebracht hätte. Wer bestechlich war, wurde gekauft, wer ihm was schuldete, der zahlte mit Informationen. Jimmy war großzügig und immer fair, deshalb funktionierte das System so prächtig. Weshalb Cedric nach Übernahme der Geschäfte mit Sicherheit nichts daran geändert hat. Mit entsprechenden Schmiergeldzahlungen hätte er in Tschechien seine Deals vermutlich sogar unter Polizeischutz abwickeln können. Warum dann ein einsamer Treffpunkt in der Vorstadt?

«Wäre möglich», sagt er dann. «Wobei Drogendealer, die was auf sich halten, in einem der Luxushotels in der Innenstadt absteigen. Es besteht kein Grund, sich den Sportwagen oder den Maßanzug in irgendeinem Dreckloch am Stadtrand zu versauen. Wer genug Geld hat, dem werden bei unseren tschechischen Freunden garantiert keine Fragen gestellt.»

«Also doch kein Treffpunkt?», fragt Bökh, und es ist offensichtlich eine rhetorische Frage.

«Spannen Sie mich nicht auf die Folter», sagt Holger. «Gibt es eine Verbindung zwischen Cedric und den Automardern?»

Bökhs Schultern sacken herab. «Woher wissen Sie das jetzt schon wieder?»

«Die Idee basiert auf der simplen Annahme, dass Opfer und Täter sich gekannt haben könnten», antwortet Holger. «Soll ja vorkommen.»

Bökh drückt eine Taste auf ihrem Laptop, und an der Wand erscheint eine Website mit einer Firmenadresse. «Das ist die deutsche Firma, die unsere Lichtenberger Lagerhalle angemietet hat. Ich hab da mal nachgefragt, warum das Gebäude schon seit einer Weile nicht mehr genutzt wird.»

«Und?»

«Angeblich existiert ein langfristiger Mietvertrag, der erfüllt werden muss, auch wenn der Lagerplatz nicht mehr gebraucht wird.»

«Was ist das für eine Firma?», will Holger wissen.

«Eine Spedition», erwidert Bökh. «Mir ist schleierhaft, warum diese Leute überhaupt jemals Lagerplatz gebraucht haben. Die Halle soll für Wartungsarbeiten an den Fahrzeugen benutzt worden sein. Dabei unterhält die Spedition lediglich drei kleine Lkw und zwei Transporter. Warum muss man dafür eine Halle anmieten, obendrein mit einer langfristigen Vertragsbindung? Jedenfalls bin ich neugierig geworden und hab mir deshalb genauer angesehen, wer hinter dieser Firma steckt.» Wieder drückt Bökh auf eine Computertaste, es erscheint ein neuer Firmenname. «Alleiniger Eigentümer der Spedition ist diese Holding mit Sitz in den Niederlanden. Ein relativ kleiner Mischkonzern, der drei weitere Beteiligungen hält.» Bökh klickt auf die Tastatur, und nun ist ein Schaubild mit mehreren Firmennamen und -adressen zu sehen.

«Oh. Muss ich mir das alles merken?», fragt Holger.

«Nein.»

«Dann ist ja gut. Und was haben wir da?»

«Eine Firma für Trockenbau in Österreich, ein Handelsunternehmen in Ungarn und eine Baufirma mit Sitz in der Nähe von Prag. Die Adresse ist die besagte Brache.»

«Das muss nicht zwangsläufig heißen, dass er die Automarder gekannt hat. Wäre ja auch denkbar, dass zufällig geschäftliche Beziehungen mit den Tschechen existiert haben», überlegt Holger laut. «Es sei denn, alles hängt planvoll zusammen. Cedric könnte in Tschechien Lolek und Bolek angeheuert haben. Über seine deutschen Kontakte hat er die Lagerhalle organisiert. Und vielleicht waren auch die anderen Firmen Teil eines Plans, den Cedric nicht mehr hat umsetzen können, weil er zuvor ermordet wurde. Dazu müssten wir nur noch einen Zusammenhang zwischen all diesen Firmen und Cedric herstellen.»

Wieder drückt Bökh eine Taste auf ihrem Laptop, wieder erscheint ein neues Schaubild. «Die niederländische Holding ist im Besitz einer GmbH, die in der Schweiz ansässig ist. Die wiederum gehört einer Limited in London, und die wiederum wird von einer Investmentfirma gehalten. Hauptanteilseigner dieser Firma ist ...» Bökh macht eine Kunstpause. «... Cedric van de Vedel.»

Holger nickt zufrieden. «Dann hat Cedric also Lolek und Bolek engagiert, um das im Auto befindliche Kokain zu stehlen. Da er sich zum Zeitpunkt des Diebstahls mit Bobby getroffen hätte, wäre wohl niemand auf die Idee gekommen, ihn zu verdächtigen. Und entweder die Jungs haben ihn reingelegt, oder Bobby hat Wind davon bekommen, dass ihn sein Geschäftspartner betrügen wollte, und ist ihm einen Schritt voraus gewesen. In jedem Fall wird Bobby unter diesen Umständen noch eine Weile hierbleiben.»

Bökh lächelt. «Deshalb wollte ich Ihnen das auch so schnell wie möglich zeigen.»

«Hört sich fast so an, als würden Sie Bobby nicht besonders mögen», feixt Holger. «Dabei hat er ein echtes Faible für Sie.»

Bökh verzieht verächtlich den Mund. «Typen wie Bobby Schütz brauche ich etwa so dringend wie rote Pusteln nach der Intimrasur.»

Gut, die Info über Frau Bökhs Intimrasur hätte jetzt wiederum ich nicht gebraucht, denkt Holger und steht auf. «Danke. Gute Arbeit, Frau Bökh.»

Holger findet Charlie im Garten, wo der sich gerade die Abendsonne auf den Bauch scheinen lässt. Obenrum ist er nur mit einer Sonnenbrille bekleidet, unten trägt er ausgewaschene Shorts, die farblich ganz gut zu seinem eierschalenfarbenen Fußverband passen.

«Du könntest dir wenigstens ein Hemd anziehen. Sonst erschreckst du noch die Damen in der Nachbarschaft.»

«Ist längst passiert», antwortet Charlie und tastet nach dem neben ihm stehenden Weinglas. «Wenn du auch einen Chablis willst, musst du dich beeilen. Die Flasche ist gleich leer.»

Holger schnappt sich das Glas und nippt daran. «Schon okay. Ich kümmere mich um den restlichen Chablis. Du musst nämlich noch Auto fahren.»

Charlies Brille schaut Holger an. «Nicht, dass ich wüsste.»

«Dein Klient Bobby Schütz steckt ziemlich tief in der Scheiße. Möglich, dass du ihn da rausziehen kannst. Falls nicht, wird er wohl sehr lange in den Knast wandern. Wie dem auch sei: Du hast die Chance, ihn endgültig loszuwerden. So oder so.»

Charlie hievt sich hoch, setzt sich quer auf die Sonnenliege, nimmt die Brille ab und sieht seinen Bruder erwartungsvoll an.

Holger nippt noch einmal. «Cedric van de Vedel besitzt eine Firma in Tschechien. Im Grunde ist es nur ein Baucontainer. Ich würde trotzdem zu gern mal einen Blick reinwerfen, weil sich dort vielleicht Anhaltspunkte dafür finden lassen, wer Cedric umgelegt hat und warum.»

«Aber dann fahr doch hin und mach das», schlägt Charlie vor und will nach seinem Glas greifen.

Holger zieht es weg. «Würde ich ja gern, geht aber nicht. Wenn rauskommt, dass ich auf eigene Faust in Tschechien ermittele, dann macht die Niermeyer Carpaccio aus mir. Ich bräuchte jemanden, der den Job für mich erledigt. Diskret, versteht sich.»

«Ich soll für dich nach Tschechien brettern, in einen

Baucontainer einbrechen und dich mit illegal beschafften Beweisen versorgen?», fragt Charlie.

«So, wie du es sagst, klingt es, als würdest du so was zum ersten Mal machen.»

«Was ist mit Amtshilfe?», fragt Charlie. «Meines Wissens haben die in Tschechien auch eine Polizei.»

«Ja, aber allein der Papierkram würde Wochen dauern.»

Charlie überlegt einen Moment, dann begibt er sich zurück in die Horizontale. «Kein Interesse.» Er setzt die Sonnenbrille wieder auf.

«Wie schon gesagt, du kannst Bobby loswerden.»

«Den werde ich doch sowieso los. Entweder du buchtest ihn ein, oder die Typen, die Cedric erwischt haben, schnappen sich auch noch den Bruchpiloten.»

«Klingt ziemlich herzlos. Immerhin ist er dein Klient.»

«Wenn ich mir meinen Zeh so ansehe, dann hat Bobby mit den herzlosen Sachen angefangen.»

Holger stellt den Chablis zur Seite. «Du könntest es für mich tun. Kleiner Freundschaftsdienst.»

Charlie wirft ihm einen provozierenden Blick zu. «Ach, plötzlich kommst du mit der Brudernummer? Und was war, als ich *deine* Hilfe gebraucht habe?»

«Immerhin hast du jetzt ein Dach über dem Kopf. Also?»

«Ich hab nicht mal Geld für Sprit.»

«Kriegst du von mir.»

«Der Torino schluckt gut zwanzig Liter.»

Holgers Augen weiten sich. «Du weißt aber schon, dass das weder ökologisch besonders korrekt noch sehr zeitgemäß ist, oder?»

«Sehe ich aus, als interessierte mich eins davon?», fragt Charlie.

«Ich könnte dir einen Kleinwagen mieten», schlägt Holger vor.

Charlie winkt ab. «Wenn ich mir schon die Nacht um die Ohren schlage, dann wenigstens im eigenen Auto. Außerdem ist da meine ganze Ausrüstung drin.»

«Du hast ’ne Ausrüstung?»

Charlie überhört die Spitze. «Wie sieht’s mit Honorar aus?»

«Wenn du Bobby raushaust, wird der sich bestimmt erkenntlich zeigen.»

«Und falls nicht?»

«Dann bleibt mein Chablis in Zukunft gut verschlossen im Keller.»

Charlie rappelt sich umständlich hoch. «Wenn du mich so freundlich bittest, dann kann ich dir das ja wohl schlecht abschlagen, oder?»

Zufrieden prostet Holger seinem Bruder zu und nimmt noch einen Schluck.

Charlie hat sich vorgenommen, auf dem Weg nach Prag gründlich über sein Leben nachzudenken. Die Fahrt dauert fast fünf Stunden. Für einen normalen Menschen mehr als genug Zeit, um den einen oder anderen Fehler einzusehen und eventuell sogar Lehren daraus zu ziehen. Aber Charlie war schon immer ein bisschen anders. Der alte Brinks hat mal gesagt, sein Jüngster habe die Konzentrationsfähigkeit eines Hundewelpen. Und in der Tat ging Charlie schon als Teenager einige Male vorübergehend verloren, weil er sich, ohne darüber nachzudenken, von seinem Spieltrieb oder seiner Neugierde leiten ließ. Man fand ihn dann zum Beispiel auf einer Poolparty statt beim Fußballtraining oder im

Billardsalon statt in der Nachhilfestunde. Und immer war Charlie erstaunt darüber gewesen, dass er den vorgegebenen Weg verlassen hatte.

Als der Gran Torino die Prager Peripherie erreicht, hat Charlie jedenfalls keine zwei Minuten über sein Leben nachgedacht, sondern sich stattdessen gedanklich dermaßen intensiv mit Nicoletta Szabatzki befasst, dass er nun überzeugt davon ist, sein Leben mit ihr verbringen zu wollen. Es ist eine der Konstanten in Charlies Leben: Wenn er sich auf irgendwas versteift, dann mit Schmackes.

Es ist kurz nach Mitternacht, als Charlies Gran Torino durch das menschenleere Gewerbegebiet rollt, in dem Cedrics Firma ansässig sein soll. Die Gegend würde sich hervorragend eignen, um einen Zombiefilm zu drehen. Vermutlich hausen in einigen der düsteren Gemäuer sowieso ein paar Untote. Die könnte man dann gleich als Komparsen verpflichten.

Charlie parkt zwei Querstraßen vor Erreichen des Ziels, holt ein Brecheisen und eine Stirnlampe aus dem Kofferraum und verstaut das Zeug in einem Beutel, den er ebenfalls in dem Gerümpel findet, das er seine Ausrüstung nennt.

Die Nacht ist klar, die Luft weniger. Charlie registriert das zarte Parfüm der Gegend, eine Mischung aus verbranntem Plastik, Lösungsmitteln und Benzin. Die Adresse, die Holger ihm gegeben hat, gehört zu einem fast quadratischen Grundstück, das von einem windschiefen, löchrigen Zaun umgeben ist. Da, wo mal ein Tor war, sollen nun ein paar Flatterbänder ungebetene Gäste fernhalten.

Charlie zieht sein Handy hervor und schickt eine SMS an Holger: *Bin da. Gehe rein.*

Das Handy vibriert: *Hals- und Beinbruch.*

Ein Trampelpfad führt durch hohes Gras zu einem schmutzig gelben Baucontainer, der sich gegen den Nachthimmel abhebt. Die Tür macht keinen besonders robusten Eindruck. Charlie setzt das Brecheisen an und hebelt sie dermaßen mühelos auf, dass er sich fragt, ob sie überhaupt abgeschlossen war.

Als er den Innenraum betritt, hört er ein tiefes Knurren, gefolgt von einem wütenden Kläffen. Ein weißer Hund huscht durch den Lichtkegel der Stirnlampe. Vor Schreck fällt Charlie das Brecheisen aus der Hand, was das Bellen des Hundes nur noch lauter und energischer werden lässt. Charlie schnappt sich einen in der Ecke stehenden Besen, um sich damit gegen den Hund zur Wehr zu setzen. In diesem Moment erscheint hinter dem Kläffer ein bedrohlicher Schatten. Er gehört zu einem hünenhaften Kerl, der im Begriff ist, sich auf Charlie zu stürzen. Der sieht den Angreifer näher kommen, hört einen tschechischen Fluch und reißt instinktiv den Besenstiel hoch, um sich zu schützen. Dabei trifft er den Mann mit dem Ende des Stiels hart am Kinn. Der Hüne stöhnt auf, kippt nach hinten und kracht mit einem knirschenden Geräusch auf den Holzboden. Im selben Moment verstummt der Hund. Charlie stellt sich die bange Frage, ob der Hüne ihn vielleicht unter sich begraben hat.

Im flackernden Schein der Stirnlampe fingert Charlie nach dem Lichtschalter. Er macht sich darauf gefasst, einen toten Hund unter einem toten Mann zu sehen.

Doch zum Glück ist die Sache glimpflich ausgegangen.

Der Hüne stöhnt leise. Erst jetzt bemerkt Charlie, dass ein stechender Geruch von ihm und seinen völlig verdreckten und zerlumpten Klamotten ausgeht. Der Hund, ein räudiger Zwergspitz mit schiefem Maul und verfilztem Fell, scheint geschockt darüber zu sein, dass sein Herrchen gerade k. o. geschlagen wurde.

Charlies Handy vibriert. Es ist Holger.

«Wie läuft's?», will er wissen.

«Geht so», erwidert Charlie. «Ich habe gerade einen Hund verprügelt und einen Obdachlosen umgehauen.» Charlie bemerkt den vorwurfsvollen Blick des Hundes und fügt hinzu: «Keine Sorge, der wird schon wieder.»

«Mit wem sprichst du da?»

«Mit dem Zwergspitz, dem ich eine verpasst habe», antwortet Charlie. «Der gehört offensichtlich zu dem bewusstlosen Kerl. Die beiden haben mich angegriffen.»

«Du bist von einem Obdachlosen und seinem Zwergspitz angegriffen worden?»

«Du, ich glaube, die waren genauso überrascht wie ich. Aber ich muss dich jetzt leider abhängen. Ist zwar nett, mit dir zu plaudern, aber ich würde mich gern hier umsehen haben, bevor der Kerl wieder zu sich kommt.» Charlie drückt das Gespräch weg.

Der Container hat eine Fläche von höchstens zwanzig Quadratmetern. Ganz hinten steht ein altes Doppelstockbett, davor liegt ein Haufen Plunder. Vermutlich die Habseligkeiten des Obdachlosen. Es gibt einen Küchentisch mit zwei Stühlen, daneben steht ein Regal mit einer angerosteten Herdplatte darauf. Ein paar Konserven lassen vermuten, dass hier tatsächlich mal gekocht wurde. Dem Zustand der Herdplatte nach zu urteilen ist das aber schon eine Weile her.

An der gegenüberliegenden Containerwand steht ein Schreibtisch. Charlie lässt die hölzernen Lamellentüren der Rollschränke, die sich links und rechts neben dem Schreibtisch befinden, nach unten surren. Die Schränke sind leer, ebenso wie die Schreibtischschubladen. Ein paar lose Blätter mit Bauzeichnungen lassen vermuten, dass hier unspektakuläre Akten einer Baufirma untergebracht waren.

Charlie lässt den Blick schweifen. Enttäuschend, dass das Ziel seiner langen Fahrt offensichtlich ein stinknormaler Baucontainer ist.

Der Hund leckt seinem Herrchen das Gesicht. Der Kerl am Boden stöhnt und murmelt etwas Unverständliches. Charlie überlegt, ob er einfach verschwinden soll. Der Kerl ist noch am Leben, und es besteht deshalb kein Grund, so lange zu warten, bis er wieder bei Bewusstsein und nebenbei mächtig wütend sein wird.

Der traurige Blick des melancholisch jaulenden Zwergspitzes lässt Charlie jedoch zögern. Er zieht kurz in Erwägung, den massigen Kerl ins Bett zu hieven, verwirft den Gedanken aber gleich wieder. Stattdessen zerrt er die obere Matratze aus dem alten Doppelstockbett und legt sie auf den Boden, gleich neben den benommenen Mann.

Dann kniet er sich hin, wendet den Kopf zur Seite, weil er den stechenden Geruch kaum ertragen kann, und zerrt den Kerl an seinen speckigen Klamotten auf die fleckige Matratze. Der Hund folgt seinem Herrchen und beäugt Charlie dabei misstrauisch.

Der bemerkt das allerdings nicht, weil er gerade entdeckt hat, dass der massige Obdachlose bei seinem Sturz einige der Holzbretter zerbrochen hat, die den Boden des Containers bedecken. Darunter ist nun ein dunkler Kasten zu erkennen, der sich bei näherem Hinsehen als ein nicht besonders fachmännisch eingemauerter Tresor entpuppt.

Charlie greift nach seinem Handy. «Holger? Ich glaube, ich hab hier was.»

16

Es dauert nicht lange, bis der Hüne das Bewusstsein wiedererlangt. Charlie hat inzwischen nicht nur einen Lappen aufgetrieben, sondern auch die seitlich am Container stehende Regentonne entdeckt. Trinkbar sieht das Wasser zwar nicht aus, aber zum Kühlen eines schmerzenden Schädels reicht es allemal.

Als der Mann erwacht, braucht er einen Moment, um sich zu orientieren. Er tastet nach dem feuchten Lappen, den Charlie ihm wie ein Kopftuch umgebunden hat. Mit einem Murren befreit er sich von dem Stück Stoff und pfeffert es achtlos in eine Ecke. Er rappelt sich hoch, wankt zum Bett und zieht aus einer der davor liegenden Plastiktüten, die mit Lumpen vollgestopft ist, eine Schnapsflasche hervor. Gierig nimmt er ein paar Züge, um Charlie dann mit tschechischen Flüchen zu überziehen – zumindest klingt es so.

Der Hund hüpft aufs Bett und hockt sich glücklich neben sein Herrchen. Charlie fällt auf, dass die beiden eine gewisse Ähnlichkeit haben. Liegt wohl an ihren schiefen Gesichtern. Die Unterkiefer von Herr und Hund ragen beide nach links. Als Charlie es bemerkt, muss er sich ein Grinsen verkneifen.

Der stechende Geruch des Mannes mischt sich nun mit dem Gestank billigen Fusels. Gern würde Charlie die Tür öffnen, aber das Licht könnte ungebetene Gäste anlocken, und das will er vermeiden.

Jetzt sieht auch der Hüne das Loch im Boden und den darunter versteckten Safe. Er wirft Charlie einen besorgten Blick zu und sagt etwas, das vom Tonfall her wie eine Beschwichtigung klingt. Könnte heißen: «Hör mal, ich hab mit dem Ding da nicht das Geringste zu tun. Ich wollte lediglich hier pennen, mehr nicht. Jedenfalls will ich keinen Ärger, nur damit das klar ist.»

Charlie könnte Hilfe dabei gebrauchen, den Safe aus dem Fundament zu stemmen und im Wagen zu verstauen. Denn das ist nach Lage der Dinge die einzige Option, die ihm bleibt. Da der Kasten nur notdürftig eingemauert ist, dürfte es einfacher sein, ihn freizulegen, als ihn zu knacken. Der Hüne wäre der perfekte Assistent, obendrein würde er sicher schweigen wie ein Grab.

Charlie trifft eine Entscheidung. Mit Händen und Füßen erzählt er dem verdutzt dreinblickenden Obdachlosen, dass er den Safe aus dem Fundament klopfen und in seinem Wagen verstauen will. Zunächst lehnt der Hüne ab, indem er energisch den Kopf schüttelt und damit beginnt, seine Lumpen zusammenzuraffen. Erst als Charlie ihm mit einem Hunderter vor der Nase herumwedelt, ist sein Interesse geweckt. Der Kerl überlegt einen Moment, nickt dann schicksalsergeben und schnappt sich den Schein. Während Charlie den Gran Torino holt, macht sich sein Gehilfe mit dem Brecheisen bereits an die Arbeit.

Wie das häufiger mal passiert, wenn Charlie eine Entscheidung trifft, geht sein Plan in die Hose. Als er den Wagen geparkt und den Kofferraum erfolgreich nach brauchbarem Werkzeug durchsucht hat, ist der Assistent verschwunden. Die Lumpen, den Fusel, den Zwergspitz und ganz besonders Charlies Hunderter hat der Kerl mitgenommen.

«Vielleicht hättest du ihm das Geld erst nach getaner Arbeit geben sollen», sagt Holger, den Charlie kurz danach anruft.

«Ja, vielleicht», gibt Charlie zu. «Und was jetzt? Allein brauche ich eine halbe Ewigkeit, um das Ding aus dem Fundament zu stemmen. Ganz zu schweigen davon, dass ich nicht weiß, wie schwer das Teil ist.»

«Wie viel PS, sagst du, hat dein Schlitten?»

«Dreihundertzwanzig.»

«Und hast du ein Abschleppseil?»

«Glaub schon», sagt Charlie. Dabei geht ihm auf, was Holger im Schilde führt. «Moment! Lass gefälligst meinen Wagen da raus, Holger.»

«Wieso? Immerhin hätte es dann wenigstens einen Sinn, dass du mit dem Spritfresser da runtergefahren bist.»

«Das ist ein Oldtimer, Holger. Wenn an dem was kaputtgeht, dann kann man nicht einfach in die nächste Werkstatt fahren und es reparieren lassen.»

«Charlie, es gibt Kriminelle, die mit stinknormalen Autos Geldautomaten aus Bankfilialen herausreißen. Da wird es deinem Panzer ja wohl gelingen, einen kleinen Wandtresor aus seiner Verankerung zu ziehen, oder?»

Charlie überlegt. Als er noch flüssig war und die Idee hatte, mit einem Campingwagen kreuz und quer durch die Staaten zu cruisen, hat er den Ford mit einer Anhängerkupplung ausrüsten lassen. Gut möglich, dass man damit auch einen Tresor abschleppen kann.

«Ich melde mich wieder», sagt Charlie.

Fünfzehn Minuten später ist alles vorbereitet. Charlie hat Holger per Handy live zugeschaltet. Er legt das Telefon auf den Beifahrersitz und sagt: «Dann wollen wir mal.»

Der Gran Torino brummt gutmütig, als Charlie langsam und äußerst vorsichtig Gas gibt. Der Wagen tuckert über den Zufahrtsweg in Richtung Toreinfahrt, bis sich das Abschleppseil langsam zu spannen beginnt. Der daran befestigte Safe gibt jedoch keinen Millimeter nach. Fühlt sich an, als hätte Charlie vergessen, die Handbremse zu lösen.

«Hast du schon angefangen?» Via Lautsprecher scheppert Holgers Stimme aus dem Handy. «Du musst schon ein bisschen Gas geben, wenn das klappen soll.»

Charlie gibt vorsichtig noch etwas mehr Gas und passiert die Toreinfahrt. Ein alarmierendes Knarren im Heck lässt ihn abrupt auf die Bremse treten. «Das hat keinen Zweck, Holger. Ich will mir nicht den Wagen zerlegen. Wir müssen uns was anderes einfallen lassen.»

Schweigen.

Dann sagt Holger einen folgenschweren Satz: «Du klingst gerade wie jemand, der seit fünfundzwanzig Jahren im ADAC ist. Wann kriegst du die goldene Mitgliedsnadel?»

Charlies Blick verdüstert sich.

Brüder. So sind sie nun mal. Wissen ganz genau, wo sie den anderen piksen müssen.

«Halt einfach die Klappe», sagt Charlie.

Aber Holger pikst noch ein bisschen weiter. «Tu mir nur den Gefallen und fahr vorsichtig, wenn du dich gleich auf den Rückweg machst. Wenn du müde wirst, musst du anhalten und ein bisschen Gymnastik machen. Versprochen?»

«Halt die Klappe, hab ich gesagt.»

«Und vergiss nicht, regelmäßig den Reifendruck und den Ölstand zu kontrollieren. Und wenn du mal pinkeln musst, dann zieh die Warnweste an, damit die anderen Verkehrsteilnehmer dich in der Dunkelheit erkennen können.»

«Halt die Klappe, verdammt!» Charlie legt den Rückwärtsgang ein und manövriert den Wagen zurück durch die Toreinfahrt. Dann lässt er ihn rückwärts über den kurzen Zufahrtsweg zum Container rollen. Er stoppt erst, als das Heck des Gran Torino den Baucontainer fast berührt.

Charlie steigt aus, rollt das Abschleppseil, mit dem Anhängerkupplung und Safe verbunden sind, sauber zusammen und legt es hinter den Wagen.

Dann setzt er sich wieder ans Steuer, holt tief Luft und tritt das Gaspedal durch.

Der Motor röhrt wie ein wildes Tier. Klingt allerdings nicht nach einem Schmerzenslaut, sondern eher wie ein Lustschrei. Scheint so, als gefalle es dem Wagen, endlich mal wieder am Limit zu kratzen. Schlingernd bewegt sich das Gefährt auf das Tor zu, während die Reifen auf dem schweren Boden in der Einfahrt nach Halt suchen. Ein kurzes Stück noch, dann ist die Straße erreicht, und in das Röhren des Motors mischt sich das Kreischen des auf dem Asphalt tanzenden Gummis.

«Jetzt klingt es schon eher so, als könnte es klappen», ruft Holger, während das Handy auf dem Beifahrersitz wie ein nervöses Tier herumhüpft.

Sein Bruder kann nicht antworten, er muss sich konzentrieren. Rasant gewinnt der Wagen nun an Fahrt. Charlie bangt dem unmittelbar bevorstehenden Moment entgegen, an dem sich das Abschleppseil spannen und damit Anhängerkupplung und Mauerwerk einer harten Zerreißprobe unterziehen wird.

Und dann ist es so weit. Fühlt sich an wie bei einem Flugzeugstart. Der Gran Torino ruckelt merklich, fast im gleichen Moment durchschlägt der Wandtresor mit einem lauten Krachen die Tür des Baucontainers. Der kleine Stahlkasten nimmt Kurs auf eine alte Baggerschaufel, die in einer Ecke des Grundstückes unter Gestrüpp verborgen liegt. Die offene Seite des Löffels zeigt nach unten, weshalb die Oberseite den Tresor wie eine Rampe in den Nachthimmel hinaufschießt. Womöglich würde er in einem großen Bogen den Wagen treffen, wenn der nicht weiterhin mit Vollgas dahinpreschen und seine Beute wie einen wild gewordenen Bullen hinter sich herzerren würde. Charlie hat große Mühe, den entfesselten Wagen auf der Straße zu halten. Hinter ihm schlägt der Tresor wie ein Komet auf dem Asphalt ein. Gesteinsstücke spritzen umher.

Während der Stahlkasten links und rechts der Straße gegen die Fassaden schlägt, Straßenschilder verbiegt und Zäune ausradiert, geht Charlie langsam vom Gas. Er ist sicher, dass der Safe ihm bei einer Vollbremsung das komplette Heck zerlegen würde. Jetzt ist also Fingerspitzengefühl gefragt – soweit man überhaupt davon sprechen kann, wenn ein Wagen mit neunzig Meilen pro Stunde einen Eisenblock hinter sich herschleift.

Ein paar Querstraßen weiter ist es geschafft. Zufrieden schnaufend kommt der Gran Torino zum Stehen. Charlie schließt einen Moment die Augen, dann schaltet er den Motor ab. Von ferne hört man das Summen einer Autobahn, aber sonst ist es totenstill. Entweder es ist tatsächlich keine Menschenseele in der Gegend, oder aber all jene, die Charlies

Einlage mitbekommen haben, bleiben lieber auf Tauchstation

«Das klang jetzt so, als hättest du nicht nur den Safe rausgerissen, sondern halb Tschechien», sagt Holger in die Stille.

Charlie muss grinsen. «So ähnlich war es auch.» Er greift nach seinem Handy. «Ich melde mich später. Ich muss das Ding noch in den Kofferraum kriegen.»

Er drückt das Gespräch weg und steigt aus.

Auf der anderen Straßenseite steht Charlies flüchtiger Assistent. Der Hüne hat seinen Hund auf dem Arm. Beide starren Charlie mit schiefen Mündern und völlig erstarrten Gesichtern an.

Der zeigt zuerst auf den Safe, dann auf den Obdachlosen und dann auf sich selbst. Mit zwei weiteren Handbewegungen erklärt er, dass der Kerl ihm gefälligst helfen soll, den Tresor in den Kofferraum zu hieven.

Der Hüne überlegt kurz, dann dreht er sich abrupt um, und läuft weg, so schnell ihn seine Füße tragen.

Es dämmert bereits, als Charlie Berlin erreicht. Holger hat in der Garage Platz gemacht, damit der Gran Torino dort parken kann und der Safe somit vor neugierigen Blicken geschützt ist.

Holger drückt seinem Bruder eine Tasse Kaffee in die Hand und öffnet den Kofferraum. Darin liegt ein leicht verbeult aussehender Würfel mit einer Seitenlänge von vielleicht dreißig Zentimetern, an dem noch Betonreste kleben.

«Sieht wesentlich leichter aus, als er ist», bemerkt Charlie. «Beim Heben hätte ich mir fast das Kreuz verrenkt.»

«Auch du wirst nicht jünger», sagt Holger lapidar und zieht einen Schlüsselbund aus der Tasche. Er betrachtet zuerst den Safe, dann die verschiedenen Schlüssel und scheint zu überlegen, welcher passen könnte.

Charlie, der gerade an seinem Kaffee nippen will, setzt erstaunt die Tasse ab «Moment mal, wir haben einen Schlüssel für den Safe?»

«Weiß ich noch nicht», antwortet Holger. «Aber mir ist eingefallen, dass wir Cedrics Schlüsselbund sichergestellt haben. Und da dachte ich, vielleicht ist ja zufällig der dabei, den wir jetzt brauchen.»

«Und warum hast du mir den Schlüsselbund nicht einfach mitgegeben?»

«Ist mir erst vor zwei Stunden eingefallen. Also habe ich angerufen und gesagt, die sollen einen Beamten herschicken.»

Holger probiert einen der Schlüssel aus, und der passt perfekt.

«Toll», sagt Charlie. «Ich hätte mir den Stunt in Tschechien also komplett sparen können. Ich hätte nicht ein halbes Gewerbegebiet in Schutt und Asche legen müssen. Und ich hätte mir nicht den Rücken mit diesem Eisenklotz zu verrenken brauchen.»

Holger grinst. «Hätte, hätte, Fahrradkette.» Er öffnet den Safe.

«Na bitte», sagt er und meint damit ein kleines, braunes Notizbuch, das mutterseelenallein im Innern des Tresors liegt. «Vielleicht hilft uns das ja weiter.»

«Kein Geld?», fragt Charlie. «Nicht einmal Wertgegenstände?»

«Das hier ist eine Ermittlung und kein Beutezug, Charlie.»

«Trotzdem müssen die Kosten für meinen Einsatz ja irgendwie reinkommen.»

«Und genau diese Einstellung macht es mir nicht eben leicht, dir beispielsweise Tresorschlüssel anzuvertrauen.»

Charlie zuckt mit den Schultern. «So ganz genau nimmst du es mit den Buchstaben des Gesetzes doch auch nicht. Oder wie würdest du das hier bezeichnen? Ist das nun eine offizielle oder eine inoffizielle Ermittlung?»

«Fifty-fifty», antwortet Holger prompt. «Ist oft so, dass wir in Berlin ein bisschen improvisieren müssen, weil dauernd irgendwas umstrukturiert wird.»

«Ach ja? Und von dieser Umstrukturierung sind auch geltende Gesetze betroffen?»

«Jetzt hör doch mal auf, Haare zu spalten», antwortet Holger. «Du kannst den Safe verhökern. Den müssen wir sowieso verschwinden lassen. Bring ihn zu einem Altwarenhändler deines Vertrauens.»

«Wie wär's, wenn du mir den Schlüssel gibst? Ich krieg bestimmt mehr für das Ding, wenn es funktionstüchtig ist.»

Holger schüttelt den Kopf. «Geht nicht. Der Schlüsselbund ist ein Beweismittel.»

«Und wie erklärst du die Existenz dieses Büchleins?»

«Ist uns zugespielt worden», sagt Holger.

Charlie seufzt. «Krieg ich wenigstens Frühstück?»

Holger nickt. «Ich mach uns Eier mit Speck. Das vertreibt die Müdigkeit.»

Wenig später sitzen die beiden bei einem opulenten Frühstück. Holger hat das Buch durchgeblättert, und der Inhalt ist ihm auf den Magen geschlagen. Es besteht nämlich aus lauter Namen und Telefonnummern. Es gibt keine weiteren Informationen. «Wird eine Weile dauern, bis wir all diese Leute überprüft haben.»

«Darf ich mal?», fragt Charlie.

Holger gibt ihm das Buch und schiebt den Teller zur Seite.

Charlie blättert eine Weile in Cedrics Büchlein, dann sagt er: «Den hier würde ich als Ersten überprüfen. Boris Spilek.»

«Und warum ausgerechnet den?», will Holger wissen.

«Weil das Bolek sein könnte. Das kommt zumindest dabei raus, wenn man die erste und die letzte Silbe seines Namens zusammensetzt.»

«Und was sage ich dem Richter? Dass wir eine vage Ahnung davon haben, wie einer unserer Verdächtigen zu seinem Spitznamen gekommen sein könnte?»

«Ja. Es gibt historische Fälle, die durch wesentlich unbedeutendere Indizien aufgeklärt worden sind», antwortet Charlie und zeigt auf Holgers Teller. «Isst du das noch?»

Holger schüttelt den Kopf, Charlie greift zu. «Denk nur mal an den Serienkiller Jeffrey Dahmer. Dem ist man durch einen puren Zufall auf die Spur gekommen.»

«Gibt es auch einen Lolek?», will Holger wissen.

Charlie betrachtet die Liste. «Es gibt einen Oleg. Oleg Luschki. Und von Oleg zu Lolek ist es nicht weit, oder? Außerdem stehen Luschki und Spilek direkt untereinander.»

Holger überlegt. Statistisch gesehen ist es gleichgültig, in welcher Reihenfolge die Namen in Cedrics Büchlein abgearbeitet werden. Wenn man will, kann man also auch mit Boris Spilek anfangen. «Also gut, versuchen wir's.»

Holger greift zum Telefon und wählt die Nummer seiner Kollegin. «Guten Morgen, Frau Bökh. Sind Sie schon im Büro? Das ist gut. Ich möchte nämlich eine Handynummer orten. Den richterlichen Beschluss reiche ich nach.»

Eine halbe Stunde später steht Holger auf der obersten Etage eines Plattenbaus im Westend. Die Wände des offenen Treppenhauses sind hellblau gestrichen. Holger vermutet, das soll wahlweise freundlich oder geschmackvoll wirken. Dabei würde man den Schuppen mit keinem dieser beiden Adjektive in Verbindung bringen. Es geht ein leichter Wind. Von hier oben hat man einen unschönen Blick auf die nahegelegenen Gleise und die tristen Bauten auf der anderen Seite des Bahndamms.

Die Sondereinheit ist dieselbe wie beim Einsatz in der Lagerhalle, Holger erkennt den Einsatzleiter wieder. Der Mann ist heute nicht zu Späßen aufgelegt, was Holger ganz gut in den Kram passt. Ist er nämlich auch nicht.

Der Leiter der Hausverwaltung hat Jensen gesagt, dass die Apartments hier oft wochenweise vermietet werden. Dasjenige, in dem sich das Handy von Boris Spilek befindet, ist von einem tschechischen Geschäftsmann für einen Monat im Voraus gemietet und bar bezahlt worden. Im Gegenzug legte der Mieter Wert darauf, keine lästigen Fragen gestellt zu bekommen. Immerhin ist in der Unterschrift im Mietvertrag laut Jensen mit etwas Glück der Name Boris Spilek zu entziffern.

Als die Tür unter der Wucht des Rammbocks zerbirst und die vermummten Beamten die Wohnung stürmen, sieht es für einen kurzen Moment so aus, als würde es ein Blutbad geben. Mitten im Raum, so als habe er die Polizisten erwartet, steht nämlich ein Mann, der einen Pistolengürtel um die Hüfte trägt und zwei Revolver in den Händen hält. Und obwohl er auf die Uniformierten zielt, eröffnet keiner der Beamten das Feuer. Der Grund dafür ist möglicherweise, dass der Mann nur unwesentlich mehr trägt als den Pistolengürtel. Auf seinem Kopf prangt ein viel zu kleiner und deshalb lächerlich aussehender Cowboyhut, die Füße stecken in reichverzierten Stiefeln. Ansonsten ist der Kerl jedoch splitternackt.

«Howdy», bringt er mühsam hervor.

Nicht der Einsatzleiter, sondern Jensen findet als Erster die Sprache wieder.

«Die Wohnung sichern», ordnet er an und packt seine Dienstwaffe wieder ein.

Die Beamten schwärmen aus, um das Apartment zu durchstöbern.

Die Revolver, mit denen der nackte Cowboy herumfuchtelt, entpuppen sich als Spielzeugpistolen. Ganz im Gegensatz zu ihrem Träger sind sie nicht geladen. Der Kerl hingegen scheint sich schon am frühen Morgen dermaßen viel Koks in den Kopf gesogen zu haben, dass er vor Selbstbewusstsein kaum laufen kann. Den weißen Rändern unter seiner Nase nach zu urteilen hat er das Zeug nicht nur inhaliert, sondern sich damit großflächig eingerieben.

Holgers Laune verbessert sich schlagartig. Könnte sein, dass Charlie den richtigen Riecher hatte. «Sind Sie Boris Spilek?»

«Wer will das wissen?», fragt der Cowboy mit schwerer Zunge.

Holger bemerkt die beiden Damen, die sich hinter dem zugedröhnten Revolverhelden in ihren Bettlaken verkrochen haben. Jensen beeilt sich, ihnen die Kleider zu reichen, damit sie sich präsidiumsfein machen können. Beide tragen indianischen Federschmuck, was Holger vermuten lässt, dass hier ein ganz spezieller Western aufgeführt werden sollte.

«Was fällt euch Typen eigentlich ein, hier so reinzuplatzen?», fragt der Kerl mit stierem Blick und zeigt auf Holger. «Ich werde mich über dich kleines Würstchen beschweren.

Noch heute. Und zwar beim Präsidenten. Den kenne ich nämlich sehr gut, weißt du das?»

«Nein, weiß ich nicht», antwortet Holger. «Beim russischen Präsidenten, oder was?»

«Bei welchem denn sonst?», blafft der Cowboy.

«Boris Spilek», ruft einer der Beamten und hält einen Ausweis in die Höhe.

«Siehst du? Jetzt weißt du Bescheid», sagt der Cowboy und zieht die Nase hoch. «Die kennen mich. Und weißt du, warum die mich kennen? Weil ICH nämlich den Präsidenten kenne. Wäre also besser für dich, wenn du mich laufen lässt, bevor ich dir eine Menge Ärger mache. Ich kann zum Beispiel dafür sorgen, dass deine Karriere einen richtig fiesen Knick bekommt. Aber so richtig fies. Wer weiß, vielleicht schicken sie dich am Ende ja wieder auf Streife.» Er versucht ein arrogantes Grinsen, klappt aber nicht ganz, weil er seine Mimik nur begrenzt unter Kontrolle hat.

Holger geht Boleks Gequatsche auf die Nerven. Leider hat es keinen Sinn, ihm sinnvolle Fragen zu stellen. Es dauert bestimmt noch eine Stunde, bis sein Kokainpegel ein solches Niveau erreicht hat, dass er den Ernst seiner Lage versteht.

Jensen, der gerade mit ein paar Beamten die anderen Räume inspiziert hat, kommt schwungvoll ins Schlafzimmer und präsentiert eine Plastiktüte, in der sich eine Waffe befindet. «Haben wir im Backofen gefunden. SIG Sauer P 226.»

Holger nimmt das Paket, überlegt kurz und greift dann zum Telefon. «Sag mal, was war das doch gleich für eine Knarre, die man dir in der Wohnung von Andrej Horvat abgenommen hat?»

Bei dem Namen Andrej Horvat zuckt Spilek zusammen.

«SIG Sauer P 226», antwortet Charlie. «Am Griff sind ein paar Schrammen, weil sie mir mal aus dem fünften Stock gefallen ist.»

«Sie ist registriert, oder?»

«Noch nicht. Wollte ich aber die Tage mal machen.»

Holger betrachtet den Griff der Waffe. Er ist voller Schrammen. «Danke.»

Er legt auf und streckt Bolek die Plastiktüte entgegen. «Dem Eigentümer dieser Waffe wollten Sie den Mord an Andrej Horvat in die Schuhe schieben.»

«Sie können mir nichts beweisen», sagt Bolek, aber er klingt längst nicht mehr so siegesgewiss wie noch vor ein paar Minuten.

«Wir haben außerdem einen Koffer mit Kokain sichergestellt, der dem neben Cedrics Leiche zum Verwechseln ähnlich sieht», sagt Jensen. «Würde mich nicht wundern, wenn wir darauf unter anderem die Fingerabdrücke unserer Mordopfer finden.»

Erwartungsvoll schaut Holger Bolek an, der nun ernstlich besorgt wirkt und sich nervös die Nase reibt. «Könnte ich da vielleicht noch mal kurz reingreifen, bevor ihr das Koks wegbringt?»

«Nein. Aber Sie können Ihren Anwalt anrufen», schlägt Jensen vor.

«Oder den russischen Präsidenten», ergänzt Holger.

Bolek verschränkt die Arme vor der Brust und versucht, cool auszusehen. Ihm ist offenbar entfallen, dass er einen albernen Hut trägt und praktisch nackt ist, was nicht eben einen souveränen Eindruck macht.

«Ich sag überhaupt nichts mehr», verkündet er.

«Kein Problem», erwidert Holger. «Wir haben genug

Beweismaterial, um dich schon sehr bald an den Galgen zu bringen.»

Bolek und Jensen stutzen.

«Kleiner Scherz unter Cowboys», fügt Holger hinzu.

«Und was ist jetzt mit unserer Bezahlung?», will eine der Indianerinnen wissen, die gerade von einem der Beamten an Bolek vorbeigeführt wird. Inzwischen haben die beiden Frauen sich so knapp sitzende Indianerkostüme übergezogen, dass sie im Vergleich zu vorher nur unwesentlich verändert aussehen.

«Was soll damit sein», erwidert Bolek und zuckt mit den Schultern. «Ihr seht doch, dass die Bullen mir das letzte Hemd abnehmen.»

Wütend tippt ihm die Indianerin auf die Brust. «Wenn du demnächst mal wieder dein Lasso schwingen willst, dann nur gegen Vorkasse, Cowboy.»

Bolek winkt genervt ab. «Jaja.»

Die verruchten Indianerinnen werden hinausgeleitet.

«Okay, wir reiten dann auch mal los», ordnet Holger an.

«Kann ich mir wenigstens noch eine Hose anziehen?», fragt Bolek.

«Ich bitte darum», sagt Holger.

17

Holger ist gerade erst reingekommen, da schneit auch schon Frau Niermeyer in sein Büro.

«Ein Vögelchen hat mir gezwitschert, dass wir Bolek verhaftet haben. Gratuliere. Das heißt also, der Fall ist gelöst?»

«Keine Ahnung. Ich habe ihn noch nicht einmal verhört», erwidert Holger.

«Aber wir haben doch eine Waffe und das Kokain», erwidert Niermeyer. «Was brauchen wir denn noch?»

«Ja. Wir haben *eine* Waffe. Um nicht zu sagen: noch eine Waffe. Es sind nämlich inzwischen drei Waffen im Spiel. Aber auch die, die wir heute sichergestellt haben, ist nicht die Mordwaffe im Fall Cedric.»

Niermeyer macht große Augen. «Sondern?»

«Die Waffe gehört meinem Bruder. Er hat Bolek in Andrej Horvats Wohnung überrascht und ist dort von ihm überwältigt worden. Bolek hat die SIG Sauer meines Bruders genommen und ihm im Gegenzug die CZ 75 in die Hand gedrückt, mit der Horvat ermordet wurde.»

«Was hat denn Ihr Bruder plötzlich mit dieser ganzen Sache zu tun?»

«Er ist Privatdetektiv und von Bobby Schütz engagiert worden, um dessen Unschuld zu beweisen.»

«Habe ich das in irgendeinem Ihrer Berichte gelesen?»

«Nein», antwortet Holger. «Wollten Sie das gerne lesen?»

Niermeyer stutzt. «Führt diese Situation denn bei Ihnen nicht zu Zielkonflikten? Ich meine, er ist Ihr Bruder, und Blut ist ja bekanntlich dicker als Wasser.»

Holger tut so, als müsste er darüber nachdenken. «Nein», sagt er dann. «Ich sehe keine Zielkonflikte. Zumindest nicht so viele.»

Niermeyer überlegt kurz, ob sie Holger weiter ausquetschen soll, entscheidet sich dann aber dagegen. «Na gut, Sie müssen wissen, was Sie tun. Und dieser Bolek muss uns erklären, wie die Waffe Ihres Bruders in seinen Besitz gekommen ist.»

«Ich vermute, er wird sagen, dass er sie gefunden hat.»

«Und das Kokain hat er auch gefunden, oder was?», erwidert Niermeyer. «Diese Geschichte würde ihm nicht einmal der gutgläubigste Richter abkaufen.»

Holger nickt. «Trotzdem wäre es hilfreich, wenn Fingerabdrücke der Ermordeten auf dem Koffer wären. Das würde Bolek dann doch in arge Erklärungsnot bringen.»

«Schade. Ich hätte zu gern noch heute eine Pressekonferenz anberaumt.»

«Warum müssen wir uns denn überhaupt so abhetzen?», will Holger wissen.

«Weil ich zum Abendessen mit dem Polizeipräsidenten verabredet bin. Und es wäre schön, wenn wir den Fall vorher offiziell abgeschlossen hätten.»

Wir? Holger wüsste nicht, was Frau Niermeyer zur Lösung des Falles beigetragen haben könnte. Aber so läuft es nun einmal: Die Kollegen und er machen die Arbeit, Frau Niermeyer macht auf dicke Hose.

Sie mustert ihn aufmerksam und verschränkt dann die Arme vor der Brust. «Ich sehe schon wieder, was in Ihrem Kopf vorgeht, Herr Brinks. Vielleicht sollten Sie in Zukunft etwas vorsichtiger damit sein, in meiner Gegenwart zu denken.»

«Was hab ich denn gedacht?», fragt Holger mit Unschuldsmiene.

«Sie haben sich gefragt, was ich zur Lösung des Falles beigetragen habe», antwortet sie prompt. «Als würde die Arbeit der ganzen Abteilung auf Ihren Schultern lasten und ich käme nur vorbei, um mich im Glanz Ihrer Ermittlungsergebnisse zu sonnen.»

Exakt so ist es ja auch, denkt Holger, und sagt: «So ist es ja nun auch wieder nicht.»

Niermeyer lacht. «Ach, Herr Brinks. Ich muss einem alten Hasen wie Ihnen doch nicht erzählen, wie es läuft, oder? Selbstverständlich machen Sie eine tolle Polizeiarbeit, von der ich danach bei jeder sich bietenden Gelegenheit behaupte, dass sie ganz allein mein Verdienst ist. So ist das nun mal. Sie machen Ihren Job, und ich mache meinen. Auf diese Weise bleiben wir uns genau so lange erhalten, bis ich die Karriereleiter hinauffalle und Sie einen neuen Vorgesetzten bekommen, der dann exakt nach dem gleichen Schema verfährt. C'est la vie.»

«Immerhin sind Sie ehrlich», sagt Holger anerkennend.

«Aber nur, weil ich vermute, dass das bei Ihnen gut ankommt», erwidert Niermeyer, ohne mit der Wimper zu zucken.

«Sie meinen, andere wickeln Sie anders um den Finger?»

Niermeyer zielt mit dem Zeigefinger auf ihn: «So ist es.»

Holger überlegt noch, ob er gegen Frau Niermeyers psychologische Taktik auch nur die geringste Chance hat, als Jensen erscheint.

«Entschuldigung, wenn ich so reinplatze», sagt er und nickt unterwürfig in Richtung Frau Niermeyer. «Aber Boris Spilek will Sie dringend sprechen.»

«Um zu gestehen?», fragt Holger.

«Um einen Deal vorzuschlagen.»

«Na bitte», frohlockt Frau Niermeyer. «Vielleicht wird es ja doch noch was mit der Pressekonferenz. Halten Sie mich auf dem Laufenden, Herr Brinks.»

Sie rauscht ab und zieht eine wahrscheinlich für den Polizeipräsidenten bestimmte Parfümspur hinter sich her.

«Was denn für eine Pressekonferenz?», fragt Jensen.

«Gehen wir», erwidert Holger, der sich gerade darüber ärgert, dass er Charlie sein halbes Frühstück überlassen hat. Jetzt knurrt ihm nämlich der Magen. Könnte allerdings auch sein, dass ihm das gerade geführte Gespräch Bauchschmerzen bereitet. War es klug, Niermeyer von Charlie zu erzählen? Holger tröstet sich mit der Erkenntnis, dass er sowieso keine andere Wahl hatte. Spätestens in seinem Abschlussbericht wäre er nicht umhingekommen, Charlie zu erwähnen. So ist Niermeyer schon mal vorgewarnt.

Boris Spilek trägt einen Trainingsanzug, in dem er aussieht wie ein kantiger Gangsterrapper. Was ihn allerdings von den coolen Jungs unterscheidet, ist, dass Bolek herumzappelt wie ein Teenager vor der ersten Tanzstunde. Brisante Mischung aus Entzugserscheinungen und der Aussicht auf eine lebenslange Haftstrafe, vermutet Holger.

«Sie wollten mich sprechen?»

Boris nickt. «Wenn ich Ihnen sage, wer Cedric umgelegt hat, was springt dann für mich dabei heraus?»

«Ich bin kein Richter», antwortet Holger, «aber ich gehe von zehn bis fünfzehn Jahren aus. Schließlich haben Sie Ihren Kompagnon auf dem Gewissen, vielleicht sogar Ihre beiden Kompagnons.»

Bolek winkt ab, als würde er sagen: Geschenkt. «Das war Notwehr. Die beiden wollten mich aus dem Weg räumen. Ich habe nur reagiert. Das ist alles.»

«War das gerade ein Geständnis?», fragt Holger.

Bolek schüttelt den Kopf. «Das hier ist kein offizielles Gespräch, oder? Wir reden nur darüber, ob es eine Lösung gibt, mit der wir alle zufrieden wären. So 'ne Art Win-win-Situation.»

«Das machen aber nicht wir beide, sondern Ihr Anwalt, der Staatsanwalt und ein Richter», sagt Holger. «Ich kann das gerne für Sie einfädeln, aber dazu muss ich wissen, was Sie anzubieten haben. Es wird niemand herkommen, um mit Ihnen zu diskutieren. Es läuft so, dass Sie sagen, was Sie haben, und dann bekommen Sie ein Angebot, das Sie ablehnen oder annehmen können. Apropos Angebot, hat man Ihnen eigentlich schon einen Kaffee angeboten?»

Bolek schüttelt den Kopf. «Danke. Ich zittre auch so schon genug.»

«Wir haben auch Tee. Kamille?»

Er macht eine wegwischende Handbewegung. «Erzählen Sie Ihrem Staatsanwalt Folgendes: Cedric hat uns angeheuert, um das Koks und das Auto zu klauen, während er den Koffer übergibt. Sein Partner sollte glauben, dass ein paar neue Spieler in der Stadt sind, die den Kokainmarkt aufmischen wollen.»

«So weit waren wir in etwa auch schon», sagt Holger.

«Cedrics Idee war, Bobby danach so lange weichzuklopfen, bis der zähneknirschend dem Verkauf seines Drogengeschäfts zustimmt. Eine neue Organisation unter der geheimen Leitung von Cedric hätte Bobby dann offiziell das Gebiet abgekauft.»

«Ein riskanter Plan», wendet Holger ein.

«Das war Cedric auch klar», erklärt Bolek. «Und obwohl er Bobby weder für sonderlich clever noch für sonderlich gefährlich gehalten hat, hat er ein paar Tage vor der Aktion ernsthaft überlegt, alles abzublasen. Er hat vermutet, Bobby wäre ihm auf die Schliche gekommen. Cedric hat seine Zweifel dann aber einfach beiseitegeschoben und die Sache trotzdem durchgezogen. Sie wissen ja, wie es ausgegangen ist.»

«Und wieso wissen Sie das alles?»

«Ich hätte die neue Organisation leiten sollen. Cedric wäre nicht in Erscheinung getreten.»

«Der Mann im Hintergrund – so wie früher auch schon.»

«Das war der Plan.»

«Und warum hat er ausgerechnet Ihnen vertraut?»

«Weil ich sein Halbbruder bin», antwortet Bolek. «Unser Vater hat auf zwei Hochzeiten getanzt, wenn Sie wissen, was ich meine.»

«Aber mit einem Beweis dafür, dass Bobby Schütz Ihren Halbbruder ermordet hat, können Sie nicht zufällig dienen, oder?», fragt Holger.

«Wer soll es denn sonst gewesen sein? Passt doch alles zusammen.»

Holger schüttelt den Kopf. «Wir haben die Mordwaffe nicht bei ihm gefunden, und wir haben keine Kokainspuren an seiner Kleidung oder Schmauchspuren an seinen Händen nachweisen können. Also passt das alles eher überhaupt nicht zusammen. Wie soll Bobby es angestellt haben, Cedric zu erschießen und dann auch noch alle Spuren zu beseitigen? Und das in kürzester Zeit.»

«Dann hatte er eben einen Komplizen», antwortet Bolek lapidar. «Jedenfalls ist Bobby Schütz hundertprozentig für den Tod von Cedric verantwortlich. Darauf verwette ich meinen Kopf, wenn es sein muss.»

«Seien Sie vorsichtig», sagt Holger. «Man sollte seinen Kopf nicht leichtfertig verwetten. Schon gar nicht, wenn er so locker sitzt wie Ihrer.»

Holger ruft Bökh und Jensen in sein Büro, um das Gespräch mit Bolek zu rekapitulieren. «Die Morde an seinen Komplizen hat er im Grunde zugegeben, und im Fall Cedric gibt es Indizien, die Bobby schwer belasten. Wenn er eine Übernahme abwehren musste, dann ist das ein starkes Motiv. Bolek vermutet, Bobby hatte einen Komplizen. Haben wir jemanden übersehen?»

«Ich hatte ja diesen Ole schwer in Verdacht», sagt Jensen. «Rechte Hand vom Boss, treu ergeben. Der würde alles für Bobby tun.»

«Aber er hat ein astreines Alibi», wendet Bökh ein. «Zum Tatzeitpunkt war er beim Zahnarzt. Prophylaxe. Man hat ein Röntgenbild von seinem Kiefer gemacht. Das ist alles wasserdicht.»

«Und wenn Bobby es doch allein war?», schlägt Jensen vor.

«Der Typ ist 'ne Luftpumpe», erwidert Bökh. «Der wäre niemals smart genug, so was zu planen und dann auch noch durchzuziehen.»

«Sehe ich auch so», sagt Holger. «Haben wir alle anderen auf der Etage überprüft?»

«Haben wir», antwortet Bökh.

«Und?»

«Es gibt keine Anhaltspunkt dafür, dass der Mörder unten den Anwesenden zu finden sein könnte», sagt Jensen.

«Okay. Suchen wir weiter.»

Jensen und Bökh sind gerade verschwunden, da steckt Charlie den Kopf zur Tür herein. «Stör ich?»

«Immer», antwortet Holger.

«Was ist mit Mittagessen? Mein Vorschlag lautet: Ich lade dich ein, allerdings musst du mir zuvor was pumpen.»

«Ich hab keine Zeit.»

«Gute Neuigkeiten?», will Charlie wissen.

«Kann man so sagen. Wir haben noch kein Geständnis von Bobby Schütz, aber er sitzt definitiv in der Klemme. Bolek will nämlich ...» Holger unterbricht sich. «Moment mal. Erzähl ich dir das jetzt alles, damit du es gleich brühwarm zu Bobbys Anwalt weiterträgst?»

Charlie schüttelt den Kopf. «Ich betrachte die Zusammenarbeit mit Bobby Schütz als beendet. Immerhin habe ich maßgeblich dazu beigetragen, den Typen aufzutreiben, den Bobby unbedingt in die Finger kriegen wollte. Wenn Boleks Aussagen Bobby und seinem Anwalt nun nicht in den Kram passen, dann ist das ja nicht mein Problem. Wobei ich Bobby im Grunde weiterhin für einen netten Kerl halte.»

«Das Drogengeschäft ist hart», sagt Holger. «Da kann einem schnell mal die Perspektive verrutschen. Ich würde nicht darauf wetten, dass dein netter Kerl es schafft, auch diesmal seinen Kopf aus der Schlinge zu ziehen.»

«Was uns ins Gedächtnis rufen sollte, dass das Leben kurz

ist und man deshalb nicht allzu viel Zeit mit Knastaufenthalten und ähnlichem Blödsinn verschwenden darf.»

Holger bemerkt Charlies gute Laune und eine für seine Verhältnisse schon fast überbordende Energie. «Scheint dir die Sonne aus dem Arsch, weil du ein paar Stunden schlafen konntest, oder gibt es dafür einen anderen Grund?»

Charlie grinst. «Ich hab lange nachgedacht auf der Fahrt nach Prag. Und eine Entscheidung getroffen. Und die werde ich heute in die Tat umsetzen.»

Jensen steckt den Kopf zur Tür herein. «Kann ich Sie mal sprechen?»

«Ich komme sofort», antwortet Holger und schickt ihn mit einer Handbewegung fort, um Charlie zu fragen: «Muss man dir Glück wünschen?»

«Glück kann nie schaden», antwortet Charlie grinsend. «Und wie du weißt, hatte ich in letzter Zeit nicht so viel davon.»

Rund eine Stunde später steht Charlie vor Nicolettas Wohnungstür. Es ist angenehm warm, und durch die Stadt weht ein betörender Frühlingsduft aus Autoabgasen, Bratfettdünsten und Baustellenstaub. Ein Hauch Rosenduft könnte auch dabei sein.

Weil er von Nicoletta nicht schon an der Haustür abgewiesen werden will, hat Charlie lange auf einen günstigen Moment gewartet, um ins Treppenhaus zu gelangen. Jetzt rekapituliert er noch einmal, was er ihr sagen möchte, atmet tief durch und drückt dann den Klingelknopf.

Die Tür wird geöffnet, Nicoletta sieht ihn und verharrt. Es scheint, als ziehe sie in Erwägung, ihm die Tür gleich wieder kommentarlos vor der Nase zuzuschlagen. Aber vielleicht lässt der flehentliche Ausdruck in Charlies Augen sie zögern.

«Was willst du?», fragt sie. Es klingt wie: Gib bitte endlich auf, Charlie. Es hat keinen Zweck, dass du noch länger deine Zeit vergeudest – und meine obendrein.

«Dir etwas Wichtiges sagen», antwortet er kleinlaut und hofft inständig, dass sie nun die Tür öffnet und ihn in die Wohnung bittet. Er registriert, dass sie Jeans und eine Bluse trägt. Keine Spur von Farbe. Sie arbeitet also nicht in ihrem Atelier. Es ist jetzt früher Nachmittag. Vielleicht war sie an der Uni, hat kurz eine Mittagspause eingelegt und will gleich wieder los. Wie dem auch sei, Nicoletta macht keine Anstalten, die Tür zu öffnen, stattdessen sagt sie nur: «Ich höre.»

Charlie ist es unangenehm, im Hausflur zu beichten, aber es bleibt ihm wohl nichts anderes übrig. Er vergegenwärtigt sich in Windeseile, dass er hier ist, um reinen Tisch zu machen. Er will Nicoletta nicht nur sagen, dass Bobby ihn engagiert hat, um sie auszuhorchen, sondern ihr auch seine tiefsten Gefühle offenbaren. Von nun an soll keine Lüge mehr zwischen ihnen stehen. Charlie will ihr die Wahrheit sagen, und zwar die ganze Wahrheit.

Leider ist das mit Charlie und der Wahrheit so eine Sache. Wenn er restlos ehrlich mit sich und ihr wäre, dann müsste er wohl zugeben, dass er zumindest anfänglich gedacht hat, dass Nicolettas geheimnisvolle Aura mit einem Geheimnis zu tun haben könnte. Inzwischen ist er aber so blind vor Liebe, dass er dieses Geheimnis nicht einmal erkennen würde, wenn er es auf einem Silbertablett serviert bekäme.

Vielleicht sollte er damit anfangen, was er für sie empfindet, und dann erst zu dem unangenehmen Thema Bobby kommen, denkt Charlie.

Sie macht ein fragendes Gesicht und legt den Kopf schief. Sieht sexy aus – was nichts heißt, weil Charlie praktisch alles an ihr sexy findet.

«Ich liebe dich.» Charlie sagt es leise, aber aus tiefstem Herzen.

Sie hebt den Blick und sieht ihm direkt in die Augen. Für Charlie fühlt es sich an, als würde man seine Innereien grillen. Und zwar mit einer dieser supermodernen Grillstationen aus den USA, die 800 Grad Hitze erzeugen können, mehrflammig.

Ein paar Sekunden stehen sie voreinander, während Charlies Eingeweide vor sich hin grillen und Nicoletta zu ergründen versucht, was in seinem Schädel vor sich geht. Dann geschieht etwas, das Charlies inwendiges Barbecue noch verschlimmert. In einer fließenden Bewegung greift Nicoletta ihm an den Nacken, zieht seinen Kopf zu sich heran, küsst ihn leidenschaftlich und zerrt ihn dabei in ihren Flur, während sie nebenbei der Wohnungstür einen Schubs gibt, woraufhin diese ins Schloss fällt.

Die Wohnung ist klein, der Flur winzig. Man braucht nur ein paar Schritte, um ins Schlafzimmer zu gelangen, wo Nicoletta und Charlie Sekunden später aufs Bett fallen und damit beginnen, sich die Klamotten von den Leibern zu zerren.

Charlie hat keine Zeit, sich über die unerwartete Wendung seines Besuches auch nur einen einzigen Gedanken zu machen. Er ist vollauf damit beschäftigt, Nicolettas fordernde Küsse zu erwidern und dabei in ihren betörenden Duft einzutauchen wie ein Nichtschwimmer in die Fluten des Atlantiks.

Erst als er zwischen ihren Beinen liegt und sich beider

Atem und Bewegungen langsam zu einem sanften Wellengang verbinden, da huschen ein paar vereinzelte Gedanken durch seinen Kopf. Passiert das hier wirklich? Kann es wahr sein, dass das Schicksal es dieses eine Mal gut mit ihm meint? Ist er am Ziel seiner Irrfahrt angelangt? Ist sie der rettende Hafen? Das Ende des Storchendaseins und der Beginn eines bodenständigen Igellebens? Mit Igelhaus, Igelgarten und Igelsozialversicherungsnummer?

Charlie versucht, alle störenden Gedanken beiseitezuschieben und sich auf die Wonnen des Augenblicks zu konzentrieren, aber es will ihm nicht so ganz gelingen. Am Ende lauert irgendwo in seinem Hinterkopf zum einen die ungelöste Frage, was eine Frau wie Nicoletta dazu bewegen könnte, einen Kerl wie ihn in ihr Leben zu lassen, zumal sie bei jeder Gelegenheit betont, dass darin kein Platz ist für ... so etwas. Zum anderen hätte Charlie ihr gern die Sache mit Bobby gestanden. Es fühlt sich an, als stünde das zwischen ihnen.

Sie spürt, dass sein Kopf seinem Herzen dazwischenfunkt, und streicht ihm mit der flachen Hand über die Stirn, als würde sie dort ein paar Krümel wegwischen. «Alles okay?»

Charlie nickt und zwingt sich, an etwas anderes zu denken. Vielleicht an den nächsten Inspektionstermin für seinen Gran Torino?

Netter Versuch, aber das funktioniert nicht. Während der Inspektionstermin noch eine Weile hin ist, steht Charlies Orgasmus unmittelbar bevor. Als Nicoletta sich an seinen Lippen festsaugt, hat er keine andere Wahl, als es einfach geschehen zu lassen. Immerhin ist sein Kopf in genau diesem Moment wie leer gepustet. Kein störender Gedanke weit und breit. Um ihn herum ist nur der endlose Atlantik, in dessen Fluten er glücklich ertrinkt.

Sie lösen sich voneinander, und Charlie sinkt in die Kissen. Der Atem der beiden flattert durch die Stille.

Was sagt man in so einem Moment? Charlie würde ihr gern so vieles sagen, aber er hat Angst, dass er damit alles kaputt machen könnte. Andererseits: Wie soll man jemanden wissen lassen, dass man sein Leben mit ihm verbringen will, wenn man es nicht formuliert? Sie könnte womöglich glauben, dass sie nur ein Abenteuer für ihn ist, denkt er. Und liegt damit natürlich wieder einmal Lichtjahre daneben. Jeder vernünftig denkende Mensch würde sofort erkennen, dass nicht sie das Abenteuer ist, sondern er. Nicolettas Ausflug ins echte Leben mit echten Gefühlen. Ein Kurzurlaub von ihrem Job, der nur aus Glamour, Oberflächlichkeit und Illusionen besteht.

Aber was nun: Soll er reden, oder soll er schweigen?

Sie kommt ihm zuvor, indem sie sich zu ihm dreht und sagt: «Ich werde für eine Weile verreisen, Charlie.»

«Nimmst du mich mit?»

«Nein.»

Oh. Das schmeckt nach Abschied, denkt Charlie. «Wann sehen wir uns denn wieder?»

«Ich weiß nicht, ob wir uns jemals wiedersehen. Vielleicht ja, vielleicht nein.» Es klingt weder traurig noch glücklich. Eher sachlich.

«Dann nehme ich die erste Variante», sagt er prompt.

Sie lacht. «Ich habe das nicht in der Hand, Charlie. Es handelt sich um eine ziemlich komplizierte Familienangelegenheit.»

«Kann ich dir dabei denn vielleicht helfen?»

«Nein. Ganz sicher nicht.»

«Und wann musst du los?»

Sie deutet mit einem Kopfnicken zur Tür, wo ein paar Gepäckstücke stehen.

«Was soll das heißen? Fährst du etwa noch heute?»

«Um genau zu sein, bin ich schon auf dem Weg.»

«Ich kann dich fahren», beeilt er sich zu sagen. «Wo musst du hin?»

Sie zögert.

Diplomatisch fügt er rasch hinzu: «Natürlich nur, wenn es dir recht ist, meine ich.»

«Ich muss zum Flughafen», sagt sie, rollt sich aus dem Bett und beginnt, ihre Kleider zusammenzusuchen. «Du könntest mir ein Taxi rufen.»

«Aber ich kann dich doch schnell fahren. Ist wirklich kein Problem.»

«Ich muss nach Schönefeld. Ist kein Katzensprung.»

«Macht nichts. Mach ich gern.»

Während sie in ihre Jeans schlüpft, zieht sie ihr Smartphone hervor, drückt ein paarmal aufs Display und sagt: «So. Schon passiert. Das Taxi ist in fünf Minuten da.»

Charlie versteht, dass er gerade freundlich hinauskomplimentiert wird. «Gut, dann sollte ich wohl auch mal langsam ...»

«Kein Stress. Zieh einfach die Tür zu, wenn du gehst.»

«Okay», sagt Charlie erstaunt und lehnt sich wieder zurück.

Auf dem Nachttisch liegt ein Buch, daneben, gegen den Fuß der Lampe gelehnt, steht das Foto, das Charlie bei seinem ersten Besuch aufgefallen ist. Nicoletta hatte es damals als Lesezeichen verwendet. Sie nimmt das Foto und verstaut es in ihrer Handtasche. Das Buch lässt sie liegen.

Dann geht sie zu Charlie und drückt ihm einen langen

Kuss auf den Mund. «Hab ein gutes Leben, Charlie. Ich werde dich nie vergessen.»

Charlie spürt, dass in seinen Innereien wieder der Profigrill angeworfen wird. Er lächelt unsicher. «Eben klang es noch so, als wäre da eine winzige Chance, dass wir uns wiedersehen.»

Sie steht auf und geht zu ihren Koffern. «Danke für alles.»

Ein letztes Lächeln, dann ist sie endgültig verschwunden. Und mit ihr Charlies Aussicht auf ein gemütliches Igelleben an der Seite seiner Traumfrau.

In Liebesfilmen werden solche Situationen ja meist locker herumgerissen. Der Held springt in seine Hose, jagt der Geliebten hinterher und erwischt sie kurz vor dem Abflug, um ihr die alles entscheidende Liebeserklärung zu machen. Funktioniert natürlich nicht im richtigen Leben. Wenn du es so weit hast kommen lassen, dass du einer Frau hinterherhecheln musst, dann bleibst du am Ende allein, weil die meisten Frauen vermuten, dass du verzweifelt bist.

Charlie ist dennoch einer von diesen romantischen Spätzündern, die es eigentlich nur im Kino gibt. Ihm ist jedenfalls klar, dass er Nicoletta so nicht gehen lassen kann. Er hat das starke Gefühl, dass er sich von ihr etwas wünscht, was ihm noch in keiner Beziehung sonderlich wichtig war: eine Perspektive.

Fünf Minuten später ist er in seine Hose gesprungen und befindet sich auf dem Weg zum Flughafen. Weitere vierzig Minuten später geht sein Handy. Der Verkehr fließt zäh, er braucht bestimmt noch eine Viertelstunde bis nach Schönefeld.

«Wo bist du?», fragt Holger.

«Unterwegs», antwortet Charlie.

«Weißt du zufällig, wo ich Nicoletta Szabatzki finden kann?»

«Was willst du denn von ihr?», fragt Charlie.

«Wir haben die Mordwaffe gefunden», antwortet Holger sachlich. «Und sie ist übersät mit ihren Fingerabdrücken.»

18

Charlie fährt rechts ran. «Was hast du da gerade gesagt?» Er spürt, dass sein Blutdruck merklich absackt – zum zweiten Mal binnen der letzten Stunde.

«Das Kokain, das bei dem Mord an Cedric durch die Gegend geflogen ist, hat die empfindliche Elektronik des Fahrstuhls durcheinandergebracht. Die Steuerungseinheit befindet sich hinter einer Wandverkleidung. Bei Wartungsarbeiten hat ein Techniker dort heute die Mordwaffe entdeckt. Und auf dieser Waffe sind astreine Fingerabdrücke von Nicoletta Szabatzki. Was mich noch einmal zu meiner eingangs gestellten Frage führt: Weißt du zufällig, wo ich sie finden kann?»

«Für jemanden, der eine Mörderin jagt, wirkst du ziemlich ruhig», stellt Charlie fest und hofft, dass das alles nur ein Irrtum ist, den er rasch aufklären kann.

«Von jagen kann keine Rede sein», erwidert Holger. «Sie hätte schließlich schon längst abhauen können, hat das aber nicht getan, weil sie sich offenbar völlig sicher fühlt. Ich versuche also gerade, sie nicht zu warnen.»

«Warum haben deine Leute eigentlich nicht hinter dieser

Wandverkleidung nachgesehen, als sie den Tatort gesichert haben?»

«Haben sie. Aber die Pistole war wohl in einem nicht einsehbaren Zwischenraum oberhalb der Steuerungseinheit eingeklemmt. Inzwischen muss sie da rausgefallen sein, vermutlich haben die Vibrationen des Fahrstuhls sie gelockert. Der Schacht ist nur einen knappen Meter entfernt. Ironie des Schicksals, würde ich sagen.»

«Habt ihr Nicoletta nach der Tat denn nicht spurentechnisch untersucht?»

«Doch, auch das haben wir gemacht», antwortet Holger geduldig. «Deswegen haben wir ja auch ihre Fingerabdrücke.

«Und?»

«Keine Schmauchspuren an den Händen. Keine Kokainreste auf der Kleidung. Aber um noch mal auf meine Frage zurückzukommen ...»

«Na bitte», sagt Charlie. «Dann kann sie es ja schlecht gewesen sein, oder?»

«Und wie kommen dann ihre Fingerabdrücke auf die Mordwaffe?»

«Die Waffe wurde nachträglich platziert?», spekuliert Charlie.

«Rein theoretisch wäre das möglich, womit immer noch nicht geklärt wäre, warum Nicolettas Fingerabdrücke darauf sind.»

«Wenn ihr sonst keine Spuren gefunden habt, wie soll sie es dann deiner Meinung nach angestellt haben, Cedric zu ermorden?»

«Alois Gerstmair, unser Cleverle bei der Spurensicherung, hat da eine ziemlich coole Theorie. Nicoletta könnte Cedric nackt erschossen haben, weshalb keine Kokainspuren an ihrer Kleidung nachgewiesen werden konnten. Wäre logisch, weil sie ja zum Tatzeitpunkt wahrscheinlich ohnehin nackt war. Vielleicht hat sie danach kurz geduscht.»

«Und was ist mit den Schmauchspuren?»

«Sie könnte so etwas wie Handschuhe getragen haben», gibt Holger zu bedenken.

«Was hat sie mit denen gemacht?», fragt Charlie. «Und warum sind Fingerabdrücke auf der Waffe, wenn sie Handschuhe getragen hat?»

«Die Jungs aus der Spurensicherung haben auch dafür eine ziemlich coole Theorie. Es wäre möglich, dass Nicoletta ihre Schusshand mit einem Stück Stoff verdeckt hat, welches spurentechnisch von uns nicht untersucht wurde, weil wir es als unverdächtig eingestuft haben. Da käme alles Mögliche in Frage. Ein Handtuch, ein Kissenbezug, vielleicht auch ein Socken oder sogar ein Slip.»

Charlie überlegt fieberhaft, wo der entscheidende Fehler in Holgers Theorie steckt. «Ihr habt was übersehen», sagt er dann und meint damit: Es kann nicht wahr sein, dass Nicoletta eine Mörderin ist.

«Wenn ich es nicht besser wüsste, würde ich vermuten, dass du ganz genau weißt, wo sie gerade steckt, aber aus irgendeinem Grund Zeit schindest», sagt Holger launig.

Charlie schweigt.

«Charlie?» Holger klingt plötzlich alarmiert. «Gibt es etwas, das ich wissen sollte?»

Charlie schweigt weiter.

«Charlie!»

Anhaltendes Schweigen.

«Charlie, mach keinen Scheiß. Wenn du weißt, wo sie ist,

und mich hier gerade hinhältst, dann stecke ich dich höchstpersönlich in den Knast. Das ist mein heiliger Ernst.»

«Sie ist auf dem Weg zum Flughafen Schönefeld.»

Charlie klingt wie ein geprügelter Hund. Seine Geliebte steht nicht nur unter Mordverdacht, er ist obendrein gezwungen, sie zu verpfeifen. Immerhin kann Charlie sich einreden, dass er Nicoletta nur deshalb verrät, weil er felsenfest von ihrer Unschuld überzeugt ist.

«Verdammt, Charlie», hört er Holger sagen, der im nächsten Moment jemandem zuruft: «Angeblich fliegt sie ab Schönefeld. Überprüft aber sicherheitshalber beide Flughäfen.»

«Glaubst du etwa, ich lüg dich an?», mischt Charlie sich ein.

«Muss ich darauf antworten?», entgegnet Holger lapidar.

«Sie ist auf dem Weg nach Schönefeld», wiederholt Charlie. «Wirklich.»

«Wir reden später», erwidert Holger und beendet das Gespräch.

Perplex betrachtet Charlie sein Handy. Er überlegt, was er tun soll. Zum Flughafen fahren? Er müsste Nicoletta gestehen, dass er sie gerade verpfiffen hat. Selbst wenn das geschehen ist, weil er an ihre Unschuld glaubt, so wird sie dennoch nicht begeistert davon sein, dass er ihr die Polizei auf den Hals hetzt. Andererseits, hätte es jemals eine Zukunft für Charlie und Nicoletta gegeben, wenn sie heute in ihr Flugzeug gestiegen wäre? Hätte Charlie in ein paar Wochen per Postkarte eine Einladung nach Südamerika bekommen, um dort mit Nicoletta unbeschwerte Wochen zu verleben oder gar in eine gemeinsame Zukunft zu starten? Und wäre er einfach so dazu in der Lage gewesen? An der Seite einer Mordverdächtigen zu leben? Vielleicht. Charlie ist ganz gut darin, Dinge zu verdrängen. Aber in diesem Fall ist er sich nicht sicher, und genau das ist der Grund, warum er Holger gerade die Wahrheit gesagt hat: Charlie möchte nicht nur an Nicolettas Unschuld glauben, sondern sie auch beweisen.

Ihm ist klar, was nun zu tun ist. Noch bevor Holgers Kavallerie in Nicolettas Wohnung eintrifft, muss er sich dort noch einmal umsehen und Indizien für ihre Unschuld sammeln. Entschlossen wendet Charlie den Wagen und gibt Gas.

Diesmal braucht er keine zehn Minuten, um in Nicolettas Wohnung zu gelangen, sondern höchstens zwei. Immer noch eine miserable Zeit, wenn man bedenkt, dass jemand mit dem richtigen Händchen nur Sekunden benötigt, um ein Standardschloss zu knacken.

Er geht geradewegs ins Wohnzimmer, um zu überprüfen, ob Nicoletta ihre Ersparnisse mitgenommen hat. Das wäre ein klares Zeichen dafür, dass sie sich absetzen will. Noch bevor Charlie sich hinknien kann, um die Dielen anzuheben, weiß er, dass sie das Geld genommen hat. Ihre Malutensilien und die Leinwände warten nämlich sauber verschnürt in einer Ecke des Zimmers darauf, wahlweise zwischengelagert oder in einem Überseecontainer verstaut zu werden. Wobei Nikita nicht so dumm sein dürfte, sich die Sachen nachschicken zu lassen und damit ihren Aufenthaltsort zu verraten. Vielleicht hat sie auch alles verschenkt, und morgen kommt eine Kommilitonin vorbei, um das Zeug abzuholen.

Wie Charlie erwartet hat, ist Nicolettas Geldversteck leer. Er ahnt, dass er in der gesamten Wohnung keinen Hinweis auf ihre Unschuld finden wird, wohl aber eine Menge Indizien, die für Holgers Theorie sprechen.

Im Kleiderschrank hängen ein paar sexy Fummel, auch einige, zumeist hochhackige Schuhe, wie Nicoletta sie im

Job getragen hat, hat sie zurückgelassen. Soweit Charly es erkennen kann, sind sämtliche persönlichen Kleidungsstücke verschwunden. Sie hat das Leben, das sie tagsüber geführt hat, ebenso hiergelassen wie ihre Nachtseite, denkt Charlie. Verschwunden ist vielleicht nur die wahre Nicoletta – wer auch immer das gewesen sein mag. Charlie fragt sich, ob er sie überhaupt gekannt hat. Er geht in die Küche, deren magere Ausstattung für eine Studentin als Bewohnerin sprechen könnte – oder aber auch für eine äußerst gerissene Auftragskillerin, die mit kleinem Gepäck reist.

Als Charlie das Haus verlässt, halten gerade zwei Wagen vor dem Gebäude. Holgers Kollegen sind gekommen, um nun ihrerseits die Wohnung auf den Kopf zu stellen. Charlie wendet sich nach rechts, geht um den Block herum und findet eine Kneipe, in der er sich beim Nachdenken zwei Gin Tonic genehmigen kann.

Das Gute in Berlin ist ja: Wenn du einen Drink brauchst, dann ist der höchstens einen Block entfernt.

Es ist noch früh, als Charlie nach Hause kommt. Aber da der Tag nicht besser zu werden scheint, hat Charlie ihn kurzerhand für beendet erklärt und auf dem Weg eine Flasche von jenem Chablis besorgt, den Holger so gern trinkt. Vielleicht, so Charlies Kalkül, hat sein Bruder ja Zeit auf ein Glas, und dabei kann man reden und die Wogen glätten. Außerdem erfährt Charlie auf diese Weise, ob es Neuigkeiten im Fall Nicoletta gibt.

Als er den Garten betritt, stutzt Charlie.

Holger sitzt auf der Terrasse und plaudert bei einer Tasse Kaffee mit einem älteren Herrn, der einen Schäferhund bei sich hat. Der Mann sitzt kerzengerade im Gartenstuhl, der Hund hockt in ebenso tadelloser Haltung daneben. Da haben sich offenbar zwei gefunden, denen die Pflicht alles bedeutet.

Als Charlie näher kommt, sackt ihm zum wiederholten Male an diesem Tag der Blutdruck ab. Auf dem Gartentisch liegen nämlich drei Päckchen Kokain und ein Joint. Was es mit dem Joint auf sich hat, weiß Charlie nicht. Das Kokain stammt jedoch aus Cedrics Koffer. Charlie hat nicht alle gestohlenen Päckchen zur Begleichung seiner Spielschulden gebraucht, also hat er den Rest im Gartenhaus versteckt. Man weiß ja nie, wozu es noch mal gut sein kann.

Der Gast sieht den Blick, den die beiden Brüder tauschen, und weiß sofort, dass es hier gleich ungemütlich wird. Er tätschelt seinem Hund den Kopf, steht auf und sagt: «So, ich bin dann mal weg, Holger. Wollte sowieso mit dem Hund noch eine Runde drehen. Also, mach's gut und danke für den Kaffee.»

«Danke für deine Hilfe.» Holger gibt dem Mann die Hand.

«Keine Ursache», antwortet der. «Und wenn mal wieder was ist, melde dich. Als Rentner hat man ja eine Menge Zeit.»

«Drogenfahndung?», fragt Charlie, als der Mann mit dem Hund gegangen ist.

«Zuletzt war er Ausbilder der Hundestaffel», antwortet Holger. «Vater hat ihn ganz gut gekannt.»

Charlie nickt und betrachtet nachdenklich die auf dem Tisch liegenden Drogen. «Mit dem Joint hab ich nichts zu tun», sagt er und stellt den Wein auf den Tisch. «Hier. Hab ich uns mitgebracht.»

Holger verschränkt die Arme vor der Brust und sieht Charlie durchdringend an. «Als mir die Kollegen gesagt haben, dass sich unter anderem deine Fingerabdrücke auf den Kokainpäckchen befinden, die wir bei Bobby Schütz gefunden haben, da wollte ich es erst mal nicht glauben. Dann dachte ich, dass du vielleicht zufällig einen der Beutel in der Hand hattest. Womöglich bei einem deiner Mandantenbesuche.»

«Gute Theorie», wirft Charlie ein.

Holger nickt. «Dummerweise waren deine Fingerabdrücke auf allen Päckchen.»

«Du hättest mich trotzdem fragen können, statt mir die Drogenfahndung ins Gartenhaus zu schicken.»

«Was hättest du dann gemacht? Mir die Wahrheit erzählt?»

«Ich würde es nicht kategorisch ausschließen.»

Holger lacht bitter. «Ich brauche mich nur kurz umzudrehen, und schon beklaust du mich ...»

«Als hätte dir das Koks gehört», verteidigt sich Charlie.

«Hörst du dir manchmal selbst zu, Charlie? Das Kokain lag in einem Polizeipräsidium. Auf dem Schreibtisch eines Kommissars, der es neben einer Leiche eingesammelt hat. Ich müsste dich einbuchten, weil du konfiszierte Drogen geklaut hast.»

Charlie lässt sich in einen der Gartenstühle sinken. «Was willst du? Eine Entschuldigung? Kannst du haben. Es tut mir leid, dass ich die Päckchen genommen habe. War ein Fehler. Schau dir meinen Zeh an, dann dürfte dir klar sein, dass ich diesen Fehler sehr gern vermieden hätte. Aber ich hab in der Scheiße gesteckt. Was hätte ich denn tun sollen? Etwa meinen großen Bruder um Hilfe bitten? Der wollte mich ja nicht einmal ein paar Tage bei sich wohnen lassen.»

Holgers Schultern sacken herab. «Jetzt tu nicht so, als

hätte ich dich noch nie aus der Scheiße gezogen, Charlie. Es gab Zeiten, da war ich alle paar Monate damit beschäftigt, irgendwas für dich geradezubiegen. Inzwischen ist es nur leider so, dass du ständig in der Scheiße steckst. Ist zu einem Dauerzustand geworden. Dein Leben findet komplett in der Scheiße statt. Und es war klar, dass du eines Tages zu weit gehen würdest.»

Das hier hört sich nicht nur nach einer Moralpredigt an, sondern nach dem Beginn ernster Probleme. Charlie schiebt den Chablis über den Tisch. «Komm. Lass uns was trinken und in Ruhe darüber reden.»

Holger schüttelt den Kopf. «Wir haben genug geredet, Charlie. Du hast mich nach Strich und Faden belogen und obendrein noch bestohlen. Du hast Bobby Schütz Ermittlungsergebnisse durchgereicht und Nicoletta Szabatzki zur Flucht verholfen. Es reicht mir. Definitiv.»

«Nicoletta ist geflohen?», fragt Charlie bass erstaunt.

«Und jetzt will ich, dass du deine Sachen packst und verschwindest. Und zwar sofort.»

«Moment mal», begehrt Charlie auf. «Sag mir erst mal ...»

«Vergiss es», unterbricht Holger. «Diesmal werde ich nicht mit dir diskutieren, Charlie. Nimm einfach deinen Kram und hau ab.»

Charlie sieht seinem Bruder an, dass es keinen Sinn hat, noch länger hier zu sitzen. Das wird heute nichts mehr. Wenn Beziehungsdiskussionen einen gewissen Punkt überschreiten, dann folgt daraus meistens, dass einer die Koffer packen und auf Abstand gehen muss – zumindest für eine Weile. Und gewöhnlich ist Charlie derjenige, der die Koffer packt. Also steht er auf und beginnt damit, seine Habseligkeiten einzusammeln.

«Die Möbel und die Bilder lasse ich in den nächsten Tagen abholen», witzelt er, aber Holger verzieht keine Miene.

Charlie wagt trotzdem einen weiteren Versuch. Als er Minuten später seine Tasche gepackt hat, geht er noch einmal zurück zum Gartentisch und sagt: «Den Wein und das Koks lass ich dir da. Zur Erinnerung an unseren gemeinsamen Frühling.»

Nicht der leiseste Anflug eines Lächelns ist in Holgers Gesicht zu sehen.

«Mach's gut, Charlie», sagt er. «Ich wünsch dir viel Glück.»

Ein paar Minuten später hat Charlie seine wenigen Habseligkeiten im Gran Torino verstaut. Er will gerade einsteigen, da sieht er Sandra, die mit vor der Brust verschränkten Armen zum Gartentor schlendert.

Charlie geht ihr entgegen. «Freut mich, dass du dich verabschieden willst», sagt er. «Und tut mir leid, dass das hier jetzt so endet.»

«Tut mir auch leid», sagt sie. «Aber ich fürchte, da kann man rein gar nichts machen. Jeder ist nun einmal so, wie er ist.»

«Meinst du mich oder deinen Mann?», fragt Charlie.

«Ich meine euch beide», antwortet Sandra. «Wobei mich schon ein bisschen wundert, dass du ernsthaft geglaubt hast, er könnte darüber hinwegsehen, dass du Koks in seiner Gartenlaube versteckst.»

«Wer rechnet denn auch damit, dass sein eigener Bruder dermaßen misstrauisch ist? Macht er eigentlich regelmäßig Razzien im eigenen Haus?»

Sandra muss grinsen, wird aber sofort wieder ernst. «Das ist typisch für dich, Charlie: Alles mit einem lockeren Spruch weglächeln. Dabei war er drauf und dran, dir zu vertrauen. Und er ist ein ziemlich misstrauischer Mensch.»

Charlie lässt die Schultern sinken. «Ja. Ich weiß. Ich werde versuchen, das wieder geradezubiegen, okay?»

Sandra nickt, öffnet die Arme und umarmt Charlie. «Pass auf dich auf.» Sie haucht ihm einen Kuss auf die Wange.

Während das Motorengeräusch des Gran Torino in der Ferne verhallt, brütet Holger im Garten vor sich hin. Das leise Quietschen der Gartentür lässt ihn aufmerken.

Lucas ist heimgekommen. Er hat sein Longboard unten den Arm geklemmt und grüßt, indem er lässig die Hand hebt. Holger grüßt mit einem Kopfnicken zurück. Als Lucas den Gartentisch passiert und sein Blick dabei zufällig auf die dort liegenden Drogen fällt, zögert er einen Moment, bevor er weitergeht.

«Ist das auf dem Tisch da vielleicht dein Joint?», fragt Holger.

Lucas dreht sich zu ihm um. Er wirkt genervt. «Ich dachte, du bist in der Mordkommission. Machst du jetzt hobbymäßig auch noch einen auf Drogenfahnder, oder was?»

Holger ist zu abgekämpft, um sich jetzt auch noch mit seinem Sohn auseinanderzusetzen. Also sagt er: «Schon gut, ich hab ja nur gefragt.»

Lucas wirkt irritiert. So lammfromm kennt er seinen Vater überhaupt nicht. «Heißt das, ich kann gehen – als freier Mann?»

«Ja.»

Lucas wendet sich ab, zögert aber erneut und schaut sich noch einmal zu Holger um. «Alles okay mit dir, Papa?»

«Ja. Alles okay», sagt Holger.

Der Punkt ist: Für heute hat er genug davon, sich Lügen und Halbwahrheiten anzuhören. Morgen ist schließlich auch noch ein Tag.

Während Lucas im Haus verschwindet, betritt Sandra die Terrasse. Sie stellt zwei Gläser auf den Tisch, öffnet den Chablis, gießt ein und reicht Holger ein Glas.

«Danke.» Er nimmt es und nippt daran. «Hast du alles mitbekommen?»

«Zumindest alles, was wichtig ist, würde ich sagen.»

«Toll», sagt Holger. «Dann kannst du deinen Lesern jetzt verkünden, dass ich blöd genug bin, mir Beweismittel stehlen zu lassen. Ich hab auch schon einen Titel: Holger Brinks, dümmer, als die Polizei erlaubt. Klingt gut, oder?»

«Ich hab nicht vor, so was zu schreiben», sagt Sandra.

Holger zuckt mit der Schulter. «Danke. Nett von dir.»

«Glaubst du wirklich, Charlie wollte dich ins offene Messer laufen lassen?» Sie stellt die Frage in einem ruhigen und sehr sachlichen Ton.

«Fakt ist, er hat es getan», antwortet Holger. «Er hatte seine Gründe, aber das ändert nichts an seinem Verhalten. Ich hätte meinen Job verlieren können.»

«Fakt ist auch: Er ist dein Bruder.»

«Niemand weiß das besser als ich», begehrt Holger auf. «Aber das hat ihn nicht daran gehindert, mich ganz übel zu hintergehen.»

«Es gab mal eine Zeit, da warst du nicht so misstrauisch.»

«Illusionen sind eine angenehme Sache», antwortet Holger. «Aber sie funktionieren nur, solange du sie aufrechterhalten kannst.»

«Interessant», sagt sie und nippt am Wein. «Gilt das womöglich auch für unsere Ehe?»

Er sieht sie an und schweigt. Dann sagt er: «Sag du es mir. Mache ich mir hier irgendwelche Illusionen?»

Sie stellt ihr Glas auf den Tisch. «Manchmal stehst du echt auf dem Schlauch.»

«Soll heißen?»

«Wenn du das nicht weißt, dann kann ich dir auch nicht helfen. Ich geh mal Yoga machen.»

Sie verschwindet im Haus und lässt Holger mit sich allein.

Der sieht ihr hinterher und versucht zu ergründen, was das Orakel von Delphi ihm da wohl gerade sagen wollte.

19

Charlie überlegt, ob er die Nacht in Nicolettas Wohnung verbringen soll. Zum Glück überlegt er nur kurz und verwirft diesen Gedanken dann sofort wieder, was im Wesentlichen zwei Gründe hat: Einerseits schmerzt ihn die Vorstellung, allein in ihrem Bett zu liegen, ihren Duft zu atmen und dabei zu wissen, dass er sie vielleicht nie wiedersehen wird. Andererseits dürften Holgers Kollegen die Wohnung inzwischen amtlich versiegelt haben. Das wäre zwar kein großes Hindernis, zumal der Bruch eines amtlichen Siegels nicht sonderlich hart bestraft wird. Aber Charlie befürchtet, dass der zurzeit etwas dünnhäutige Holger ein Magengeschwür bekommen könnte, wenn sein kleiner Bruder weiterhin auf Gesetz und Ordnung pfeift. Außerdem würde Charlie sich damit den Rückweg ins Gartenhaus wohl für alle Zeiten verbauen.

Also beschließt Charlie, seine Exfreundin Hayat um Asyl zu bitten. Zumindest für eine Nacht. Bei genauerem Hinsehen müsste ihm auffallen, dass auch das eine ziemlich blöde Idee ist. Aber Charlie wäre nicht Charlie, wenn er in solchen Situationen genauer hinsehen würde.

Hayats Begrüßung fällt kurz aus: «Im Ernst?»

«Nur reden», antwortet er. «Fünf Minuten. Du musst mich nicht mal in deine Wohnung lassen.»

Sie verschränkt die Arme vor der Brust und lehnt sich in den Türrahmen. «Leg los.»

«Wäre natürlich höflich, wenn du mich reinbitten würdest», fügt Charlie hinzu. «In deiner Wohnung plaudert es sich wesentlich besser als im Treppenhaus.»

«Du weißt, dass deine fünf Minuten bereits angefangen haben, oder?»

Charlie hebt abwehrend die Hände. «Klar. Schon gut. Kein Problem.»

Er greift in seine Umhängetasche und zieht eine Flasche Wein hervor. Diesmal hat er einen Roten gekauft, Hayats Lieblingssorte. «Ich möchte mich bei dir offiziell dafür bedanken, dass du meinen Zeh verarztet hast.»

Er reicht ihr die Flasche mit beiden Händen, als wäre sie ein kostbares Kleinod.

«Keine Ursache», sagt sie und nimmt ihr Geschenk in Empfang. «Danke.»

Sie lehnt sich kurz zurück, stellt die Flasche auf eine Kommode und nimmt dann gleich wieder ihre ursprüngliche Position ein.

Charlie zögert einen Moment. Er hat sich dieses Gespräch ein wenig einfacher vorgestellt.

Sie bemerkt sein Zögern. «Was ist? Du hast doch nicht etwa darauf spekuliert, dass wir die Flasche gemeinsam trinken, oder?»

«Nein!», lügt Charlie. «Überhaupt nicht.»

«Was dann?»

«Ich hab mich nur gerade gefragt, ob du dir meinen Zeh

noch einmal anschauen könntest», improvisiert Charlie. «Nur kurz. Ich meine, so was kann sich ja ganz schnell entzünden.»

«Da hast du recht», sagt sie. «Und weil so eine Entzündung wirklich schnell voranschreitet, würdest du hier nicht stehen, wenn es dich erwischt hätte. Du lägst nämlich längst mit hohem Fieber im Bett.»

«Also, warm fühlt sich meine Stirn schon an», versucht Charlie sein Glück. «Mir ist auch insgesamt nicht so richtig gut.»

«Danke für den Wein, Charlie. Wenn dann sonst nichts mehr ist ...» Sie schickt sich an, die Tür zu schließen.

«Doch! Da ist noch was!», beeilt Charlie sich zu sagen. «Die Wahrheit ist, ich bin nicht wegen meinem Zeh hier. Und auch nicht, weil ich dir den Wein bringen wollte – zumindest nicht nur deshalb.»

«Also. Warum bist du dann hier?»

«Hayat, ich hab nachgedacht ...», beginnt Charlie und macht eine lange Kunstpause.

«Deine fünf Minuten sind jeden Moment rum, Charlie. Vielleicht solltest du etwas schneller auf den Punkt kommen.»

«Ich würde mir wünschen, dass wir Freunde sein können», fährt Charlie fort. «Ich weiß, dass unsere Beziehung Geschichte ist, aber du bist trotzdem ein sehr wichtiger Mensch für mich. Vielleicht sogar der wichtigste. Und das ist mir jetzt klargeworden.»

Hayat sieht ihn an und überlegt.

«Gut», sagt sie schließlich. «Wenn dir unsere Freundschaft wichtig ist, dann denke ich darüber nach, ob ich das auch will.» Sie lächelt schmal. «Mach's gut, Charlie.»

Wieder schickt sie sich an, die Tür zu schließen und Charlies fünfminütige Audienz zu beenden. Er sollte es für den Moment gut sein lassen. Es sind alle Karten gespielt, und er hat keinen einzigen Stich gemacht. Das ist bitter, müsste ihm aber überdeutlich klarmachen, dass er Hayat nicht um einen Schlafplatz bitten kann. Nicht heute. Nicht jetzt.

«Kann ich vielleicht heute Nacht bei dir schlafen?»

Hayat, die die Tür fast geschlossen hat, hält inne. Sie scheint zu überlegen, ob sie sich verhört hat.

«Es wäre nur für heute Nacht und völlig ohne Hintergedanken. Versprochen.» Er setzt ein gewinnendes Lächeln auf. «Könnte doch vielleicht so etwas wie der Beginn unserer Freundschaft sein, oder?»

Hayat öffnet die Tür wieder ein Stück und sieht ihn lange an. Dann sagt sie: «Charlie, ich bin eine hart arbeitende Frau mit einem schwierigen Beruf. Ich habe tagtäglich mit Leuten zu tun, die ernsthafte Probleme haben. Leute, die sich nach Herzinfarkten und Schlaganfällen ins Leben zurückkämpfen müssen. Ich kann mich nicht auch noch um einen Mann kümmern, dessen größtes Problem es ist, dass er nicht erwachsen werden will.»

Charlie nickt zerknirscht und lässt die Schultern hängen. «Was soll ich sagen? Du hast völlig recht. Trotzdem weiß ich nicht, wie ich mein Leben aufräumen soll, wenn ich jetzt unter der Brücke lande.»

Sie sieht ihn lange an, dann seufzt sie.

Gutes Zeichen, findet Charlie. Aber das ist ein Irrtum.

«Charlie, selbst wenn ich wollte, könnte ich dich ausgerechnet heute nicht hier übernachten lassen. Ich habe Besuch.»

«Aber das ist doch kein Problem. Wir könnten vielleicht zusammen ...»

«Es ist ein Mann», fügt Hayat hinzu. «Und das, was ich heute mit ihm vorhabe, möchten wir nicht mit dir zusammen machen.»

«Oh», sagt Charlie.

Sie nickt bestätigend.

«Kenne ich ihn?», fragt Charlie und versucht, unauffällig an ihr vorbei in die Wohnung zu lugen.

«Spielt das eine Rolle?»

«Nein. Es wundert mich nur ein bisschen. Hattest du nicht gesagt, du willst nicht gleich wieder jemanden in dein Leben lassen, nachdem das mit uns ...?» Charlie winkt ab. «Ach, egal. Geht mich nichts an.»

«Stimmt, geht dich wirklich nichts an», bestätigt Hayat.

Charlie spürt leisen Ärger in sich hochsteigen. Geht ihm irgendwie gegen den Strich, dass ein wildfremder Typ hier heute eine nette Party feiern wird, während er ins Obdachlosenheim ziehen muss. Vielleicht ärgert er sich aber auch nur über sich selbst. Irgendwann kommt der Punkt, an dem ein Leben kippt. Du hast ein paar Drogen zu viel eingeworfen, bist ein paar Tausender zu viel schuldig oder hast ein paar Leute zu viel enttäuscht. Und plötzlich schmiert dir dein Leben ab, als wäre es ein Sportwagen, dem in einer kritischen Kurve der Reifen platzt. Charlie weiß, dass er gerade mit Vollgas auf diese Kurve zusteuert.

«Ist er wenigstens nett?», fragt er pikiert.

Hayat pariert seinen anmaßenden Ton lässig: «Ich kann ihn dir gern vorstellen.»

«Ach, warum nicht?», gibt Charlie patzig zurück.

«Marco?», ruft Hayat über die Schulter. «Kommst du mal bitte?»

«Ich bin halbnackt», hört man eine Männerstimme rufen.

«Umso besser», ruft Hayat zurück.

«Italiener?», fragt Charlie und stellt sich auf einen Südländer ein, der ihm gerade mal bis zum Kinn reicht.

«Ostfriese», erwidert Hayat. «Italophile Eltern.»

Charlie korrigiert das Bild, das er sich von Marco gemacht hat: rötliche Haare und ein hellerer Teint. Aber immer noch reicht der Kerl ihm in Gedanken nur bis zum Kinn.

Marco erscheint, mit einem Handtuch bekleidet, das er locker um die Hüfte gewickelt hat. Mit einem weiteren Handtuch frottiert er sich die Haare.

«Was ist denn?» Er sieht Charlie. «Oh. Hi.»

Marco ist ein athletischer Zweimetermann mit angedeuteten Sixpacks. Ein gertenschlanker Sonnyboy, dem sein mittelblondes Haar apart ins Gesicht fällt. Vom Typ her erinnert er ein bisschen an Ashton Kutcher.

Charlie bedauert, nicht einfach gegangen zu sein, als er die Gelegenheit dazu hatte. Jetzt schämt er sich ein bisschen. Obwohl Hayat offensichtlich problemlos bei Unterwäschemodels landen kann, hat sie der Beziehung mit Charlie eine echte Chance gegeben. Sie muss ihn wirklich sehr geliebt haben.

«Zufrieden?», fragt sie.

«Sehr», antwortet Charlie und findet, dass er diese Lektion in Demut verdient hat.

Marco wirft Hayat einen fragenden Blick zu.

«Erklär ich dir später», sagt sie und nickt Charlie zum Abschied zu: «Alles Gute, Charlie. Und halt die Ohren steif.»

Als die Tür ins Schloss fällt, denkt Charlie, dass er da gerade vom Schicksal einen Wink mit einem sehr großen Zaunpfahl bekommen hat. Man könnte sagen: Das Schicksal hat ihm den Zaunpfahl quasi direkt und mit Schmackes auf den Kopf gehauen. Jedenfalls hat Charlie in genau diesem Moment das unstillbare Verlangen, sein Leben zu ändern. Er beschließt spontan, die Nacht allein in seinem Wagen zu verbringen und in Ruhe über alles nachzudenken. Hat er schon mal gemacht, als er noch in New York war. Da ist er einfach in die Catskill Mountains gefahren, hat in die Sterne geguckt und in dieser Nacht beschlossen, dass er nach Berlin zurückkehren wird.

Nachdem Charlie zwei nicht eben preiswerte Flaschen Wein an seinen Bruder und seine Exfreundin verschenkt hat, reichen seine Barreserven nur noch für einen Besuch beim Discounter. Wie es aussieht, werden Buletten und Dosenbier seine nächtliche Meditation begleiten.

«Was ist das?», fragt Charlie und hält einem hageren Kerl, der gerade Hundefutterdosen in einem Regal verstaut, einen Karton vor die Nase.

«Ein Single-Einweggrill», antwortet der Mann.

«Das weiß ich», sagt Charlie. «Steht ja drauf. Aber was ist ein Single-Einweggrill?»

Der Kerl wirkt ratlos. «Ähm. Ein Grill, mit dem man allein grillen kann?»

«Schon klar. Aber was hat es für einen Sinn, allein zu grillen?»

«Keine Ahnung», antwortet der dünne Mann. «Das Ding kommt aus China. Vielleicht ist es da ganz normal, dass die Leute allein grillen. Sonst hängen die Chinesen sich ja immer auf der Pelle. Vielleicht wollen sie wenigstens beim Grillen allein sein.»

Charlie überlegt. Klingt abenteuerlich, aber nicht unmöglich. «Hier steht, dass das ganze Paket 4 Euro 99 kostet. Und Kohle und Grillfleisch sind auch schon dabei.»

Der Kerl nickt. «Wenn's da steht ...»

«Die schreiben, die Würstchen sind aus *Hünenfleisch*», sagt Charlie. «Was soll das heißen? Legen die in China große Leute um und machen Würstchen draus?»

«Soll bestimmt ‹Hühnerfleisch› heißen», erklärt der Supermarktmitarbeiter. «Wir hatten auch Pakete mit Schweine- und Rindswürstchen, aber die sind schon ausverkauft.»

Charlie überlegt. Wenn andere Leute das Zeug bereits gegessen haben und trotzdem in den Abendnachrichten keine Lebensmittelskandale erwähnt wurden, dann kann das Barbecue aus Fernost so schlecht nicht sein. Er holt sich also eine Palette Dosenbier und kauft obendrein den chinesischen Einweggrill samt Kohle und Grillfleisch.

Als er an der Spree entlang Richtung Osten fährt, um sich ein nettes Plätzchen für die Nacht zu suchen, fällt ihm auf, dass sein Wagen nach kaltem Rauch riecht. Also macht er noch mal kurz an einer Tankstelle halt und investiert sein letztes Geld in Zigaretten. Den Teufel treibt man am besten mit dem Beelzebub aus.

Bei der Suche nach einem Lagerplatz hat Charlie ausnahmsweise mal Glück. Er findet ein hübsches Wiesenstück in Flussnähe, das wie geschaffen ist für ein frühsommerliches Grillevent. Er parkt den Wagen zwischen zwei Bäumen, die aussehen, als würden sie sich vor dem Sonnenuntergang verneigen. Bis auf ein älteres Paar, das an der Spree flaniert, ist kein Mensch zu sehen. Charlie muss sich den Platz unbedingt merken. Er wird hier eine coole Party steigen lassen, wenn er sich wieder richtiges Grillfleisch leisten kann.

Während er damit beschäftigt ist, seinen Singlegrill vorzubereiten, kommt ein Mann mit einem Bollerwagen die Böschung heruntergeschlendert. Ein Pfandflaschensammler, wie Charlie unschwer daran erkennt, dass der Wagen bis oben hin mit Leergut beladen ist. Der Mann macht keinen sonderlich gepflegten Eindruck, wirkt aber auch nicht so, als würde er permanent auf der Straße leben.

«Grillen ist hier ja eigentlich nicht erlaubt», ruft er, während er näher kommt. «Aber vielleicht haste Glück, und die vom Ordnungsamt drücken ein Auge zu.»

«Danke für den Tipp», sagt Charlie und registriert, dass der Kerl auf die Palette mit dem Dosenbier schielt. «Bierchen gefällig?»

«Da sag ich nicht nein.» Er schnappt sich erfreut eine Dose, reißt sie mit Elan auf und leert sie in einem Zug. Dann legt er sie sorgsam zu seinem Leergut.

«Hoppla», sagt Charlie, der ihm gerade zuprosten wollte. «Noch eins?»

Der Kerl nickt erfreut und bedient sich, lässt es aber diesmal ruhiger angehen. «Danach muss ich sowieso weiter. Hab heute noch einiges zu erledigen.»

«Was denn so?»

«Dies und das.» Mit einer Kopfbewegung deutet er zu Charlies Auto. «Deiner?»

Charlie nickt.

«Dann lebst du also noch nicht lange auf der Straße?»

Charlie überlegt, ob er dem Flaschensammler sein etwas kompliziertes Leben erklären soll, schüttelt dann aber nur den Kopf.

«Das Wichtigste ist jetzt, dass du so schnell wie möglich eine Wohnung an Land ziehst. Egal wie klein, egal wie runtergekommen.» Er hebt die Bierdose, als wolle er einen Toast aussprechen. «Je länger du auf der Straße lebst, desto schwieriger wird es, wieder ins normale Leben zurückzukehren. Aber wenn du eine Wohnung hast, dann kannst du auch schnell wieder durchstarten.»

«Werde ich mir merken», sagt Charlie.

«Ich an deiner Stelle würde den Wagen verkaufen, dann hast du ein bisschen Startkapital», fährt der Mann fort. «Und du musst lernen, dich zu organisieren.» Er zeigt auf Charlies Einweggrill. «Was hast du für dieses Ding bezahlt?»

Geht dich einen Scheißdreck an, und du nervst, denkt Charlie, sagt aber: «Fünf Euro. Aber die Würstchen sind schon dabei.»

«Fünf Euro?» Der Flaschensammler schüttelt verständnislos den Kopf. «Dafür mache ich dir einen Hackbraten, von dem du mindestens drei Tage essen kannst. Außerdem hättest du heute in aller Früh und mit etwas Glück auch bei den Tafeln Grillwürstchen bekommen können. Und obendrein hätten die dir auch noch Obst und Gemüse gegeben. Alles kostenlos, versteht sich.»

«Ich steh nicht so auf Gemüse», sagt Charlie.

«Dosenbier und Grillwürstchen haben nicht so rasend viele Vitamine», wendet der Flaschensammler ein. «Aber du brauchst Vitamine. Wenn dein Immunsystem unten ist, dann wirst du schneller krank. Und wenn du krank bist, dann kannst du dich nicht ums Essen kümmern. Also wirst du noch kränker. Ich kenn viele, die chronisch krank sind, weil sie genauso leichtsinnig waren wie du.»

«Verstehe», sagt Charlie und denkt: Sollte ich eines Tages tatsächlich auf der Straße landen, dann werde ich garantiert nicht so eine Nervbacke wie dieser Typ.

«Aber das Gute in deinem Fall ist ja, dass du den Schalter zügig umlegen kannst. Wenn du jetzt auf Zack bist, dann hast du in ein paar Wochen wieder eine Wohnung, und ab dann geht es sowieso rasch bergauf.» Der Flaschensammler streckt sich, leert sein Bier und legt auch diese Dose auf seinen Wagen. «Wie dem auch sei. Danke fürs Bier. Ich muss los. Meine Frau wartet.»

«Schönen Gruß zu Hause», sagt Charlie, froh, den Kerl endlich loszuwerden.

«Werd ich ausrichten. Ich wünsch dir jedenfalls, dass du auch bald den Platz findest, wo du hingehörst.» Er beginnt, seinen Bollerwagen wieder die Böschung hinaufzuziehen, und verschwindet, wie er gekommen ist.

Charlie sieht dem Mann verdutzt nach. In seinem Kopf hallt der letzte Satz nach: den Platz finden, wo du hingehörst. Hat dieser Flaschensammler ihm gerade erklärt, wie man sein Leben auf die Reihe kriegt? Und klang das obendrein nachvollziehbar und absolut glaubwürdig?

Nachdenklich legt Charlie die Würstchen auf den Rost. Vielleicht ist es wirklich an der Zeit, sein Leben zu ändern.

Nach zwei halb verbrannten, chinesischen Würstchen und drei Dosen Bier liegt Charlie auf der Motorhaube seines Gran Torino und blickt in den Sternenhimmel. Er denkt an Nicoletta und den Sex mit ihr, an diesen Moment im Paradies. Dabei fällt ihm das Foto ein, das sie eingesteckt hat.

Charlie holt sein Handy hervor, ruft das Bild auf und zoomt es auf maximale Größe. Sieht gut aus. Trotz der Vergrößerung sind die Einzelheiten ganz gut zu erkennen. Minutenlang starrt Charlie auf jedes Detail. Auf den chromglänzenden Kinderwagen, der so gar nicht zu dem maroden Haus passen will, vor dem das Paar mit dem Kind posiert. Auf den Kerl mit der dicken Brille und dem Bierbauch. Auf seine Frau und das Baby mit der weißen Strickmütze. Und schließlich auf den Mann im Hintergrund. Sieht so aus, als sei der nur zufällig abgelichtet worden.

Charlie fragt sich, wer das Foto geschossen hat. Vermutlich jemand, der nicht gut mit einer Kamera umgehen kann. Dafür würde auch sprechen, dass der Kerl mit den riesigen Koteletten und dem schlechten Brillengeschmack zufällig im Bild ist.

Charlie legt das Foto zur Seite, schaut in den Nachthimmel und lässt die Gedanken schweifen. Der Kinderwagen könnte ein Geschenk von dem Kerl mit der Goldbrille sein. Der reiche Onkel aus dem Westen hat seinen Verwandten Geschenke mitgebracht. Charlie schaut sich das Foto noch einmal an. Er kann keine Ähnlichkeiten entdecken. Also doch kein Verwandter. Warum dann das Geschenk? Oder war der Kinderwagen doch kein Geschenk?

Charlie kommt nicht weiter. Also noch einmal von vorn. Er zoomt den Goldbrillenträger im Anschnitt heran. Bobby kann es nicht sein. Falls das Foto zu Zeiten der Wende gemacht wurde, dann wäre der Goldbrillenträger heute ein Greis.

Charlie fragt sich, wieso er gerade an Bobby denken muss. Und dann spürt er den Hauch einer Ahnung, dass der Kerl auf dem Foto ihn tatsächlich an Bobby erinnert. Es durchzuckt ihn wie ein Blitzschlag. Ist der Goldbrillenmann womöglich Jimmy Schütz? Gibt es eine Verbindung zwischen Nicoletta und Jimmy, die bislang unentdeckt geblieben ist?

20

«Wir müssen reden», sagt Charlie. «Und könnte ich vielleicht 'ne Tasse Kaffee bekommen? Ich bin total abgebrannt und hatte heute Morgen noch keinen.»

«Du siehst grauenhaft aus», erwidert Holger. «Und du riechst noch viel grauenhafter. In welcher Kaschemme hast du dir die Nacht um die Ohren gehauen?»

«Ich hab im Auto gepennt», antwortet Charlie. «Kein Drama. Die Polster der Rückbank sind noch nicht ganz durchgesessen.»

Holger mustert seinen kleinen Bruder. Die Nacht hat ihn sichtlich mitgenommen. Er öffnet die Gartentür. «Ein Kaffee. Und dann verschwindest du wieder.»

«Danke.» Charlie betritt den Garten. «Wenn du mich vorher kurz duschen lassen würdest ...»

Holger zögert nur kurz. «Eine Dusche. Ein Kaffee. Und dann verschwindest du wieder.»

«Geht klar», antwortet Charlie. «Machst du eigentlich immer noch so gute Eier mit Speck?»

Holger seufzt. «Hast du noch gar nichts gegessen, seit du hier weg bist?»

«Doch. Chinesische Grillwürstchen», erwidert Charlie. «Von denen wird man aber erstens nicht satt, und wenn sie nicht frisch sind, bekommt man außerdem Durchfall.»

«Waren deine frisch?»

«Sie sind nie frisch.»

«Okay, du kriegst auch noch 'n Frühstück», sagt Holger. «Aber dann ...»

«... verschwinde ich sofort wieder», ergänzt Charlie. «Hab ich schon verstanden.»

Während Holger Eier mit Speck in die Pfanne haut, erzählt Charlie ihm von Nicolettas Kinderfoto und seiner Vermutung, dass es sich bei dem Unbekannten mit der Goldbrille um Jimmy Schütz handelt. «Ich würde dir das Foto mailen. Kannst du mal checken lassen, ob dieser Kerl tatsächlich Jimmy Schütz ist?»

Holger nimmt Charlies Handy und betrachtet eingehend das herangezoomte Foto. Dann wiegt er skeptisch den Kopf hin und her. «Möglich ist alles, wobei ich nicht erkennen kann, wo da eine Ähnlichkeit mit dem alten Jimmy Schütz bestehen soll.»

«Wie auch?», erwidert Charlie. «Dieses Siebziger-Jahre-Outfit ist die perfekte Verkleidung. Sollte ich jemals untertauchen müssen, dann lasse ich mir Riesen-Koteletten wachsen und kaufe mir eine Goldbrille. Selbst unsere Mutter würde mich so nicht erkennen.»

«Oh, da wäre ich mir nicht so sicher», antwortet Holger. «Aber tun wir mal so, als wäre der Kerl auf dem Foto tatsächlich Jimmy Schütz. Das würde lediglich beweisen, dass er Nicolettas Eltern gekannt hat, oder?»

«Das Paar auf dem Foto ist schon älter», gibt Charlie zu bedenken.

Holger zuckt mit den Schultern. «Na und? Vielleicht sind es ihre Großeltern.»

«Aber wo sind dann die Eltern?»

«Keine Ahnung, Charlie. Worauf willst du hinaus?»

«Wenn meine Vermutung richtig ist, dann existiert eine Verbindung zwischen Jimmy Schütz und Nicoletta Szabatzki, die wir noch nicht kennen. Vielleicht ist er so was wie ihr Patenonkel. Vielleicht ist ihren Eltern etwas zugestoßen, und er hat sich nach dem Tod der beiden um das Kind gekümmert. Könnte ja auch sein, dass das Paar auf dem Foto Nicolettas Pflegefamilie ist.»

«Du glaubst also, sie ist nicht bloß irgendeine Auftragskillerin, sondern sie stand in seiner Schuld?»

«Wäre doch möglich, oder? Und das wiederum würde Bobby entlasten.»

Holger versteht: «Weil nicht er den Mord an Cedric in Auftrag gegeben hätte, sondern sein Vater.»

«Genau. Und wenn ich mit dieser Theorie richtigliege, dann wirst du Bobby nichts nachweisen können. Vielleicht hat Jimmy, der alte Fuchs, sogar einkalkuliert, dass du dich an Bobby festbeißt und dir dann vor Gericht eine blutige Nase holst, weil es keinen Beweis für seine Schuld gibt.»

Holger nickt nachdenklich. «Das würde zumindest erklären, warum Bobby nach dem Mord seelenruhig in seinem Zimmer auf Cedric gewartet hat. Unser Hauptverdächtiger war sich zu keiner Zeit irgendeiner Schuld bewusst, weil er tatsächlich unschuldig ist.»

«An Dr. Otters Stelle würde ich außerdem noch argumentieren, dass es ein Leichtes für Bobby gewesen wäre, sich ein Alibi zu besorgen. Es spricht also gerade für seine Unschuld, dass er zwar ein Motiv und die Gelegenheit hatte, Cedric zu ermorden, es aber keinen einzigen Beweis gibt, der ihn mit dem Mord in Verbindung bringt.»

«Guter Plan», sagt Holger anerkennend.

Charlie nickt. «Ganz genau. Und zum Dank dafür, dass ich dich davor bewahre, ins offene Messer zu laufen, erwarte ich lediglich ein kleines Frühstück und einen Hunderter auf Pump. Noch eine Nacht im Auto machen meine Bandscheiben nämlich nicht mit.»

Holger, der nur mit halbem Ohr zugehört hat, stellt Charlie einen üppig mit Eiern und Speck gefüllten Teller vor die Nase und greift zur Kaffeekanne. «Leider hat deine Theorie einen kleinen Haken. Jimmy Schütz ist ein Tattergreis, der die wenigen geistigen und körperlichen Fähigkeiten, die ihm geblieben sind, voll und ganz auf seine Rosenzucht verwendet. Wenn deine Theorie stimmt, dann müsste Jimmy weiterhin der heimliche Kopf des Unternehmens sein und vom Rollstuhl aus Verhandlungen führen, Entscheidungen treffen und Waren- und Geldströme kontrollieren. Und das seit Jahren.»

«Er wäre nicht der erste Unternehmensgründer, der ein Problem damit hat, die nächste Generation ans Ruder zu lassen», gibt Charlie zu bedenken.

«Klingt trotzdem wenig plausibel. Jimmy Schütz hätte nicht nur unser Drogendezernat an der Nase herumgeführt, sondern obendrein die halbe Unterwelt. Es braucht eine Menge Mitwisser, um ein solches System aufrechtzuerhalten. Und das alles hat er dann ausgerechnet seinem Sohn verheimlicht?»

«Okay, meine Theorie hat vielleicht noch ein paar Lücken», gibt Charlie zu. «Trotzdem würde ich gern wissen, ob der Kerl auf dem Foto Jimmy Schütz ist. Könnte ja auch sein, dass der Mord an Cedric für ihn eine Privatangelegenheit war. Denken wir es doch einmal so herum: Jimmy findet heraus, dass sein langjähriger Vertrauter seinen Sohn hintergehen will. Bobby, der Bruchpilot, hat vielleicht nicht einmal bemerkt, dass Cedric Vorbereitungen trifft, um ihn aus dem Geschäft zu drängen. Jimmy, persönlich enttäuscht, setzt Nicoletta auf Cedric an, ohne Bobby einzuweihen. Je weniger sein missratener Sohn weiß, desto besser. So kann er sich auch nicht bei der Polizei verplappern. Und Jimmy Schütz würde man nicht als Drahtzieher verdächtigen, und zwar aus genau den Gründen, die du eben genannt hast.»

Holger nickt. Vielleicht ist Charlies Theorie noch nicht ganz ausgereift, aber es könnte in der Tat was dran sein. «Ja, so würde schon eher ein Schuh draus.»

«Dann lass uns rausfinden, ob das Foto Jimmy Schütz zeigt.»

Holger setzt sich seinem Bruder gegenüber. «Du kriegst hier zwar einen Kaffee, eine Dusche und ein Frühstück. Das heißt aber noch lange nicht, dass wir jetzt wieder ein Team sind.»

«Warst du schon immer so nachtragend?», fragt Charlie. Nach kurzem Überlegen kann er sich die Frage selbst beantworten: «Ja, jetzt erinnere ich mich. Du bist einer der nachtragendsten Menschen, die ich kenne.»

Holger steht auf. «Dann weißt du ja, was jetzt kommt. Ich fahr ins Büro. Du ziehst die Tür zu, wenn du mit frühstücken fertig bist. Mach's gut, Charlie.» Während Holger sich das Sakko überwirft, fügt er hinzu: «Wir werden übrigens heute Bobby Schütz entlassen. Auch ohne deine Theorie haben wir nicht genug gegen ihn in der Hand. Solltest du ihm noch

Geld oder Drogen schulden, dann würde ich an deiner Stelle für eine Weile die Stadt verlassen.»

«Danke für den Tipp», sagt Charlie. «Aber ich bin überhaupt nicht so ein krummer Hund, wie du glaubst.»

«Doch. Bist du», erwidert Holger, bevor er die Haustür ins Schloss fallen lässt.

Als hätte sie darauf gewartet, dass Holger verschwindet, kommt Sandra ausgehfertig die Treppe hinunter. «Charlie. Was machst du denn hier?»

«Frühstücken. Und mir Vorwürfe von deinem Mann anhören.»

Sie lächelt. «Das kenn ich.» Als sie sich einen Kaffee eingießt, sieht sie Charlies Handy, das Holger auf die Anrichte gelegt hat. «Ist das deins?» Sie nimmt es und aktiviert dabei versehentlich das Display. Das Bild des Mannes mit der Goldbrille erscheint. «Wer ist denn das?»

«Jimmy Schütz», antwortet Charlie. «Möglicherweise. Leider wollte Holger das nicht für mich rausfinden.»

«Soll ich das für dich machen?»

«Könntest du das denn?», fragt Charlie erstaunt.

«Den haben wir im Zeitungsarchiv. Nach der Wende hat Schütz in Immobilien investiert. Dadurch landete er zuerst in der besseren Gesellschaft und dann in der Klatschpresse. Weißt du, wann dieses Foto entstanden ist?»

«Wendezeit», antwortet Charlie.

Sandra zieht umstandslos ihr Handy hervor und wählt eine Nummer.

Während sie mit der Redaktion telefoniert, fragt Charlie sich, ob Holger wohl verärgert wäre, wenn er wüsste, dass Sandra einem Geächteten hilft. Ein «Pling» unterbricht seinen Gedankengang.

Sandra hält ihr Handy in die Höhe. Auf dem Display ist der Mann mit den Koteletten und der Goldbrille zu sehen.

«Jimmy Schütz im Jahre 1991 auf einem Wohltätigkeitsball. Sonst noch was?»

«Nein, vielen Dank. Du hast mir sehr geholfen», sagt Charlie.

«Immer gern», erwidert Sandra und leert ihren Kaffee. «Jetzt muss ich los.»

«Sag mal, du hast nicht zufällig eine Kamera, die du mir leihen kannst, oder?»

Sie überlegt kurz. «Holger hat eine, die er kaum benutzt.»

«Aber er wird sie mir ganz sicher nicht leihen», wendet Charlie ein.

«Ich leihe sie dir», erwidert Sandra und verschwindet im Keller, um wenig später mit einem Alukoffer wieder aufzutauchen. Fein säuberlich verpackt, befindet sich darin eine hochwertige Kameraausrüstung.

Typisch Holger, denkt Charlie. Ein Hundertprozentiger.

«So, jetzt muss ich aber wirklich», sagt Sandra und haucht Charlie einen Kuss auf die Wange, als würde sie sich von ihrem Ehemann verabschieden.

Holger kommt verspätet ins Präsidium. Er hat Niclas unterwegs kurz anhalten lassen und seinen Ärger eine Viertelstunde an der Spree spazieren geführt. Jetzt geht es ihm zwar nicht besser, aber immerhin hat er ein bisschen frische Luft getankt. Er setzt Jensen und Bökh darauf an, Licht in Nicolettas dunkle Vergangenheit zu bringen.

Die beiden werden nicht nur fündig, ihre Recherchen bestätigen auch Charlies Theorie.

«Nicoletta Szabatzkis Mutter hat in der gleichen Branche

gearbeitet wie ihre Tochter, übrigens ebenfalls unter dem Namen Nikita», referiert Melanie Bökh.

«Und ebenfalls auf der schwarzen Etage im ‹Kosmos›», ergänzt Jensen.

Melanie Bökh nickt ihrem Kollegen freundlich zu. Die beiden scheinen sich bei der Recherche gut verstanden zu haben.

«Nicolettas Vater war damals einer der Bodyguards von Jimmy Schütz», fährt Bökh fort. «Er starb, weil er sich eine Kugel einfing, die für seinen Boss bestimmt war.»

«Kein Wunder, dass Jimmy sich um sie gekümmert hat», sagt Holger. «So loyale Mitarbeiter findet man in der Branche selten. Was passierte mit der Mutter?»

«Das ist auch eine traurige Geschichte», erwidert Jensen. «Sie ist mit dem Verlust nicht klargekommen und hat sich mit Alkohol und Tabletten betäubt. Als sie an einer Überdosis Valium starb, da war Nicoletta gerade mal acht Monate alt. Jimmy hat dafür gesorgt, dass das Kind zu Verwandten nach Polen kommt.»

«Jetzt wird es spannend», sagt Holger.

«Schön wär's», erwidert Jensen. «Leider verliert sich hier ihre Spur, weil sie nämlich in Wahrheit überhaupt keine Verwandten in Polen hat.»

«Was?» Holger ist bass erstaunt. «Heißt das, Jimmy Schütz hat sämtliche Behörden bestochen?»

«Oder die Papiere gefälscht», schlägt Melanie Bökh vor.

«Oder beides», sagt Jensen.

Holger runzelt die Stirn. «Dann hat er das Kind also womöglich bei einer befreundeten Familie untergebracht.» Er muss an Charlies Foto denken.

«Und als sie erwachsen war, hat er ihr irgendwann alles erzählt», sagt Bökh. «Kenn ich von meinem Vater. Der hat mir auch erst vor zwei Jahren eröffnet, dass ich noch einen Halbbruder auf Gomera habe.»

Holger nickt. «Stimmt. Also geht es um eine Familienangelegenheit. Sie hat hier in Berlin auf eine etwas merkwürdige Art und Weise nach ihren Wurzeln gesucht.»

Es klopft, Frau Niermeyer steckt den Kopf in Holgers Büro. «Was ist jetzt mit Bobby Schütz? Haben wir etwas Substanzielles gegen ihn in der Hand, oder lassen wir ihn laufen? Dieser Dr. Otter geht mir auf den Senkel.»

Holger muss grinsen. «Wir lassen ihn laufen.»

In der Mittagspause lässt Holger sich von Niclas zum Verlagsgebäude des Tagesspiegels fahren. Bei der Zeitung hat man es besser als beim LKA, denkt er, während er das imposante Gebäude am Askanischen Platz betrachtet. Im Vergleich zu dem grauen Klotz, in dem das LKA 1 untergebracht ist, wirkt der Tagesspiegel modern und elegant. Die glänzende Marmorfassade erinnert an ein Luxushotel. Da kann das LKA nicht mithalten. Selbst die besseren Dienstgebäude sehen nur aus wie IBIS-Hotels.

«Sie parken bitte um die Ecke und warten da auf mich», sagt Holger seinem Fahrer. «Kann sein, dass ich in fünf Minuten wieder da bin, kann auch sein, dass ich eine Weile brauche.»

«Geht klar», sagt Niclas und verschwindet.

Die vom Pförtner informierte Sandra braucht keine zwei Minuten. «Was ist passiert?» Sie klingt besorgt und aufgebracht.

«Nichts Besonderes», sagt Holger. «Ich wollte dich nur fragen, ob du Zeit für einen Kaffee hast. Oder vielleicht sogar für ein kleines Mittagessen?»

Sie sieht ihn an, als habe er nicht mehr alle Tassen im Schrank.

«Früher haben wir das öfter gemacht», sagt er. «Erinnerst du dich nicht?»

«Doch. Ist aber bestimmt fünf Jahre her, oder?», erwidert Sandra.

«Echt? Hätte ich jetzt nicht gedacht.»

Sie stehen einander etwas unschlüssig gegenüber.

«In zehn Minuten habe ich ein Meeting», sagt sie. «Aber gleich da drüben gibt es ein Café. Wenn du willst, dann könnten wir ...»

«Zehn Minuten sind besser als nichts», erwidert Holger.

«Ich bin auch gekommen, weil ich dir etwas sagen möchte», fügt er hinzu, als sie auf den Terrassenmöbeln vor dem Café Platz genommen haben. «Dauert auch nicht lange.»

Sie schweigt und sieht ihn erwartungsvoll an.

«Ich wollte dich wissenlassen, dass du auf mich zählen kannst, falls du dich beruflich stärker engagieren willst. Ich weiß, dass du immer zurückgesteckt hast, und ich weiß auch, dass der Alltag dich längst nicht mehr ausfüllt. Was auch immer du also an deinem und damit an unserem Leben ändern willst, lass uns darüber reden. Ich werde dir helfen, wo ich nur kann.»

Sie sieht ihn lange an und seufzt. Dann schüttelt sie langsam den Kopf. «Das ist alles nicht so einfach, Holger. Ich habe in meinem Job kaum etwas erreicht, weil ich mich seit fast zwanzig Jahren hauptberuflich um unsere Familie kümmere. Während die anderen jetzt auf Redakteursposten sitzen und Karriere gemacht haben, bin ich eine freie Mitarbeiterin geblieben, und es ist einfach zu spät, um noch mal durchzustarten. Genau das frustriert mich.»

«Verstehe ich», sagt Holger.

«Tust du nicht», erwidert sie prompt. «Das kannst du gar nicht verstehen.»

«Zumindest versuche ich es», gibt Holger zu Protokoll.

«Ja. Ich weiß. Ist ja auch egal», sagt sie. Es klingt unwirsch.

«Gibst du eigentlich mir die Schuld dafür, dass du beruflich zurückgesteckt hast?», fragt er und bemüht sich, sachlich zu klingen. «Vielleicht unbewusst?»

Sie zuckt mit den Schultern. «Schon möglich. Du hast deine Karriere gemacht, während ich dir den Rücken freigehalten habe. Immer ging es um dich. Du hast mich nie gefragt, was mir beruflich wichtig ist. Und irgendwie macht mich das jetzt sauer.»

«Ich habe immer gedacht, dass du zufrieden bist», sagt Holger.

«War ich ja auch», erwidert Sandra. «Aber jetzt bin ich unzufrieden. Und es macht mich wütend, dass ich darüber alt und unglücklich werden könnte. Hätte ich doch schon viel eher was gesagt. Vielleicht wäre ich dann jetzt nicht so verloren.»

«Du klingst irgendwie ... nicht sehr zuversichtlich», stellt Holger unbehaglich fest.

«Nein. Ehrlich gesagt, geht mir unser Leben auf die Nerven. Tut mir leid, wenn ich das so deutlich sage. Aber die Situation ist ziemlich verfahren, glaube ich.» In ihrer Stimme schwingt Bedauern mit.

Holger atmet kurz tief durch. Das muss er erst mal verdauen.

An der Pforte des Tagesspiegels erscheint ein Mittdreißiger. «Sandra?»

Sie schaut hinüber, er zeigt auf seine Uhr.

«Ja. Ich komme gleich!», ruft sie.

Der Kerl lächelt und huscht zurück ins Verlagsgebäude. Durch die Glastür kann man sehen, dass er die Treppen hinaufhüpft wie eine junge Gazelle.

«Ein Kollege?» Holger bemüht sich, es beiläufig klingen zu lassen.

«Mein Praktikant», antwortet Sandra.

«Ist der nicht ein bisschen alt für 'n Praktikanten?», fragt Holger misstrauisch.

«Das passt doch ganz gut», erwidert Sandra flapsig. «Ich bin ja auch schon ein bisschen alt für eine freie Mitarbeiterin.»

Holger beschließt, ihre Provokation hinzunehmen. Man muss auch mal einstecken können.

Sie schaut ihm in die Augen. «Lass uns bei Gelegenheit weiterreden, Holger. Ich glaube, es ist gut, wenn wir reden.»

Er nickt. Sie springt auf und läuft über die Straße.

«Danke, dass du gekommen bist», ruft sie, bevor sie im Verlagsgebäude verschwindet.

Ein Kellner kommt an den Tisch. «Was kann ich Ihnen bringen?» Er stutzt, als er Holgers Gesicht sieht. «Geht es Ihnen gut? Sie sehen ganz blass aus.

Holger schüttelt den Kopf. «Alles okay.»

Es ist natürlich nicht alles okay. Der kurze Auftritt von Sandras Praktikanten hat Holgers Misstrauen geweckt. Ist so eine Polizistenkrankheit. Tagtäglich muss Holger sich fragen, wer ihm etwas verschweigt und wer ihn belügt. Und gerade nagt in ihm der schlimme Verdacht, dass auch seine Frau ihm womöglich nicht die ganze Wahrheit sagt.

Charlie hat schon eine Menge luxuriöser Anwesen in seiner Detektivlaufbahn gesehen. Ein Fall von Sandler & Sandler hat ihn mal in die Hamptons verschlagen, wo die New Yorker Schickeria die Wochenenden verbringt. Aber selbst mit den Anwesen dieser Superreichen könnte die Villa von Jimmy Schütz locker mithalten.

Charlie umwandert das Anwesen auf der Suche nach einem günstigen Beobachtungsposten. Sein Kalkül ist, dass Bobby Schütz nach der Entlassung aus der U-Haft seinen Vater besucht und dabei erhellende Informationen über den Fall Cedric ans Licht kommen. Die will Charlie mit seinem Richtmikrophon und Holgers Kamera dokumentieren, um so den alten Schütz dranzukriegen.

Charlie muss einen Baum erklimmen, um über die Mauer schauen zu können, die das Anwesen umgibt. Die Äste knacken gefährlich. Aber die Mühe lohnt sich. Vom Baum aus hat Charlie freie Sicht auf die Parkanlage, die Jimmy Schütz seinen Garten nennt. Jetzt müssen nur noch das Richtmikrophon und die Kamera in Position gebracht werden. Und dann ist der Moment der Wahrheit gekommen – zumindest hofft Charlie das.

21

Seine Mission steht unter keinem guten Stern. Das Richtmikrophon hat eine zu geringe Reichweite. Er kann das Ding drehen und daran herumfummeln, wie er will, mehr als ein paar Wortfetzen wehen nicht zu ihm herüber. Jimmys Parklandschaft hat nicht nur einen hohen Erholungswert, sondern kommt auch der Privatsphäre zugute.

Es dauert eine geschlagene Stunde, bis auf der Terrasse etwas Interessantes passiert. Charlie erinnert sich an die erste Lektion bei Sandler & Sandler. Damals wurde nach der wichtigsten Voraussetzung für den Detektivberuf gefragt. Die richtige Antwort lautete: Geduld.

Bobby und sein Vater sind kaum mit bloßem Auge zu erkennen. Charlie muss das Teleobjektiv zu Hilfe nehmen, um Details auszumachen. Erst im Sucher der Kamera sieht er, dass die beiden nicht allein auf die Terrasse gekommen sind. Weiter hinten steht eine Hollywoodschaukel, und auf der nimmt eine Frau Platz. Ihrem weißen Kittel nach zu urteilen, handelt es sich um eine Krankenschwester. Charlie schätzt die Dame auf irgendwas zwischen Anfang 30 und Ende 60 – je nachdem, wohin er den Autofokus richtet. Sanft schaukelnd blickt sie träumerisch über den Garten, genießt eine Tasse Kaffee und scheint überhaupt keine Notiz von dem Gespräch der Männer zu nehmen.

Dabei sind Vater und Sohn schon sehr bald in einen heftigen Disput verwickelt. Klar ist: Bobby macht seinem alten Herrn Vorwürfe. Er redet auf den Greis im Rollstuhl ein, während der stoisch dasitzt und zuhört. So apathisch, krank und gebrechlich, wie Holger ihn beschrieben hat, wirkt Jimmy Schütz nicht. Charlie schießt ein paar Bilder. Beweisen kann man damit natürlich nichts. Er würde zwar große Summen darauf verwetten, dass es auf der Terrasse gerade um den Mord an Cedric geht, aber da die Technik nicht mitspielt, wird das eine Vermutung bleiben.

Während Charlie überlegt, ob er irgendwie näher an die beiden Männer herankommen kann, um vielleicht doch noch einen Teil des Gespräches aufzuzeichnen, ist ein deutliches Knacken zu hören. Charlie beschließt, dass es nicht von dem Ast verursacht worden ist, auf dem er gerade sitzt.

Das Geschehen auf der Terrasse erreicht einen neuen Höhepunkt. Bobby ist offenbar wütend und droht seinem alten Herrn. Mit dem gestreckten Zeigefinger scheint der Bruchpilot förmlich auf Jimmy Schütz einzustechen.

Gerade will Charlie auf den Auslöser drücken, um die Szene festzuhalten, da geschieht etwas, das ihm den Atem verschlägt. Mit einer Schnelligkeit und einer Wucht, die man ihm nie zugetraut hätte, schlägt Jimmy Schütz urplötzlich auf den Gartentisch. Besteck und Porzellan hüpfen in die Höhe. Eine Tasse fällt herunter und zerbricht auf dem Steinboden.

Die Krankenschwester springt auf und will ihrem Schützling zu Hilfe kommen, aber Jimmy stoppt sie mitten in der Bewegung mit einem Fingerzeig.

Charlie drückt hektisch auf den Auslöser, doch im gleichen Moment gibt der Ast, auf dem er sitzt, endgültig den Geist auf. Die dünnen Äste, die sich weiter unten am Baum befinden, federn Charlies Sturz nur unwesentlich ab. Als er hart auf dem Waldboden aufschlägt, bleibt ihm für einen Moment die Luft weg. Er spürt einen pochenden Schmerz im Fuß. Sein Knöchel ist auf eine Baumwurzel gekracht, und nun fühlt es sich an, als würde das Gelenk binnen Sekunden auf die Größe einer Wassermelone anschwellen. Charlie denkt unwillkürlich an Oles Pediküre. Während er sich vor Schmerz auf dem Waldboden windet, muss er feststellen, dass Holgers Kamera auch etwas abgekriegt hat. Im Objektiv klafft ein Riss.

Mit spitzen Fingern zieht Charlie sich den Socken vom Knöchel. Er pocht, fühlt sich heiß an, und es scheint, als würde er im Sekundentakt größer. Auf dem Hinweg hat Charlie in einem der Nachbargärten einen Zierbrunnen gesehen. Vielleicht kann kaltes Wasser zumindest verhindern, dass Charlies Fuß morgen so bunt aussieht wie von Jonathan Meese gemalt.

Charlie macht sich auf den Weg, kommt aber nicht gut voran. Sein rechter Fuß ist nach Oles Pediküre noch nicht wieder voll belastbar, sein linker Fuß pocht und schmerzt bei jedem Schritt. Als er den Brunnen erreicht und seine Füße in das kühle Wasser tauchen kann, ist das ein erhebendes Gefühl. Wenn er jetzt noch einen Gin Tonic bekommen könnte, dann würde Charlie ernsthaft überlegen, hier die Nacht zu verbringen. Statt eines Gin Tonic bekommt Charlie jedoch Ärger.

«Hey! Sie da! Das hier ist keine öffentliche Badeanstalt», ruft ein hagerer Mann mit strengem Seitenscheitel vom Balkon seiner Villa.

«Ich hab mir den Knöchel verstaucht», ruft Charlie zurück. «In zehn Minuten bin ich weg. Okay?»

Der gestrenge Hausherr auf seinem Balkon überlegt kurz, dann ruft er: «Einverstanden. Aber gehen Sie dann am Haus entlang zum Gartentor. Ich will nicht, dass Sie mir die Rabatten zertrampeln.»

Charlie bedeutet dem Mann mit einem Winken, dass er alles wunschgemäß erledigen wird. Der Hausherr zieht sich daraufhin wieder in seine Gemächer zurück.

Während des Fußbades schaut Charlie sich an, ob bei seinem Einsatz wenigstens ein paar gute Fotos herausgekommen sind. Doch das Ergebnis ist enttäuschend. Die Bilder zeigen Bobby und seinen unbeteiligt wirkenden Vater. Den Wutanfall des Alten hat Charlie nicht abgelichtet, denn da befand er sich bereits im freien Fall, was die Aufnahmen ganz gut zeigen: verwackelte Bilder einer Baumkrone.

Trotz der ausgedehnten Kühlung braucht Charlie fast eine Viertelstunde, um humpelnd den riesigen Garten zu durchqueren und das Eingangstor zu erreichen.

Der Hausherr hat ihn dabei beobachtet. Als Charlie gerade verschwinden will, steht der Mann mit dem strengen Scheitel plötzlich hinter ihm. «Hier. Tiefkühlerbsen und ein Verband. Hilft besser als jede Kompresse.»

Er sieht, dass Charlie angesichts des plötzlichen Hilfsangebotes erstaunt ist.

«Kommen Sie, ich helfe Ihnen.»

Charlie lehnt sich gegen das Tor der Einfahrt und streckt dem Mann seinen Fuß entgegen. «Danke. Sind Sie Arzt?»

«Nicht mehr. Aber keine Sorge, einen Verband krieg ich schon noch hin.»

Als Charlie zum Auto humpelt, haben die Schmerzen tatsächlich etwas nachgelassen. Kann aber auch daran liegen, dass sein Fuß gerade tiefgefroren wird.

Sein Handy klingelt. Es ist Bobby, der wie üblich mit der Tür ins Haus fällt. «Dein Job ist erledigt. Willst du dein Geld?»

Charlie überlegt kurz. Warum eigentlich nicht? «Klar. Gern.»

«Komm ins Western. Ich bin hier.»

Der Bruchpilot thront in seinem Leder-Ohrensessel hinter dem dunklen Holzschreibtisch und dreht einen Single Malt im Glas. Scheinbar ein Mann, für den die Welt in Ordnung ist. Charlie glaubt dennoch erkennen zu können, dass der Streit mit seinem Vater nicht spurlos an Bobby vorübergegangen ist.

«Auch einen Drink?»

Charlie schüttelt den Kopf.

«Gut. Dann kommen wir gleich zum Geschäft.» Bobby öffnet eine Schreibtischschublade, greift hinein und beginnt, eine stattliche Menge Hunderter von einem dicken Geldbündel abzuzählen.

Er schiebt das abgezählte Geld über den Schreibtisch. «Drei Riesen. Dein Honorar plus Zulage für die eine oder andere Unannehmlichkeit. Übrigens: Wenn du dich mal beruflich verändern willst – bei mir ist gerade was frei geworden.»

«Danke. Das ist wirklich großzügig von dir.»

Bobby winkt lässig ab. «Ich bin froh, dass sich der Fall aufgeklärt hat.»

«Interessiert es dich denn nicht, wer die Killerin von Cedric angeheuert hat?», will Charlie wissen.

Ein Blitzen in Bobbys Augen.

«Ich meine, wer auch immer es war, er könnte es ja weiterhin auf dich abgesehen haben, oder?», fügt Charlie hinzu.

Bobby schüttelt den Kopf. «Wer auch immer Cedric umgelegt hat, der wollte mit Hilfe von Lolek und Bolek hier Fuß fassen. Aber das ist ihm nicht gelungen. Zwei Leute sind tot, einer sitzt im Knast. Und Cedrics Mörderin ist vermutlich auf dem Weg nach Südamerika oder sonst wohin, wo es sonnig ist. Ziemlich schlechte Ausbeute für einen Übernahmeversuch. Ich bin sicher, wer auch immer das war, der hat erst mal genug davon, mir ans Bein zu pissen.»

Erstaunlich, denkt Charlie. Auf die gar nicht so abwegige Idee, dass Cedric ihn reinlegen wollte, kommt Bobby nicht – oder er hält damit bewusst hinterm Berg, um jeglichen Verdacht von sich zu lenken.

«Wenn dann sonst nichts mehr ist», sagt Bobby geschäftig und deutet mit einem Kopfnicken an, dass er Charlie gern hinauskomplimentieren würde. «Ich hab noch zu tun.»

«Klar.» Charlie steckt das Geld ein, verabschiedet sich und wird von einem von Bobbys Gorillas hinausbegleitet.

Als er wieder auf dem Gang steht und auf den Fahrstuhl wartet, ist ihm elend zumute. Er hat keinen Beweis für seine Theorie gefunden und ein vermutlich sündhaft teures Teleobjektiv zerdeppert.

Die Fahrstuhltüren öffnen sich, und Charlie steht Ole gegenüber. Bobbys bester Mann trägt bereits Fliege und Abendanzug, obwohl es noch ein paar Stunden dauert, bis der Club öffnet.

Die beiden tauschen ihre Positionen. Ole bleibt in der Lichtschranke stehen.

«Ich erinnere mich gar nicht, dass ich dir beide Zehen pedikürt habe.»

«Hast du auch nicht. Das andere war ein Unfall.»

«Verstehe.» Er nickt nachdenklich. «Du bist nicht gerade das, was man einen Glückspilz nennt, hm?»

Charlie zuckt mit den Schultern. «Ist noch nicht raus, würde ich sagen.»

Ole nickt wieder. Er scheint noch was auf dem Herzen zu haben, denn er bleibt in der Lichtschranke stehen. Schließlich rückt er damit heraus: «Übrigens, dass du geholfen hast, Bobby freizubekommen, rechne ich dir hoch an, Charlie. Er ist vielleicht als Geschäftsmann nicht so ein Kaliber wie sein Vater, aber er gibt sich alle Mühe. Und man kann sich darauf verlassen, dass er einen nicht hängenlässt.»

Charlie wundert sich. Ole redet nicht nur, er bringt sogar mehr als einen Satz zustande. Beeindruckend. «Gern geschehen», sagt Charlie. Grinsend fügt er hinzu: «Er könnte dir mal einen Assistenten spendieren, damit du nicht so früh hier antanzen musst.»

«Ich hab zwei Assistenten», erwidert Ole.

«Aber?»

«Ich komm trotzdem früher.»

«Du bist also ein ganz normaler Pedant», witzelt Charlie.

«Ich befolge eine einfache Regel», erwidert Ole. «Die wichtigen Dinge im Leben musst du selbst erledigen. Und hier ist alles wichtig.»

Ole hebt lässig die Hand zum Abschied, und die Fahrstuhltüren schließen sich.

Charlie steht im Fahrstuhl und sieht im Spiegel sein erstauntes Gesicht. Den letzten Satz von Ole hat er schon einmal gehört. Von Bobby. Und der hat ihn von seinem alten Herrn. Schlagartig ist Charlie klar, wie der Mord an Cedric wirklich gelaufen ist.

Charlie erklimmt den Barhocker neben seinem Bruder. «Der Alte war's.»

Die beiden haben sich in einer Kneipe getroffen. Holger ist hier seit Dienstschluss damit beschäftigt, sich gepflegt zu besaufen. Das hat in diesem Laden Tradition. Schon immer trafen sich hier die Mühseligen und Beladenen, um sich bei schalem Bier und miesem Schnaps von der dunklen Inneneinrichtung noch ein bisschen mehr runterziehen zu lassen. Inzwischen hat der Wirt eingesehen, dass er neue Zielgruppen erschließen kann, wenn er ab und zu mal die Gardinen wäscht und bessere Getränke anbietet. Seitdem gibt es auch einen passablen Wein auf der Karte. Der Name ist gleich geblieben: «Bei Uschi».

«Der Alte war was?», fragt Holger.

«Jimmy Schütz höchstpersönlich hat Cedric van de Vedel umgelegt.»

«Was redest du da?», fragt Holger. «Hast du etwa mehr gesoffen als ich?»

Charlie legt Holgers Kamera auf den Tisch. «Ich hab recherchiert.»

«Mit meiner Kamera?», fragt Holger ungläubig.

«Sandra hat sie mir geliehen.»

«Sandra hat dir meine Kamera geliehen?»

«Stell dich nicht so an. Es ist nur eine Kamera.»

Holger sieht den Riss im Teleobjektiv.

«Das war ein Unfall», erklärt Charlie. «Tut mir leid.»

Holger seufzt. «Ich hoffe, du hast 'ne Haftpflicht.»

«Was soll ich haben?»

«Eine Haftpflichtversicherung», wiederholt Holger.

«Für eine Haftpflicht braucht man einen festen Wohnsitz.»

«Vergiss es einfach», sagt Holger einsichtig und legt die Kamera beiseite.

«Nein. Schon okay. Ich zahle dir das Ding einfach», erwidert Charlie. «Was hat es gekostet?»

«Fast tausend Euro», sagt Holger. Ihm ist anzusehen, dass er nicht damit rechnet, dieses Geld jemals von seinem Bruder zu bekommen.

Der zieht jedoch den Packen Scheine heraus, die Bobby ihm gegeben hat, zählt zehn Hunderter herunter und drückt sie Holger in die Tasche seines Sakkos.

Holger staunt. «Hast du irgendwann zwischen heute Morgen und jetzt ein Ding gedreht?»

«Bobby hat mich bezahlt», erklärt Charlie.

Holger sieht seinen Bruder verständnislos an. Richtig klar ist ihm nicht, was Charlie so alles treibt und auf wessen Seite er am Ende steht. Aber vielleicht weiß Charlie das ja selbst nicht so genau.

Charlie bedeutet der Bedienung, dass er gern denselben Weißwein wie sein Bruder hätte.

Holger stürzt das halbe Glas, das vor ihm steht, in einem Zug herunter. «Kann ich bitte auch noch so einen haben?»

«Hast du etwa einen sitzen?», fragt Charlie.

«Kann schon sein», antwortet Holger.

«Gibt's was zu feiern?»

Holger schüttelt den Kopf.

«Was dann?»

«Heute Mittag bin ich zu Sandra gefahren, um mit ihr zu reden. Dabei hat sich rausgestellt, dass sie es mir quasi unterbewusst übel nimmt, dass ich Karriere machen konnte, während sie all die Jahre zurückstecken musste.»

«Geht sie fremd?», fragt Charlie.

«Was?» Holger ist schockiert. «Wie kommst du darauf? Hat sie so was erwähnt?»

Charlie überlegt.

«Charlie?» Holger klingt extrem beunruhigt.

«Nö», sagt Charlie. «Erwähnt hat sie nichts.»

Holger entspannt sich ein wenig.

«Aber soll ja vorkommen, wenn man schon so ewig verheiratet ist wie ihr beide.»

Sofort ist Holgers Anspannung wieder da. «Charlie, wenn du mir etwas zu sagen hast, dann sag es bitte einfach.»

«Was ist los, Holger? Hast du wirklich Angst, Sandra könnte dich betrügen?»

«Weiß nicht.» Holger zuckt mit den Schultern. «Heute Abend hat sie mir jedenfalls eröffnet, dass sie mit mir zu einer Eheberatung gehen möchte.»

«Oh. Das ist schlecht», rutscht es Charlie raus.

Holger nickt. «Ist auch meine Befürchtung. Sie hat gesagt, dass Konflikte, die man jahrelang schwelen lässt, irgendwann umso heftiger ausbrechen. Und je weniger zwei Menschen miteinander geredet haben, desto größer ist dann ihr Redebedarf.»

«Aha», sagt Charlie.

«Was heißt denn aha? Klingt das jetzt gut für dich oder nicht so gut?»

«Ich weiß nicht, ob du ausgerechnet mich als Lebensberater engagieren solltest», antwortet Charlie. «Und Spezialist für langjährige Beziehungen bin ich auch nicht.»

«Warst du nicht mal mit einer Psychologin liiert?»

«Ganz genau», sagt Charlie. «Und nicht mal das hat lange gehalten.»

Charlie kann seinem Bruder ansehen, dass er leidet. Holger weiß zwar, wie man harten Jungs und Mädels das Handwerk legt, der Dialog mit einer so zarten Seele wie Sandra überfordert ihn aber zuweilen. Und jetzt hat er auch noch panische Angst, aus Tollpatschigkeit einen dummen Fehler zu machen. Irgendwie tut er Charlie leid.

«Geh mit ihr einfach zu dieser Eheberatung und schau, was passiert. Auch wenn du es nur tust, um ihr zu zeigen, dass sie es dir wert ist.»

«So weit war ich auch schon», sagt Holger.

«Und warum säufst du dir dann die Hucke zu?»

«Ich saufe nicht, ich analysiere mein Problem», sagt Holger mit schwerer Zunge.

«Okay. Bist du trotzdem immer noch interessiert daran, den Mordfall Cedric abzuschließen?»

Holger nickt.

Charlie hebt sein Weinglas, um Holger zuzuprosten. «Dann also noch einmal: Jimmy Schütz höchstpersönlich ist der Mörder.»

Holger, der gerade an seinem Glas nippen wollte, hält inne. «Jimmy Schütz.»

«Genau.»

«Hat Cedric van de Vedel erschossen.»

«Exakt.»

«Eigenhändig.»

«So ist es.»

«Verrätst du mir noch, wie er das angestellt haben soll? Ist er mit seinem Batmobil zum Kosmos-Hotel gefahren, dort aufs Dach geflogen und hat sich dann bis zur schwarzen Etage abgeseilt?»

«Er ist fitter, als du denkst.»

«Er hatte einen Schlaganfall und sitzt im Rollstuhl. Ich

vermute, er kommt nicht mal allein in die Badewanne. Wie soll er es geschafft haben, nach der Tat die fünf Stockwerke runterzukommen?»

«Ich habe einen Wutausbruch von ihm gesehen», sagt Charlie. «Er spielt aller Welt den Tattergreis vor, aber in Wirklichkeit ist er noch total auf der Höhe. Würde mich nicht wundern, wenn der Rollstuhl nur Tarnung wäre.»

«Ist das alles? Ein Wutausbruch von Jimmy Schütz hat dich auf diese völlig bekloppte Theorie gebracht?»

Charlie schüttelt energisch den Kopf. «Ole hat mir heute was gesagt: Die wichtigen Dinge im Leben musst du selbst erledigen. Und da ist mir eingefallen, dass ich den Satz schon mal gehört habe. Bobby hat mir erzählt, es war der Leitspruch seines Vaters. Und plötzlich war mir alles klar. Nicoletta ist keine Mörderin. Sie hat sich nur als Mörderin von Cedric hinstellen lassen, um Bobby aus der Schusslinie zu bringen. Der Alte hatte allerdings nicht mit Boris Spilek gerechnet. Überhaupt konnte keiner ahnen, dass Cedric ausgerechnet am Tag seiner Ermordung mit der Entmachtung von Bobby beginnen würde.»

«Also sind die beiden Fälle, die wir für einen Fall gehalten haben, am Ende doch zwei Fälle?»

Charlie nickt. «Auf der einen Seite haben wir einen Kleinkrieg in einer Drogenbande, den ein gewisser Boris Spilek für sich entscheiden kann. Allerdings ist er nicht klug genug, mit seiner Beute schnell abzuhauen. Auf der anderen Seite richtet ein alter Gangsterboss aus Rache seinen langjährigen Vertrauten hin, weil der nämlich den Sohn des Bosses nach Strich und Faden betrügen wollte. Und zufällig beginnt dieser ganze Schlamassel an ein und demselben Tag.»

Holger hat seinen Wein zur Seite geschoben und überlegt.

«Jimmy platziert also die Waffe, um klare Verhältnisse zu schaffen?»

«Ganz genau. Als Boris Spilek gegen Bobby ausgesagt hat, da musste Jimmy befürchten, dass es für seinen Sohn doch noch eng werden könnte.»

«Wir hätten Bobby trotzdem als Auftraggeber anklagen können», wendet Holger ein.

«Wie schon gesagt gibt es dafür keinen Beweis. Außerdem wette ich, dass Jimmy auch für diesen Fall vorgesorgt hat. Wenn du Bobby vor Gericht stellst, dann wird schon sehr bald ein Hinweis auftauchen, der Nicoletta mit einer konkurrierenden Organisation in Verbindung bringt. Und spätestens dann hast du nicht einmal mehr Indizien gegen Bobby in der Hand.»

Holger denkt nach. Da ist was dran.

«Die Fahndung nach Nicoletta hat nichts ergeben, nehme ich an.»

Holger schüttelt den Kopf. «Nein. Sie ist wie vom Erdboden verschluckt.»

«Und diese Pflegeeltern in Polen ...»

«Haben wir ausfindig gemacht. Die kriegen nämlich offiziell eine Betriebsrente vom Kosmos-Hotel. Kein Mensch weiß, wofür.»

«Du hast meine Theorie also doch überprüft», sagt Charlie erfreut.

Holger nickt. «Nicolettas Mutter hat auf der schwarzen Etage gearbeitet. Ihr Vater war einer der Bodyguards von Jimmy. Hat sich eine tödliche Kugel für ihn eingefangen. Danach ist es mit seiner Geliebten bergab gegangen. Und plötzlich hatte Nicoletta nur noch einen Menschen auf der Welt.»

«Jimmy Schütz.»

«Ganz genau. Offenbar hat er sie mit Geld, Beziehungen und Trickstereien in einer polnischen Pflegefamilie untergebracht.»

«Ich wette, in genau diesem Moment ist sie dort. Sie verabschiedet sich von ihren Pflegeeltern, weil es nämlich gut möglich ist, dass sie sie nie wiedersieht.»

«Sie ist nicht bei ihren Pflegeeltern», sagt Holger. «Die Kollegen in Polen haben einen Streifenwagen hingeschickt.»

«Dann hat sie sich eben versteckt», vermutet Charlie.

«Das ist eine Möglichkeit», erwidert Holger. «Könnte auch sein, dass die Polizisten von Jimmy Schütz bezahlt werden. Wer Papiere fälschen und ein Kind außer Landes schaffen kann, dem dürfte es auch nicht schwerfallen, ein paar Bullen zu schmieren. Und genau darin ist Jimmy Schütz ja schon immer richtig gut gewesen.»

«Dann musst du eben selbst nachsehen», fordert Charlie. «Nimm dir ein paar Leute und fahr hin. Sie ist da. Ich weiß es.»

«Klar, Charlie. Ich schnapp mir ein Einsatzkommando, fahre über die Grenze und entführe dann eine Verdächtige. Und ab morgen kann ich mich dann voll und ganz auf meine Eheberatung konzentrieren, weil ich nämlich meinen Job los bin.»

Schweigen. Die Brüder sitzen nebeneinander am Tresen, schauen in ihre Gläser und hängen ihren Gedanken nach.

«Vergiss es, Charlie», sagt Holger nach einer Weile. «Die Sache ist gelaufen. Leider.»

Charlie lässt sich Zeit, bevor er erwidert: «Oder ich fahre hin und bringe sie her.»

Holger nickt bedächtig. «War mir irgendwie klar, dass du das jetzt sagen würdest.»

«Fällt dir was Besseres ein?»

«Nichts, das legal wäre», erwidert Holger.

«Dann machen wir es so?»

Holger ringt mit sich. «Du schuldest mir nichts. Das weißt du, oder?»

«Ja. Weiß ich. Aber ich würde gern den Mörder drankriegen», sagt Charlie.

«Und Nicoletta ein paar private Fragen stellen?», rät Holger.

«Das auch.»

«Ist es dir wichtig zu wissen, dass du dich nicht in eine Mörderin verliebt hast?», fragt Holger.

«Eher, dass ich mich nicht völlig in ihr getäuscht habe», antwortet Charlie. «Belogen hat sie mich in jedem Fall.»

Holger zieht sein Handy hervor und wählt Jensens Nummer.

«Hallo, Chef, Bökh hier. Paulchen macht gerade Pinkelpause, aber ich hab Ihren Namen auf dem Display gesehen, deshalb bin ich rangegangen.»

«Aha», erwidert Holger und weiß nicht, was er davon halten soll. Die Hintergrundgeräusche bei Frau Bökh klingen jedenfalls nicht nach Präsidium.

«Wir bowlen gerade», erklärt Frau Bökh.

Frau Bökh und Herr Jensen bowlen. Holger findet, es geht ihn nichts an, was seine Mitarbeiter in ihrer Freizeit machen. Seinetwegen können sie auch zusammen bowlen – wobei Holger spontan die Frage durch den Kopf schießt, ob Frau Bökh bei dem ungewöhnlichen Dienstgespräch unlängst gerade von Herrn Jensen beglückt wurde. Oder umgekehrt. Oder beides.

«Da kommt er», sagt Frau Bökh.

Holger kann hören, wie sie noch hinzufügt: «Ist für dich, Puffel.» Dann hat er seinen hörbar verlegenen Mitarbeiter Jensen am Apparat. «Wären Sie so freundlich, mir die Adresse von Nicoletta Szabatzkis Pflegeeltern zu simsen?»

«Mach ich sofort, Chef», nuschelt Jensen unbehaglich.

Holger ist versucht, «Danke, Puffel» zu erwidern, verkneift es sich aber.

Zehn Minuten später ist Charlie auf dem Weg in ein kleines Dorf an der polnischen Grenze zu Weißrussland.

22

Das alte Gehöft liegt etwas außerhalb eines kleinen, grauen Dorfs, das sich in der weiten Landschaft zu ducken scheint, um nicht gesehen zu werden. Charlie erreicht sein Ziel in der Morgendämmerung. Er müsste nach der langen Autofahrt hundemüde sein, fühlt sich aber hellwach. Das liegt einerseits daran, dass er im Laufe der Nacht literweise Kaffee in sich hineingeschüttet hat, zum anderen lässt die Aussicht darauf, Nicoletta wiederzusehen, sein Herz schneller schlagen.

Er überlegt, den Gran Torino in einem Waldstück zu verstecken und den Rest des Weges im Schutz der Bäume zu Fuß zurückzulegen. Wenn der Wagen nicht schon bemerkt worden ist, dann wird er das spätestens, sobald Charlie die Einfahrt passiert. Und dann hätte Nicoletta genügend Zeit, um sich zu verstecken oder in den umliegenden Wäldern zu verschwinden. Er beschließt, es darauf ankommen zu lassen. Wenn Nicoletta ihn sehen will, dann wird sie sich zeigen. Und wenn nicht, dann hilft ihm auch das Versteckspiel wenig. Im Zweifelsfall ist Nicoletta so abgeklärt, clever und kaltblütig, dass sie ihm sowieso immer einen Schritt voraus wäre.

Charlie lässt den Wagen langsam in Richtung des alten Hauses rollen. Der Eingangsbereich sieht immer noch so morsch und windschief aus wie auf dem alten Foto. Charlie hat es angeklickt und wirft einen kurzen Blick darauf.

Der Mann, der erst durchs Küchenfenster lugt und dann den Hof betritt, trägt immer noch dieselbe dicke Brille wie vor mehr als zwei Jahrzehnten. Er selbst ist schmaler geworden. Das Alter hat ihm zugesetzt. Sein Gesicht wirkt grau, die Wangen sind eingefallen. Könnte an selbstgedrehten Zigaretten liegen. Oder an selbstgebranntem Schnaps.

Charlie steigt aus und hebt die Hand. «Hallo.»

Der Alte grüßt mit einem Kopfnicken.

«Sie sprechen nicht zufällig deutsch, oder?», fragt Charlie.

«Was wollen Sie?», entgegnet der Alte. Er spricht fast akzentfrei. Die Augen hinter den Brillengläsern funkeln wachsam.

«Ich würde gern mit Nicoletta sprechen.» Charlie lächelt gewinnend. «Wenn Sie ihr sagen, dass jemand aus Berlin da ist, der einen Gran Torino fährt, dann weiß sie Bescheid.»

«Ich habe euch doch schon gesagt, dass sie nicht hier ist.»

Charlie schüttelt den Kopf. «Ich bin nicht von der Polizei. Ich bin ... ein Freund.»

«Sie haben den Weg umsonst gemacht. Fahren Sie wieder zurück nach Berlin.»

Der Alte wartet darauf, dass Charlie in sein Auto steigt. Charlie wartet darauf, dass Nicolettas Ziehvater es sich anders überlegt. Das dauert eine Weile.

«Können Sie nicht doch vielleicht mal nachschauen?», bittet Charlie freundlich. «Wenn sie dann immer noch nicht da ist, fahre ich wieder, okay?»

Der Alte überlegt, dann dreht er sich um und geht zum

Haus zurück. «Sie warten hier», sagt er, ehe er die altersschwache Eingangstüre hinter sich zuzieht.

Charlie nutzt die Zeit, um sich ein bisschen umzuschauen. Nettes Fleckchen Erde. Im Winter vielleicht ein bisschen trostlos, aber jetzt, im Frühling, wo alles blüht und duftet, ein kleines Refugium. Ein guter Platz, um einem kleinen Mädchen eine unbeschwerte Kindheit zu schenken. Er legt den Kopf in den Nacken, schließt die Augen und genießt die Morgensonne.

«Hi», sagt eine Stimme. Es ist Nicolettas, und es gibt ihm ein warmes Gefühl, sie zu hören. Er zögert einen Moment, bevor er die Augen öffnet und sich zu ihr umdreht.

Da steht sie, von der Morgensonne beschienen.

«Hi», sagt er. Mehr fällt ihm dummerweise gerade nicht ein.

«Woher weißt du, dass ich hier bin?» Es klingt halb interessiert, halb vorwurfsvoll.

«Von meinem Bruder», antwortet Charlie. «Warum, glaubst du, hast du Besuch von der polnischen Polizei bekommen?»

Nicoletta zuckt gleichgültig mit den Schultern. «Das war eine ziemlich unsinnige Aktion. Wir sind hier keine zehn Autominuten von der Grenze zu Weißrussland entfernt. Da gelten etwas andere Regeln als in Berlin.»

«Jimmys Regeln», vermutet Charlie.

«Könnte man so sagen, ja.»

«Ich hatte die Hoffnung, dass wir noch etwas Zeit miteinander verbringen können, bevor du endgültig verschwindest.»

Sie lächelt. «Dein Timing ist wirklich schlecht, Charlie. Ich bin auch diesmal gerade auf dem Sprung. In drei Stunden geht meine Maschine.» Sie klingt nüchtern und sachlich. Da schwingt kein Bedauern in ihrer Stimme mit, allerdings ist auch kein Zeichen von Freude auszumachen.

Charlie muss schlucken, weil ihm in den Sinn kommt, warum er hier ist. Ihre fast unterkühlte Art müsste es ihm erleichtern, seinen Plan in die Tat umzusetzen. Aber das Gegenteil ist der Fall. Ihre bloße Nähe macht ihn willenlos, und in Gedanken spielt er durch, was wohl wäre, wenn er sie einfach gehen ließe. Würde er sie jemals wiedersehen? Würde sie ihn eines Tages anrufen?

«Trifft sich gut. Ich hab nichts Besonderes vor. Wenn du willst, fahre ich dich zum Flughafen.» Er bemüht sich, lässig zu klingen.

Sie zögert. Dann macht sie drei Schritte auf ihn zu und umarmt ihn.

Erstaunt erwidert er die Umarmung. Eine Weile stehen sie einfach nur so da.

Sie löst sich von ihm und sagt: «Wäre schön, wenn du mich zum Flughafen bringen würdest. Ich hole mein Gepäck.»

Sie läuft zum Haus und verschwindet darin, während Charlie noch ganz benommen ist von der Umarmung. Er könnte sich dem Glücksgefühl hingeben, aber er hegt den Verdacht, dass sie ihn nur umarmt hat, um herauszufinden, ob man ihn verkabelt hat.

Die andere Möglichkeit wäre: Sie liebt Charlie, will sich und ihm aber den Abschied nicht unnötig schwer machen. Deshalb ist sie einerseits reserviert, andererseits kann sie nicht umhin, ihn wenigstens kurz in ihre Arme zu schließen. Was für diese Variante spricht, ist, dass Nicoletta auch den Abschied von ihren Pflegeeltern fast schmerzlich kurz gestaltet und sich zudem nicht noch einmal umsieht, als der Gran Torino Fahrt aufgenommen hat.

«Du kennst also inzwischen meine Geschichte?», fragt sie nach einer Weile.

Charlie zuckt mit den Schultern. Kann man jemals die Geschichte eines Menschen kennen? «Mehr oder weniger.»

«Jimmy und Pawel haben mir den Vater ersetzt, den ich nie hatte.»

«Pawel habe ich gerade kennengelernt?», vermutet Charlie.

Sie nickt. «Blanka und er konnten keine Kinder kriegen. Da hatte Jimmy die Idee, mich in ihre Obhut zu geben.»

«Und das hat Jimmy im Alleingang entschieden?», fragt Charlie. «Wie zum Teufel hat er das hingekriegt?»

«Jimmy hat viele Kontakte. Und ganz billig war es auch nicht, mich aus Deutschland verschwinden zu lassen. Aber Jimmy ist eben Jimmy.»

«Die wichtigen Dinge im Leben ...», nuschelt Charlie. Dann ist er wieder bei Nicoletta. «Wäre es nicht einfacher gewesen, dich in seiner Nähe zu behalten?»

«Das habe ich ihn später auch gefragt. Er wollte nicht, dass ich von seinen Geschäften erfahre. Vor allem wollte er mich keinem Risiko aussetzen.»

«Hat am Ende eher so mittelmäßig geklappt, oder?», unkt Charlie.

Nicoletta lächelt. «Als ich selbst für mich entscheiden konnte, da blieb ihm nichts anderes übrig, als zu akzeptieren, dass ich nach Berlin komme und erfahre, wer er ist und was er tut.»

Charlie schweigt. Die unausgesprochene Frage steht im Raum, warum Nicoletta im «Kosmos» gearbeitet hat. Wenn sie für ihn wie eine Tochter war, wieso hat er das dann zugelassen?»

Sie ahnt, was Charlie durch den Kopf geht: «Es war meine Entscheidung. Jimmy wollte es nicht, zumal er mir das Studium ohnehin finanziert hätte. Aber ich wollte mein eigenes Geld verdienen. Und ich wollte es mir nicht verbieten lassen, mein Leben so zu leben, wie ich es wollte. Er hat mir mal gesagt, diese Sturheit hätte ich von meiner Mutter geerbt.»

Charlie fragt sich, ob Nicolettas Dankbarkeit gegenüber Jimmy die Vertuschung eines Mordes rechtfertigt.

«Woran denkst du?», will sie wissen.

«Du verdankst ihm viel», antwortet Charlie ausweichend.

«Ich verdanke ihm alles», korrigiert Nicoletta. «Wenn er nicht seine schützende Hand über mich gehalten hätte ...»

«Wer weiß», antwortet Charlie.

«Mein leiblicher Vater war Alkoholiker, Ganove und außerdem tot, und meine Mutter war ein Callgirl und drogenabhängig. Ich hätte meine Kindheit im Heim verbracht.»

Sie sitzen nebeneinander und hängen ihren Gedanken nach. Charlie vermutet, dass alle Töchter, die ihre Väter lieben, in Nicolettas Situation ähnlich handeln würden. Der Unterschied zu den meisten anderen Vätern ist allerdings, dass Jimmy Schütz ein Berufsverbrecher ist.

«Hast du ihm angeboten, für ihn zu lügen?»

«Er hat mich gefragt», sagt sie. «Das Risiko schien gering, aber dann sind leider ein paar Dinge aus dem Ruder gelaufen. Wie dem auch sei: Er wusste, dass ich ihm seine Bitte nicht abschlagen würde.»

«Ich dachte, Jimmy wäre dir was schuldig», erwidert Charlie.

«Du meinst, weil er meinem Vater sein Leben verdankt?»

Charlie nickt. «Für einen Mann mit Jimmys Möglichkeiten finde ich es selbstverständlich, dass er sich um die Tochter seines Lebensretters kümmert, oder?»

«Ich verdanke Jimmy eine behütete Kindheit», erwidert Nicoletta. «Es gibt nicht viel, womit man das aufwiegen kann.»

Wieder schweigen sie eine Weile.

«Und was ist mit uns?» Es klingt so, als wäre Charlie diese Frage gerade erst eingefallen, obwohl er sie sich seit jenem Augenblick stellt, in dem Nicoletta aus seinem Leben verschwunden ist. Vielleicht wird ihm aber auch erst gerade klar, dass ihr die Vergangenheit mit Jimmy wichtiger ist als eine Zukunft mit Charlie.

«Ich vermute, wir werden uns nie wiedersehen», sagt sie.

Charlie hat mit einer diplomatischen Antwort gerechnet. Nicht mit einem lapidaren: Mach dir keine Hoffnungen auf den Jackpot. Du weißt ja, wie es läuft. Wieder schweigt er. Diesmal, um zu verdauen, dass der Sex mit Nicoletta nicht der Beginn einer Liebesgeschichte war, sondern deren Ende. Abschiedssex, quasi.

«Ich wäre gern in Berlin geblieben», sagt sie. «Ich mochte mein Leben. Was mir jetzt blüht, ist gepflegte Langeweile unter Palmen.»

«Klingt, als wäre es auszuhalten», sagt Charlie. «Kann ich mitkommen?»

Sie muss laut lachen. «Du würdest dich zu Tode langweilen. Ich meine, ich habe meine Malerei. Was hast du?»

«Ich könnte Drinks mixen», antwortet Charlie.

Er lenkt den Wagen in eine der Parklücken vor dem Flughafengebäude von Lublin und schaltet den Motor aus. Es ist ein kleiner Flughafen, obendrein ist gerade nicht viel los.

Eine einsame 737 klettert langsam in den wolkenlosen Himmel.

«Ich gehe da jetzt rein», sagt sie, «und ich gehe allein. Wir sagen uns weder ‹Adieu›, noch sagen wir ‹auf Wiedersehen›. Und über den Rest entscheidet die Zukunft.»

«Trinken wir noch einen Kaffee?»

Sie seufzt. «Charlie, ich kann dich nicht mitnehmen. Ich habe dir meine Geschichte erzählt. Und jetzt weißt du, warum ich einem Mörder ein Alibi verschaffe. Jeder von uns muss tun, was er tun muss.»

Charlie zuckt mit den Schultern. «Schon klar, habe ich komplett verstanden. Aber das spricht nicht gegen eine letzte Tasse Kaffee, oder?»

Sie muss lächeln. «Du kommst nicht mit zum Gate.»

«Auf keinen Fall.»

«Das ist unser letzter gemeinsamer Kaffee.»

«Unbedingt.»

«Danach verschwindest du.»

«Auf jeden Fall.»

«Sofort.»

«Ich schwöre.»

«Kein Nachverhandeln. Keine Abschiedsszenen.»

Charlie hebt die Hand zum Schwur.

Als sie wenig später vor ihren Tassen sitzen, fühlt es sich an wie ein Katerfrühstück. Das Licht in der Flughafenhalle ist hell und hart, die Atmosphäre erinnert an ein Möbelhaus. Wie wäre es wohl, wenn sie gerade auf die Möbel für ihre erste gemeinsame Wohnung warten würden? Schöne Vorstellung, findet Charlie.

Der Kaffee ist gut. Leider hat Nicoletta ihre Tasse bereits

geleert, als Charlie noch nicht einmal bei der Hälfte angelangt ist. Er mustert sie aufmerksam und sieht, wie ihre Augenlider leicht zu zittern anfangen und dann sehr schnell schwer werden. Das Schlafmittel hat er in ihre Tasse geschüttet, als sie sich den Zuckerstreuer von einem der Nebentische geholt hat.

Sie überlegt einen Moment, dann sieht sie Charlie an. «Ist das ...?» Das Sprechen fällt ihr schwer. «Ist das ... dein Ernst?»

«Tut mir leid», sagt er, und es tut ihm wirklich leid. «Aber ich kann deinen Patenonkel nicht einfach laufenlassen.»

Sie verzieht die Lippen.

Als sie zur Seite kippt, sitzt Charlie bereits neben ihr. Behutsam bettet er ihren Oberkörper auf die Sitzbank.

Dann schaut er sich um. Niemand hat etwas bemerkt. Die Bedienung ist froh, wenn man sie ungestört in ihrer Illustrierten lesen lässt, und die wenigen Reisenden, die sich in der Halle aufhalten, sind mit sich selbst beschäftigt.

Charlie braucht keine zwei Minuten, um einen Rollstuhl zu organisieren, mit dem er Nicoletta zum Wagen bringt. Bevor er den Heimweg antritt, lässt er sich von der gelangweilten Bedienung im Flughafencafé die Thermoskanne füllen. Dann schreibt er seinem Bruder eine SMS: *Sind auf dem Rückweg.*

23

Als Nicoletta erwacht, ist Charlie bei ihr. Es ist später Nachmittag, und die beiden sitzen immer noch in Charlies Gran Torino, der inzwischen vor dem Berliner Präsidium steht. Ein Uniformierter wartet in gebührendem Abstand darauf, dass er Nicoletta in Empfang nehmen kann. Holger hat darauf bestanden, den Beamten abzustellen, damit seine Verdächtige nicht doch noch in letzter Sekunde verschwindet.

Sie braucht einen Moment, um sich zu orientieren, schaut durch das Seitenfenster, begreift, dass sie in Berlin ist, und sieht Charlie an, der halb bedauernd, halb bestätigend nickt. Noch einmal schaut sie hinaus, dann verpasst sie Charlie mit aller ihr zur Verfügung stehenden Kraft eine derartig schallende Ohrfeige, dass der Beamte vor dem Wagen zusammenzuckt und instinktiv die Hand an seine Pistole legt.

«Warum, zur Hölle?»

Charlie reibt sich die schmerzende Wange. «Weil Jimmy einen Mord begangen hat.»

«Und du bist neuerdings das Gesetz?», faucht sie.

Charlie schüttelt den Kopf. «Nein. Aber Jimmy ist es auch nicht.»

«Ist dir mal in den Sinn gekommen, dass du damit mein Leben zerstörst?»

«Vielleicht gebe ich es dir ja auch zurück. Wenn Jimmy erfährt, dass du in Haft bist, wird er gestehen. Wenn man davon absieht, dass du vermutlich für deine Mithilfe bestraft werden wirst, steht es dir danach frei, in dein altes Leben zurückzukehren.»

«Jimmy soll gestehen? Träum weiter.»

«Du könntest sagen, wie es wirklich gelaufen ist», erwidert Charlie.

Nicoletta schüttelt den Kopf. «Das würde ich nie tun, und das weißt du auch.»

«Dann bin nicht ich es, der dein Leben zerstört, sondern du», sagt Charlie.

Ihr treten Tränen in die Augen. Leise sagt sie: «Und ich dachte, du liebst mich.»

Charlie muss schlucken. Wenn sie ihm ihre Verzweiflung gerade nur vorspielt, dann spielt sie ziemlich gut. Um nicht zu sagen, herzerweichend. Charlie spürt den Impuls, sie in den Arm zu nehmen. «Alles, was ich gesagt habe, ist die Wahrheit. Dazu gehört auch, wie ich für dich empfinde.»

Sie lacht spöttisch. «Ach ja? Dann bist du offenbar sehr sprunghaft, was deine Gefühle betrifft. Erst willst du mit mir durchbrennen, als Nächstes flößt du mir K.-o.-Tropfen ein und entführst mich.»

«Ich bin nicht stolz auf ...»

«Du hast es getan. Das ist alles, was zählt.»

«Ich habe es auch für dich getan», sagt Charlie.

Wieder ein spöttisches Lachen. «Dann soll ich dir wohl auch noch dankbar dafür sein, dass du wahlweise meinen Stiefvater oder mich ins Gefängnis bringst.»

«Ja. Weil dir das so oder so die Möglichkeit gibt, endlich mit deiner Vergangenheit abzuschließen.»

«Was bist du doch nur für ein aufgeblasener und selbstgefälliger Loser», stößt sie wutschnaubend hervor und öffnet die Wagentür. «Stell dir vor, ich habe dich sogar ein bisschen gemocht.»

«Das hättest du mir ruhig mal früher sagen können», erwidert Charlie. «Ich meine, das klingt ja fast so, als hätte aus uns beiden was werden können.»

Sie verzieht den Mund zu einem süßsauren Lächeln. «Wie schade, aber das wirst du jetzt leider nie erfahren.» Sie steigt aus, hakt sich bei dem verdutzten Polizisten ein und geht mit ihm in Richtung Präsidium.

Charlie kurbelt schnell das Fenster runter. Er würde sie gern fragen, ob es eine winzige Chance gibt, sie wiederzusehen, weiß aber, dass diese Frage sinnlos wäre.

Ohne ihn eines Blickes zu würdigen, verschwindet Nicoletta am Arm des Beamten im Gebäude. Und damit aus Charlies Leben.

In diesem Moment taucht Holger auf. Er hat eine Tasse Kaffee dabei, die er Charlie durchs Seitenfenster reicht. «Sobald der Formalkram erledigt ist, fahre ich zu Jimmy Schütz.» Er hält ihm einen Schlüssel hin. «Leg dich aufs Ohr – war eine lange Fahrt.»

«Ich krieg meine Gartenlaube zurück?»

«Es ist meine Gartenlaube. Und ich bin immer noch sauer wegen dem Koks.»

Charlie überhört den Vorwurf. «Meinst du, aus mir und Nicoletta hätte was werden können?

«Keine Ahnung», erwidert Holger und klopft zum Abschied aufs Autodach. «Ich hätte jedenfalls nicht drauf gewettet.»

Jimmy Schütz' bescheidenes Anwesen im Grunewald leuchtet verheißungsvoll im Licht der Abendsonne, als Holger von Niclas vorgefahren wird. Begleitet wird der Pkw von einem Streifenwagen, der ebenfalls knirschend auf dem Kies zum Stehen kommt.

Holger wäre gern allein gekommen, aber Frau Niermeyer meinte: «Wenn da jetzt noch was schiefgeht, dann macht die Presse Frikassee aus uns. Sie nehmen also gefälligst zwei Kollegen mit.»

Er lässt die Uniformierten mit Niclas im Wagen warten. Nichts gegen Frau Niermeyer, aber sie schätzt die Situation falsch ein. Jimmy Schütz kann gestehen, oder er kann zusehen, wie Nicoletta für ihn ins Gefängnis geht. Ganz sicher aber wird er nicht auf die bescheuerte Idee kommen, sich im Rollstuhl sitzend den Weg freizuschießen.

Mit einem Blick durchs Fenster bemerkt die Tempelwächterin den Streifenwagen. Der scheint sie aber nicht im Geringsten zu beunruhigen. Sie hat die Schwesterntracht gegen einen dunklen Hosenanzug getauscht, der nicht nur sehr elegant wirkt, sondern auch ihre schlanke Figur betont. Offenbar sind ihre beruflichen Pflichten für heute erledigt.

«Wir essen gerade», sagt sie und macht keine Anstalten, Holger ins Haus zu lassen.

«Er kann gerne in Ruhe zu Ende essen», erwidert Holger. Es scheint wie eine Drohung zu klingen, denn in ihren Augen flackert Unsicherheit auf. Dann gibt sie den Weg frei.

Jimmy Schütz sitzt auf der Terrasse und gibt dasselbe Bild ab wie bei Holgers letztem Besuch. Ein alter, gebrechlicher Mann, dessen geistige und körperliche Fähigkeiten so unvermeidlich schwinden wie die Wärme nach dem Sonnenuntergang.

«Ah. Werner.» Mit zitternder Hand führt er eine Gabel zum Mund und lässt ein Stück gebackenes Huhn darin verschwinden.

Holger kann kein Anzeichen dafür entdecken, dass Jimmy Schütz ihm gerade etwas vorspielt. Er macht seine Sache entweder hollywoodreif, oder seine Ziehtochter ist doch die Mörderin von Cedric.

«Was führt dich zu mir?», nuschelt er.

«Kannten Sie meinen Vater eigentlich gut?», fragt Holger.

Jimmy starrt ins Leere. Vielleicht versteht er die Frage nicht, vielleicht will er sie nicht verstehen.

«Wir haben heute Nicoletta Szabatzki festgenommen.» Holger lässt den Satz wirken.

Wieder zeigt Jimmy äußerlich keine Reaktion. Holger fragt sich trotzdem, ob er da gerade ein Blitzen in seinen Augen gesehen hat.

«War nicht ganz einfach, sie zu schnappen. Wir mussten ein bisschen tricksen. Aber ich bin ganz zuversichtlich, dass wir den Mörder von Cedric van de Vedel bald überführen können.»

Der Alte hebt den Kopf ein winziges Stück. «Möchten Sie Wein?»

Holger schüttelt den Kopf. «Aber ein Wasser wäre nett.»

Mit einem Kopfnicken deutet der Alte an, dass Holger sich bedienen möge.

«Ich sage Ihnen jetzt, wie die Sache meiner Ansicht nach abgelaufen ist», sagt Holger und gießt sich Wasser ein. «Cedric wollte sich nicht länger von einem Gangster in Taschenformat herumkommandieren lassen. Deshalb hat er überlegt, wie er Bobby das Kokaingeschäft abnehmen kann, ohne das Ansehen des Namens Schütz zu beschädigen. Er wusste, dass

Bobby zwar den Ehrgeiz seines Vaters hat, aber nicht dessen Format. Und vielleicht wäre Bobby in der Tat als einfacher Nachtclubbesitzer und Millionenerbe glücklicher dran. Aber da er nicht als Schwächling dastehen wollte, versuchte er, sich im Drogengeschäft zu behaupten, so gut es ging. Und genau damit ging er Cedric mächtig auf die Nerven.»

Die Tempelwächterin erscheint in der Terrassentür, die etwa die Breite einer Doppelgarage hat. «Er hatte heute keinen besonders guten Tag und muss früh schlafen gehen. Wäre es vielleicht möglich, dass Sie morgen wieder vorbeischauen? Wir können gern einen Termin machen.»

Jimmy hebt die Hand nur ein paar Zentimeter, aber es genügt, um ihr zu signalisieren, dass er hören will, was Holger sonst noch zu sagen hat. Sie verschwindet ebenso schnell und lautlos, wie sie gekommen ist.

Holger nippt entspannt an seinem Wasser, dann fährt er fort: «Es gab noch ein zweites Problem. Bobby ist nicht nur zu weich für den Job, er ist auch nicht der Hellste. Sie haben schon befürchtet, dass er übers Ohr gehauen werden könnte, dachten aber, Cedric sei eine Burg, was seine Loyalität zur Familie angeht. Als daran Zweifel aufkamen, brauchten Sie jemanden, um die Situation auszukundschaften und Bobby zu beschützen. Auf ihre Ziehtochter Nicoletta konnten Sie sich felsenfest verlassen. Niemand kannte sie, nicht einmal Ihr leiblicher Sohn wusste von ihr, außerdem ist sie Ihnen treu ergeben. So treu übrigens, dass sie jetzt sogar die Gefängnisstrafe auf sich nehmen würde, die eigentlich ihr Ziehvater verbüßen müsste.»

Jimmy Schütz hebt den Kopf und sieht Holger nun direkt in die Augen. «Was Sie da erzählen, klingt ziemlich abenteuerlich.»

«Es ist ja auch nur eine Theorie», sagt Holger. «Und diese Theorie lautet: Sie haben Cedric eigenhändig erschossen. Weil er Sie enttäuscht hat. Nach all den gemeinsamen Jahren wollte er Sie schnöde hintergehen. Es war also eine persönliche Rechnung, und solche Rechnungen haben Sie schon immer persönlich beglichen. Was ich nicht weiß, ist, wie Sie es durchs Treppenhaus geschafft haben.»

Jimmy schaut in die Ferne, dann nickt er bedächtig. «Ist das alles, Herr Kommissar?»

«Das ist alles», bestätigt Holger. «Wie gesagt, es ist nur eine Theorie. Offiziell haben wir unsere Mörderin, und da es keine hieb- und stichfesten Beweise für meine Version der Geschichte gibt, sind Sie in Sicherheit. Leider wird Nicoletta das mit einer lebenslangen Haftstrafe bezahlen.»

Jimmy Schütz verzieht keine Miene.

«Danke für das Wasser.» Holger steht auf. «Einen schönen Abend noch.»

«Sie wollen mich nicht mitnehmen?», murmelt der Alte.

«Wozu sollte ich? In ein paar Stunden wären Sie ja doch wieder auf freiem Fuß. Es sei denn, Sie wollen ein Geständnis ablegen.»

Jimmy kaut auf seiner Unterlippe herum.

«Wenn Sie damit leben können, dass eine junge Frau ihre Zukunft dafür hergeben muss, dass Sie Ihre letzten Jahre auslutschen, dann ist das ganz allein Ihre Sache. Sie haben es wieder einmal geschafft, uns auszutricksen. Aber diesmal ist der Preis ganz schön hoch.»

Holger wartet auf eine Reaktion des Alten, aber Jimmy schweigt weiterhin.

«Falls Sie es sich anders überlegen ... ich lass Ihnen meine Karte da.»

Noch bevor Holger in seinen Wagen steigt, klingelt es. Allerdings klingelt nicht Holgers Handy, sondern das von Nicoletta Szabatzki. Holger hat es nach ihrer Verhaftung an sich genommen. «Jimmy» ist im Display zu lesen. Holger nimmt das Gespräch an.

«Wie Sie sehen, bluffe ich nicht», sagt er. «Sie können aber gern auch noch Pawel anrufen und ihn fragen, mit wem Nicoletta heute Morgen weggefahren ist. Oder Sie warten einfach bis morgen. Dann präsentieren wir die offizielle Mörderin von Cedric der Medienöffentlichkeit.»

Schweigen. Nur das schwere Atmen des Alten ist zu hören. Holger will das Gespräch schon wegdrücken, als ein Räuspern an sein Ohr dringt.

«Ich würde mich gern noch von meinem Sohn verabschieden, bevor wir aufs Präsidium fahren.»

Der Satz rollt durch Holgers Kopf wie eine Bowlingkugel. Mehr als fünfzig Jahre hat es gedauert, Jimmy zu überführen. Den Rest seiner Tage wird er im Knast verbringen. Manchmal hat am Ende das Gesetz eben doch den längeren Arm.

«Einverstanden.»

«Gut. Dann komme ich jetzt raus.»

Holger überlegt, ob einen der Beamten auf die andere Seite des Hauses schicken soll, falls Jimmy Schütz doch noch auf dumme Gedanken kommt. Aber da öffnet sich bereits die Eingangstür, und der Alte erscheint. Den Rollstuhl braucht er offensichtlich nicht. Zwar geht er mit schweren Schritten, aber immerhin, er geht. Die Frau im schwarzen Hosenanzug will ihn stützen, doch er schüttelt den Kopf. Diesen Gang will er allein antreten.

Holger lässt den beiden ein paar Minuten, um sich zu verabschieden. Sieht aus, als ringe sie mit den Tränen und ermahne ihn gleichzeitig, dass er gut auf sich aufpassen solle. Als er ihr liebevoll über die Wange streicht, zeigt sich, dass seine rechte Hand nicht ganz so versehrt ist, wie es bislang den Anschein hatte.

«Es ist trotz allem erstaunlich, wie Sie die fünf Etagen im Hotel geschafft haben», sagt Holger, während die beiden hinter Niclas sitzen und zu Bobbys Club chauffiert werden.

«Rauf bin ich mit dem Personalfahrstuhl», erklärt Jimmy. «Aber runter musste ich zu Fuß. Ich spür es jetzt noch in den Knien.»

Holger könnte noch weiter mit Jimmy Schütz plaudern, aber er mag es nicht, wenn Polizisten und Kriminelle ein kumpelhaftes Verhältnis zueinander pflegen. Er mag den Alten – was nichts daran ändert, dass Schütz wie alle Berufsverbrecher sein Glück damit erkauft hat, andere Menschen ins Unglück zu stürzen. Es ist ein vergleichsweise kleines Opfer, dass er dafür im hohen Alter seine komfortable Villa gegen eine karge Zelle eintauschen wird. Holger muss daran denken, dass sein Vater lebenslang damit beschäftigt war, sich ein vergleichsweise bescheidenes Häuschen vom Mund abzusparen. Und kurz danach ist er gestorben, da war er 66.

«Was übrigens Ihren Vater betrifft», beginnt Jimmy Schütz. «Der war ein korrekter Mann. Absolut unbestechlich.» Er grinst. «Leider, muss man sagen. Wenn er ab und zu die Hand aufgehalten hätte, wäre das für uns beide von Vorteil gewesen. So haben wir uns nur das Leben schwer gemacht.»

Holger betätigt den elektrischen Fensterheber und lässt Berliner Frühlingsluft in den Fond strömen. Er fühlt sich beschwingt und zufrieden, denn heute beendet er, was sein Vater begonnen hat. Jimmy Schütz scheint Holgers Gedanken schon wieder zu erahnen.

«Sie sind nicht zufällig kooperativer als Ihr Vater, oder?», fragt er beiläufig.

Holger muss grinsen. «Ich fürchte, ich bin ihm ähnlicher, als mir lieb ist.»

Jimmy nickt. Er hat nicht ernsthaft geglaubt, dass Holger bestechlich ist, aber ein Versuch kann ja nicht schaden. Vor allem dann nicht, wenn man sowie schon lebenslang in den Knast muss.

Man sieht Bobby an, dass er nicht weiß, was er davon halten soll, seinen Vater ohne Rollstuhl, dafür aber in Begleitung eines Kommissars zu sehen. Mit einem «Oh. Was verschafft mir die Ehre?» tastet sich der Bruchpilot vor und versucht, im Gesicht seines Vaters zu ergründen, was hier gerade gespielt wird.

Jimmy stützt sich auf einen der Ledersessel, die vor dem Schreibtisch stehen, dann setzt er sich. Holger nimmt ebenfalls Platz.

«Ist das dein Ernst?», fragt Jimmy und deutet, ohne hinzusehen, mit dem Daumen über die Schulter zum Billardtisch.

Bobby rutscht etwas tiefer in seinen Ohrenledersessel und versucht, unbeeindruckt zu wirken. «Was meinst du? Den Billardtisch oder was?»

«Natürlich meine ich den verdammten Billardtisch», erwidert Jimmy. «Was soll das?»

«Was soll schon damit sein? Wenn man sich entspannen will, dann kann man zwischendurch mal eine Partie Billard spielen. Ist doch cool, oder?»

«Hast du das in irgendeinem Film gesehen – dass Gangster zur Entspannung gern Billard spielen? Oder gehört das dieser Tage zu einer modernen Unternehmenskultur? Was passiert hier sonst noch? Lässt du deine Leute in der Mittagspause massieren? Oder habt ihr einen Betriebspsychologen?»

Bobby macht gute Miene zum bösen Spiel und erwidert: «Offenbar bist du nicht gekommen, um eine Runde Billard zu spielen, obwohl du durchaus ein bisschen Entspannung gebrauchen könntest. Also, warum bist du dann hier?»

«Weil dieser Kerl hier», er deutet auf Holger, «mich am Arsch hat und ich deshalb für sehr lange Zeit in den Knast gehen werde. Na ja, so lange auch wieder nicht», berichtigt er sich. «Nur, bis ich sterbe. Danach lassen sie mich wieder raus.»

«Was?» Bobby muss schlucken. Mit Sicherheit hat er sich schon das eine oder andere Mal gewünscht, dass sein Vater für die vielen Kränkungen, die er seinem Sohn beigebracht hat, eines Tages die Quittung bekommt. Eine so drakonische Strafe, wie sie Jimmy jetzt blüht, hatte Bobby aber sicher nicht im Sinn. Außerdem dürfte dem Bruchpiloten schlagartig klarwerden, dass er in geschäftlichen Dingen nun ganz auf sich allein gestellt ist. Und das macht ihm eine Heidenangst.

Als er sich zu einer Flasche Brandy umdreht, fährt er sich mit dem Handrücken übers Gesicht, als wische er rasch ein paar Tränen weg. «Jemand einen Drink?», fragt er.

«Du willst darauf trinken, dass ich in den Knast muss?»

Bobby schüttelt den Kopf. «Ich will nicht auf dich trinken, Vater. Sondern mit dir.»

Er blickt in die Runde. Holger schüttelt den Kopf. Jimmy

macht eine Handbewegung, die seinem Sohn signalisieren soll: Ach egal, ein Glas kann ja nicht schaden.

Der Brandy scheint den Alten zu entspannen, denn in einem fast milde klingenden Tonfall sagt er plötzlich: «Es ist nicht deine Schuld, was passiert ist, Bobby. Ich hätte wissen müssen, dass du für den Job entschieden zu weich bist.» Bobby will etwas einwenden, aber Jimmy hebt gebieterisch die Hand. «Versuch erst gar nicht, es abzustreiten. Du bist zu weich. Aber auch das ist meine Schuld, weil ich dir nie beigebracht habe, dich durchzubeißen. Alles, was du besitzt, habe ich erkämpft. Und du ahnst nicht im mindesten, was es heißt, etwas zu erkämpfen.»

Bobbys Miene ist bitter geworden. «Sonst noch was?»

Jimmy nickt. «Allerdings. Ich bin hier zur Schadensbegrenzung. Spätestens morgen wird rauskommen, dass ich in den Knast wandere. Und dann dauert es nicht mehr lange, bis die Wölfe in dein Revier einfallen.»

«Ich weiß. Und ich werde sie zum Teufel jagen», sagt Bobby und versucht, ebenso gefährlich wie lässig zu wirken.

«Einen Scheiß wirst du», erwidert Jimmy. «Wenn der Santini-Clan oder die brutalen Arschlöcher von diesem Russen, der Rubinstein plattgemacht hat, vor der Tür stehen, dann rollen Köpfe. Und ich könnte darauf wetten, dass deiner als erster rollt. Ich will aber nicht, dass dir was passiert.»

Bobby wirkt nun nicht mehr ganz so selbstsicher wie noch vor wenigen Sekunden.

«Kann ich jetzt vielleicht doch so ein Gläschen haben?», fragt Holger, der langsam Gefallen an der Vorstellung findet.

«Und was soll ich tun?», fragt Bobby und gießt nicht nur

Holger ein Glas ein, sondern auch sich noch mal großzügig nach.

«Du steigst aus allem aus», befiehlt Jimmy. «Und das noch heute. Ruf Frankie Kraus und Kalle Jondraschek an und sag ihnen, dass sie unser Revier übernehmen können, und zwar sofort. Was du willst, ist deine Ruhe und die Garantie, dass sie dir die anderen Typen vom Hals halten. Das gibt dir die Zeit, die du brauchst, um diesen Club, das Hotel und sämtliche Beteiligungen, die du noch hältst, zu einem anständigen Preis zu verkaufen.»

«Und was dann? Soll ich in Rente gehen?», fragt Bobby entgeistert.

«Genau das», antwortet Jimmy mit ernster Miene. «Besuch deine Mutter in Florida oder mach am besten gleich mit deiner Familie eine Weltreise. Danach such dir ein Hobby und lass das verdammte Geld für dich arbeiten.»

Bobby sieht ihn ungläubig an.

«Ich mein's ernst, mein Sohn. Ich wünsche mir außerdem, dass du dich ein bisschen um Monika kümmerst. Sie kann in der Villa wohnen bleiben, wenn sie will. Ich habe ihr etwas Geld beiseitegelegt. Wenn sie nicht bleiben möchte, dann verkauf das Haus und gib ihr das Geld, damit sie anderswo neu anfangen kann.»

«Und was ist mit deinem Lebenswerk?» Bobby wirkt jetzt regelrecht schockiert. «Ich meine, das wird dann alles verscherbelt, das ist dir doch klar, oder?»

Jimmy nickt. «Scheiß auf mein Lebenswerk. Verkauf den ganzen Kram und mach was draus, mein Sohn. Genieß dein Leben und sei nicht so dumm wie ich, denn es kommt immer der Tag, an dem du den entscheidenden Fehler machst, der dir das Genick bricht. Und in deinem Fall würde der sehr bald kommen.» Er verzieht den schmalen Mund zu so etwas wie einem Lächeln. «Im Grunde will ich einfach nur, dass du glücklich bist.»

Bobby sitzt da wie vom Donner gerührt. Tränen treten ihm in die Augen. Vermutlich wartet er seit Jahren auf einen kleinen Beweis väterlicher Zuneigung. Jetzt bekommt er Jimmys Liebe urplötzlich um die Ohren gehauen. Auch nicht leicht.

Er stürzt seinen Brandy hinunter.

Jimmy klettert aus dem Sessel. «Mach's gut, meine Junge. Tu, was ich dir gesagt habe. Und besuch mich mal, wenn du Zeit hast.»

Bobby steht ebenfalls auf. «Mach ich. Und danke, Vater.»

Holger mustert den Bruchpiloten und ist sicher, dass Bobby nicht die Millionen meint, die er bald sorglos unter die Leute bringen kann, sondern die Tatsache, dass sein Vater ihm zumindest durch die Blume heute zum ersten Mal gesagt hat, dass er ihn liebt.

Als Holger und Jimmy das Western verlassen, steht Ole am Ausgang und hält ihnen die Tür auf.

«Pass gut auf ihn auf», gibt Jimmy Schütz ihm mit auf den Weg.

Ole nickt und erwidert: «Werde ihn hüten wie meinen Augapfel, Herr Schütz. Und passen Sie auch gut auf sich auf.»

Beim Einsteigen klingelt Holgers Handy.

«Ist das wahr? Wir kriegen ein Geständnis von Jimmy Schütz?», fragt Frau Niermeyer.

«Ich will es hoffen», antwortet Holger.

«Und warum erfahre ich das nicht?»

«Sie haben es doch offensichtlich erfahren», erwidert Holger.

«So etwas sollte ich aber von Ihnen erfahren», sagt sie. «Pressekonferenz in zwei Stunden. Ich will diese Meldung morgen in den Zeitungen lesen.»

«Brauchen Sie mich dazu?»

«Aber sicher, Herr Brinks. Sie sind doch das Licht, in dem ich mich sonne. Also: Wir sehen uns in zwei Stunden.»

24

Der Schulungsraum im Präsidium ist bis auf den letzten Platz gefüllt. Eigentlich sollte das LKA 1 schon längst über einen eigenen Presseraum verfügen, aber auch der ist den andauernden Umstrukturierungen zum Opfer gefallen. Der Fairness halber muss man sagen, dass das Talent der Berliner zum Improvisieren auch seine guten Seiten hat. Im LKA 1 gibt es zum Beispiel zwei Arrestzellen, die früher mal ein Fotolabor beherbergt haben. Da niemand mehr Fotos entwickelt, weil man die inzwischen praktischerweise ausdrucken kann, erspart man sich jetzt also den Weg nach Moabit, wenn man jemanden aus der U-Haft holen möchte.

Zur eilig einberufenen Pressekonferenz sind Journalisten aller wichtigen Medien erschienen. Die taktisch gewiefte Frau Niermeyer hat ausgewählte Pressevertreter persönlich angerufen und durchblicken lassen, dass sie eine Sensation zu vermelden hat.

Sie spricht schon seit geschlagenen zwanzig Minuten über die schwierigen Ermittlungen in dem ungewöhnlich komplizierten Mordfall Cedric van de Vedel. Dabei variiert sie virtuos die aus ihrer Sicht wichtigste Meldung des Tages:

Ihr allein ist es zu verdanken, dass mit Jimmy Schütz eines der Schwergewichte der Berliner Unterwelt aus dem Verkehr gezogen worden ist. Erreicht hat sie das mit Umsicht und Geduld, aber auch mit der ihr eigenen Hartnäckigkeit. Und natürlich mit der Hilfe eines Teams, das allein sie so gefördert und geformt hat, dass es überhaupt in der Lage ist, dem ehemaligen «Paten von Westberlin» das Handwerk zu legen.

Holger sitzt daneben und lächelt freundlich. So wie Frau Niermeyer sich gerade verkauft, könnte sie mit Schwung die Karriereleiter hinauffallen, und dann wäre er sie schon sehr bald los. Er wünscht es ihr von Herzen.

Immerhin hat sie zu Beginn der Veranstaltung seinen Namen erwähnt, und jetzt, nachdem sie sich wie versprochen ausgiebig in seinem Licht gesonnt hat, überlässt sie ihm geschickt den unglamourösen Teil des Abends: «Sofern Sie noch Fragen zu Details des Falles haben, wird der leitende Kommissar Holger Brinks diese gern beantworten. Selbstverständlich stehe ich Ihnen weiterhin zur Verfügung – falls Sie ein Foto oder ein Interview mit mir machen möchten. Kommen wir also nun zu Ihren Fragen.»

Eine Menge Finger gehen nach oben. Der von Sandra saust am schnellsten in die Höhe. «Es gab gewisse Gerüchte, dass die Polizei sich von den Medien durch kritische Berichterstattung unbotmäßig unter Druck gesetzt gefühlt hat. Können Sie das bestätigen, Herr Brinks?»

Holger sitzt da, als hätte man ihm gerade einen heißen Kaffee in den Schritt geschüttet.

«Dazu sollte vielleicht lieber ich etwas sagen ...», setzt Frau Niermeyer an.

Sandra fällt ihr ins Wort: «Entschuldigung, aber ich habe

den Kommissar gefragt, und hätte bitte auch gern von ihm persönlich eine Antwort. Danke.»

Niermeyers Blick wandert zu Holger, der sich mühsam strafft und dann räuspert. In den Augen seiner Vorgesetzten kann er lesen, dass ein lebenslanger Bürojob auf ihn wartet, wenn er jetzt anfängt, sich hier öffentlich mit seiner Frau zu streiten.

Hat Holger zum Glück aber gar nicht vor. «Es ist durchaus möglich, dass es da ein kleines Missverständnis gegeben hat. Wir hier bei der Polizei wissen natürlich, dass eine kritische Berichterstattung der Medien selbstverständlich Teil unserer Arbeit ist. Und das ist auch völlig in Ordnung.»

Holger bemerkt, dass ein erfreutes Lächeln auf Frau Niermeyers Gesicht erblüht.

«Es ist aber auch so, dass wir uns freuen», fährt Holger fort, «wenn Sie bei der Presse ähnlich viel Platz darauf verwenden, von unseren Erfolgen zu berichten, wie Sie sonst einplanen, um uns wohlwollend kritisch zu begleiten.»

Frau Niermeyer nickt äußerst zufrieden, dann wendet sie sich zu Sandra. «Ich denke, damit ist Ihre Frage beantwortet.»

Ihr Blick sagt: Da hast du es, du dumme Kuh.

Sandra will sich nicht so leicht abwimmeln lassen. «Eine Frage noch an den Kommissar. Könnte man sagen, dass das von Ihnen erwähnte kleine Missverständnis auf Kommunikationsdefizite bei der Polizei zurückzuführen ist?» Weil Frau Niermeyer tief Luft holt, fügt Sandra rasch hinzu: «Ich möchte bitte auch zu dieser Frage nur den Kommissar hören. Danke.»

Die Köpfe der Anwesenden drehen sich zu Holger. Inzwischen scheint allen klar zu sein, dass dieser Teil der Pressekonferenz eine gewisse persönliche Note hat.

«Ich will nicht ausschließen, dass wir bei der Polizei Fehler machen, wir sind ja auch nur Menschen. Allerdings kann ich Ihnen versichern, dass wir uns ehrlich um eine gute und offene Kommunikation bemühen.»

Frau Niermeyer scheint ganz begeistert von Holgers diplomatischem Geschick, ihr Lächeln passt kaum noch zwischen ihre Ohren.

«Das ist interessant», setzt Sandra nach. «Einige meiner Kollegen und Kolleginnen haben nämlich eher den Eindruck, dass wir der Polizei mit unseren Fragen und unserer Kritik lästig sind.»

«Vielleicht sollte jetzt auch mal jemand anderes zu Wort kommen», versucht Frau Niermeyer, die Diskussion in andere Bahnen zu lenken.

«Nur noch diese eine Frage», beharrt Sandra. «Herr Brinks, ist die Presse der Polizei lästig?»

Der Gefragte räuspert sich. Seine ehrliche Antwort würde wohl lauten: In der Tat macht ihr uns oft das Leben schwer, und meistens geht ihr uns mächtig auf die Nerven. Außerdem haben wir Besseres zu tun, als uns permanent vor euch zu rechtfertigen. Aber ihr seid nun einmal leider ein ebenso unangenehmer wie unumgänglicher Teil des Jobs wie der leidige Papierkram, und den mögen die meisten Polizisten ja auch nicht. Gemacht wird er trotzdem. Holger überlegt, wie er das alles halbwegs freundlich formulieren kann, dann sagt er: «Wissen Sie, vielleicht kann man das Verhältnis von Presse und Polizei mit einer Ehe vergleichen. Ehepartner sind sich ja auch nicht immer grün. Es gibt Meinungsverschiedenheiten, und in der Tat kommt es vor, dass einer dem anderen lästig ist. Aber ich finde das ganz normal. Am Ende kommt es doch darauf an, ob man sich aufeinander verlassen und einander vertrauen kann. Und da muss wohl jeder selbst entscheiden, wie er zum Team steht, glaube ich.»

Die Köpfe der Anwesenden drehen sich nun zu Sandra, deren Gesicht sich verdüstert hat. Sieht ganz so aus, als sei Kommissar Brinks mit seinen Metaphern ein bisschen zu weit gegangen. Jetzt wollen alle wissen, ob Sandra eine Replik liefert oder es dabei bewenden lässt. Sie entscheidet sich für Letzteres. «Vielen Dank, Herr Brinks. Die Sache mit der Teamfähigkeit in der Ehe war sehr aufschlussreich.»

Holger ahnt schon, dass diese höfliche Formulierung nichts anderes heißt als: Komm du mir mal nach Hause, du Winkeldiplomat.

Als Holger die Terrasse betritt, ist es bereits dunkel. Er stellt die frisch entkorkte Flasche Chablis und die beiden Gläser, die er mitgebracht hat, auf den Tisch und zündet das große Windlicht an, das dort steht.

Charlie ist auf der Sonnenliege eingeschlafen. Holger will das Windlicht gerade wieder löschen, doch in diesem Moment schlägt Charlie die Augen auf.

«Wie ist es gelaufen?»

«Wunschgemäß», antwortet Holger. «Ich habe uns einen Chablis mitgebracht, um darauf anzustoßen, dass Jimmy Schütz den Mord an Cedric gestanden hat. Oder willst du lieber einen Kaffee?»

«Auf keinen Fall», erwidert Charlie prompt. «Ich hab in den letzten vierundzwanzig Stunden so viel Kaffee gesoffen, dass mein Bedarf auf Wochen hinaus gedeckt ist. Vermutlich kann ich deshalb nicht schlafen. Gib mir Wein. Vielleicht hilft der ja.»

Holger gießt ein und reicht ihm das Glas, dann bedient er sich selbst. Sie prosten sich zu und trinken.

«Was jetzt wohl aus Nicoletta wird?», sinniert Charlie.

«Vermutlich kommt sie ungeschoren davon», antwortet Holger. «Nach ihrer Festnahme hat sie die Aussage verweigert. Man kann sie also nicht wegen Falschaussage vor Gericht stellen. Und wenn ich Jimmy Schütz richtig einschätze, dann wird dieser gerissene Hund sich selbst schwer belasten, um Nicoletta gut dastehen zu lassen. Da er sowieso im Knast sterben wird, kann er beispielsweise behaupten, dass er sie massiv unter Druck gesetzt hat, damit sie kooperiert. Wenn überhaupt, dann droht ihr eine Bewährungsstrafe, würde ich sagen. Ins Gefängnis muss sie sicher nicht.»

Charlie nickt und blickt nachdenklich in den Nachthimmel.

«Werdet ihr euch eigentlich wiedersehen?», fragt Holger.

«Glaube ich nicht», antwortet Charlie. «Sie nimmt es mir übel, dass ich sie ausgetrickst habe, um Jimmy Schütz dranzukriegen. Ich wiederum habe es ihr zuvor übel genommen, dass sie mich ausgetrickst hat, um einen Mörder zu decken.»

«Aber wenn ihr euch doch wechselseitig ausgetrickst habt, dann seid ihr jetzt eigentlich quitt, oder?», fragt Holger schulterzuckend.

«Könnte man so sehen», erwidert Charlie. «Ich vermute nur, Nicoletta vertritt den Standpunkt, dass unsere Tricksereien zwei völlig verschiedene Paar Schuhe sind. Als sie mir die Wahrheit vorenthalten hat, da geschah das aufgrund familiärer Bindungen, also quasi aus edlen Beweggründen. Ich hingegen hatte keine edlen Beweggründe.»

Holger spielt den Erstaunten. «Und ich dachte schon, du

hättest es auch für mich getan. Ich meine: Das wären dann doch auch familiäre Gründe.»

Charlie stutzt. «Du meinst, ich könnte bei ihr auf ‹mildernde Umstände› plädieren?»

«Einen Versuch wäre es wert.»

Charlie blickt eine Weile nachdenklich in den Himmel. «Ja. Vielleicht.» Nach einem Schluck Wein fügt er hinzu: «Und wie geht's dir und Sandra?»

«Geht so», sagt Holger und seufzt leise.

«Oh. Was ist passiert?», fragt Charlie unheilvoll.

«Es gab heute Nachmittag eine Pressekonferenz. Sandra war auch da. Sie hat ein paar Fragen gestellt, die sich nicht nur auf den Fall bezogen, sondern auch auf unsere Situation.»

Charlie verzieht das Gesicht. «Hast du dich etwa auf eine persönliche Diskussion eingelassen?»

Holger schüttelt den Kopf. «Nein! – Oder doch, vielleicht ein bisschen.»

«O Mann. Ihr habt euch öffentlich gestritten?»

Wieder schüttelt Holger den Kopf. «Nein! – Oder doch? Eigentlich habe ich versucht, mich nicht provozieren zu lassen und konstruktiv zu antworten. Aber genau das hat sie mir übel genommen.»

Charlie nimmt den Chablis und gießt ihnen beiden nach.

«Und als ich dann nach Hause gekommen bin, da hat sie mir vorgeworfen, dass ich sie bei der Pressekonferenz bloßgestellt habe.»

«Und stimmt das?», fragt Charlie.

«Ich wollte keinen Streit. Aber ich wollte ihr auch nicht nur um des lieben Friedens willen in allem recht geben. Also habe ich versucht, diplomatisch zu antworten. Und das hat sie in den falschen Hals bekommen.»

«Verstehe. Und jetzt brauchst du einen Schlafplatz.»

«Nein. Wie kommst du denn darauf?», fragt Holger beiläufig.

«Ach, nur so ein Gefühl.»

Schweigen.

«Sie hat gesagt, im Moment ist das Haus zu klein für uns beide.»

«Und hast du erwidert, dass es ganz allein dein Haus ist?»

Holger muss grinsen. «Also ich nähme dann doch die übrigen zwei Quadratmeter von deiner Villa, wenn du nichts dagegen hast.»

«Haste 'ne Luftmatratze?»

Holger schüttelt den Kopf. «Aber im Keller ist noch 'ne Isomatte.»

«Wird schon gehen», sagt Charlie, nippt am Chablis und lässt den Wein im Mund kreisen. Als er geschluckt hat, fragt er: «Wie lange willst du denn bleiben?»

«Höchstens ein paar Tage», erwidert Holger.

«Okay», sagt Charlie und steht auf. «Dann komm mal mit. Ich führ dich rum und zeig dir alles.»

Zwei Minuten später hat Holger eine Isomatte und einen Schlafsack aus dem Keller geholt. Er betritt das Halbdunkel des Gartenhauses, wo Charlie gerade dabei ist, seine Matratze zur Wand zu schieben, sodass möglichst wenig Platz verschwendet wird. Ans Kopfende der Matratze hat er die Gläser und die Flasche gestellt.

«Ich habe übrigens strenge Regeln», sagt Charlie. «Das sage ich dir gleich. Keine Partys, keine Musik nach 22 Uhr und kein Damenbesuch. Die Gartendusche darf vormittags nur kurz benutzt werden, damit alle Bewohner lauwarmes Wasser haben. Am besten, wir duschen zusammen, das ist energiesparender und auch unterhaltsamer für die Nachbarn.»

«Ich merke schon, ich muss mich schnellstens wieder mit meiner Frau versöhnen», sagt Holger und rollt seine Isomatte aus.

«Sekunde, ich leuchte dir», hört er Charlie sagen. Dann ist das Surren des Lampendynamos zu hören. Als das Summen verstummt, bleibt es jedoch dunkel.

«Lass mich raten, du hast meine Lampe kaputt gemacht», sagt Holger in die Stille hinein.

«Geh mir nicht auf den Senkel. Gieß uns lieber Wein ein», erwidert Charlie.

Und dann ist das friedliche Plätschern von Chablis zu hören.

ENDE

LESEPROBE

RATH & RAI

BULLENBRÜDER

TOTE HABEN KALTE FÜSSE

KRIMINALROMAN

WUNDERLICH

Kriminalkommissar Holger Brinks wird mit einem Vermisstenfall betraut: Victoria Sommer, eine der drei Gründerinnen der «Smooth Sisters» – ein Smoothie-Start-up kurz vor dem Durchbruch –, ist verschwunden. Privatschnüffler Charlie Brinks soll derweil für eine alte Flamme deren Ehemann Robert beim Seitensprung ertappen und langweilt sich zu Tode. Dann jedoch verschwindet auch Robert auf mysteriöse Weise. Holger und Charlie erkennen nicht nur, dass die beiden Fälle zusammengehören, sie hegen auch den Verdacht, dass die verbliebenen Sommer-Schwestern etwas mit dem Verschwinden von Robert und Victoria zu tun haben. Leider gibt es nur Indizien und keine handfesten Beweise. Als Charlie versucht, diese zu beschaffen, gerät er in eine tödliche Falle.

Erschwert werden die Ermittlungen auf privater Seite durch das Auftauchen von Charlies und Holgers Mutter Anita und ihrem 20 Jahre jüngeren Verlobten Rodrigo, den sie zu ihrem fünften Ehemann machen möchte. Anita hat einen Herzenswunsch: Holger und Charlie sollen die Hochzeit ausrichten, und zwar in Holgers Garten – in dem fortan ein organisatorischer Albtraum seinen Lauf nimmt …

1

In schmalen Rinnsalen läuft der Regen an dem Fenster herab, durch das Holger nach Osten sieht. So geht das seit Tagen. Der Hauptkommissar sucht nach den richtigen Worten für seinen Abschlussbericht, was ihn jedes Mal Nerven kostet. Formulieren war noch nie seine Stärke. Irgendwie holpert das immer, ganz egal, wie sehr er sich auch abmüht. Nicht, dass es auf Eleganz ankäme, schließlich ist das Opfer tot und wird den Bericht niemals zu lesen bekommen. Aber wenn du schon ermordet wirst, dann willst du wenigstens einen ordentlichen Bericht.

Als es klopft, wird sofort darauf die Tür geöffnet, und der Kopf der Dezernatsleiterin Doktor Beate Niermeyer erscheint. Sie wirft sich ihre beachtliche Löwenmähne über die Schulter und sieht Holger an, als habe sie ein Geschenk für ihn.

«Herr Brinks!»

«Frau Niermeyer?»

Ihre Finger verschwinden in den Haarsträhnen. «Ich hab da etwas, worüber ich gerne mit Ihnen reden würde. Könnten Sie vielleicht in mein Büro kommen? Sagen wir so in ... zehn Minuten?»

«Worum geht's denn?»

«Ach, nur ein kleines Anliegen. Ist eher ... privater Natur.»

Ach du liebes bisschen, denkt Holger. «Sicher.»

Das Büro der Dezernatsleiterin wirkt freundlicher als sein eigenes. Kunststück, der Raum ist größer und geschmackvoller eingerichtet. Der Teppichboden ist zwar derselbe wie überall im Dezernat, er wirkt aber irgendwie sauberer. Die Wandfarbe ist die gleiche, sie strahlt aber mehr. Und es riecht auch besser.

«Bitte – setzen Sie sich doch.»

Holger setzt sich.

Frau Niermeyer – intern gerne Quotenchefin genannt – wirft einen prüfenden Blick zur Tür. «Wie geht es Ihnen?»

Holger kann sich nicht erinnern, das jemals von seiner Chefin gefragt worden zu sein. Langsam, denkt er, wird's spannend. «Gut.»

«Gut», wiederholt sie. «Das ist gut.»

Holger sagt nichts.

«Schön. Also ...» Sie prüft den Sitz ihrer Lockenpracht. «Weshalb ich Sie hergebeten habe ...»

Holger lehnt sich zurück.

«Ich wollte Sie um eine Gefälligkeit bitten.»

Der Hauptkommissar unterdrückt ein Schmunzeln und versucht, möglichst neutral dreinzublicken.

«Es geht um eine vermisste Person», erklärt Frau Niermeyer. «Ich bin mir bewusst, dass so etwas eigentlich nicht in Ihren Aufgabenbereich fällt, aber die vermisste Person ist durchaus prominent, weshalb mir daran gelegen ist, die Nachricht ihres Verschwindens nicht an die Öffentlichkeit gelangen zu lassen. Es gibt auch keine offizielle Anzeige. Ich möchte Sie also bitten, die ganze Angelegenheit mit äußerster» – Betonung auf «äu» – «Diskretion zu behandeln.»

«Wenn niemand die Person als vermisst gemeldet hat, wie haben Sie dann von ihrem Verschwinden erfahren?»

«Sehen Sie, Herr Brinks: Die Eltern dieser Person – ebenfalls sehr prominent – sind Freunde meiner Eltern, und zudem ist er mein Patenonkel ... Na ja, Sie wissen, wie das ist.»

Weiß Holger natürlich nicht. «Ich kann es mir denken», erwidert er. «Die prominenten Eltern der ebenfalls prominenten vermissten Person möchten nicht, dass irgendetwas an die Öffentlichkeit dringt, und haben daher Ihre Eltern gefragt, ob die nicht die Tochter – also Sie – fragen könnten ...»

«Nicht ganz», unterbricht Frau Niermeyer. «Es waren die Schwestern der vermissten Person, die sich an mich gewandt haben.»

«Lassen Sie mich raten: Auch die Schwestern sind prominent.»

«Sehr.»

«Und mit Ihnen befreundet.»

«Wir kennen uns – naturgemäß.»

«Vielleicht wäre das der geeignete Zeitpunkt, mir zu verraten, um wen es sich bei der vermissten Person handelt?»

Frau Niermeyer wirft einen weiteren prüfenden Blick zur Tür und beugt sich vor.

Helene Fischer, denkt Holger. Gleich sagt sie: Helene Fischer.

«Victoria Sommer.»

Holgers Gesicht sieht aus, als hätte eine Umzugsfirma sein Gehirn ausgeräumt, besenrein.

«Von den Sommer-Schwestern?», versucht es Frau Niermeyer.

Leere. So weit das Auge reicht.

«Victoria Sommer von den Sommer-Schwestern?»

«Hm.»

«Die Eltern sind Friedhelm und Renata Sommer?»

«Ah.»

«Das berühmte Botschafterpaar?»

«Hm.»

Die Sommer-Schwestern und deren Eltern lösen bei Google ein mittelschweres Beben aus. Friedhelm und Renata sind ein Diplomat und eine ehemalige Beauty-Queen. Holger erinnert sich, ihnen in unregelmäßigen Abständen in der Zeitung begegnet zu sein. Die Liste der Stationen dieser Botschafterkarriere liest sich wie eine globale Verfolgungsjagd: Papua-Neuguinea, Kenia, Thailand, Tansania, Schweden. Entsprechend illuster stellt sich die Bildauswahl dar: Die Sommers in einer Wiener Opernloge mit Pupillen, groß wie Bowlingkugeln; die Sommers auf Safari vor Savannenidyll-Kulisse; die Sommers auf Skiern und mit Champagner-Gläsern in der Hand, im Hintergrund die Schweizer Alpen ... Und so jemand ist mit den Niermeyers befreundet. Na ja, Sie wissen, wie das ist.

Von den Kindern, den drei Sommer-Schwestern, verfügt Eloise, 29, über den größten Promifaktor. Google findet in 0,24 Sekunden 503 000 Einträge. In der Presse hat sich offenbar der Name «Lou» durchgesetzt, wenn die *Bild* über sie berichtet, auch gerne «Luder-Lou». Ob es etwas an ihr gibt, das echt ist, ist ungewiss. Auf jeden Fall nicht das Blond ihrer Haare und auch nicht Nase oder Lippen – und die Brüste ... Nein, ebenfalls nicht. Etwa im Monatsrhythmus wird ihr eine neue Affäre mit einem Schauspieler oder Fußballer nachgesagt. Inzwischen ist die Luft – zumindest was die Schauspieler betrifft – dünn geworden. Aber da Eloise im kommenden Jahr dreißig wird, ist nicht ausgeschlossen, dass sie demnächst ins Visier von Wirtschaftsbossen und Politikern gerät. Vielleicht ist sogar noch eine Karriere als Talkshow-Moderatorin drin.

Zu Pamela Sommer, 31, findet Google immerhin noch halb so viele Einträge. Eine Reihe von Bildern zeigt sie gemeinsam mit ihrer kleinen Schwester, Pam & Lou einträchtig in die Kameras grinsend, darum wetteifernd, wer das weiter ausgeschnittene Dekolleté tragen kann, ohne das die Brüste herausfallen. Filmpremieren, Celeb-Partys, Modemessen. Pams Haare sind eine Spur weniger blond als die ihrer kleinen Schwester, die Lippen eine Spur weniger aufgespritzt. Dezent wäre das falsche Wort, aber neben Lou würde sich sogar ein Pfau dezent ausnehmen.

Im Gegensatz zu ihrer Schwester scheint Pamela tatsächlich einen Beruf auszuüben und sogar eigenes Geld zu verdienen. Holger findet einen Artikel, in dem davon die Rede ist, dass sie ihr BWL-Studium abgebrochen habe und nach London gegangen sei, um dort erfolgreich für eine Privatbank Aktienderivate zu handeln. Vor drei Jahren hat sie dann mit ihren Schwestern Lou und Victoria die «Smooth Sisters GmbH» gegründet. Und in dem Moment fällt es Holger wie Schuppen von den Augen: «Ach, die sind das», murmelt er in seinen Laptop.

Superfrische Smoothies & Superfoods – frühmorgens an die Tür geliefert. Für die Jungen, Hippen, Erfolgreichen und Getriebenen dieser Stadt. Oder für jene, die sich gerne jung, hip, erfolgreich und getrieben fühlen möchten. Das ist die Geschäftsidee der Smooth Sisters. Holgers Frau ernährt sich seit Wochen von praktisch nichts anderem. Sandra sagt, sie fühle sich seitdem wie energetisch aufgeladen. Neulich öffnete Holger morgens den Kühlschrank und erblickte Reihen kleiner Flaschen grünen, roten und gelblichen Inhalts, die einander gegenüberstanden wie verfeindete Armeen. Käse und Wurst waren vertrieben worden, von der Evolution überrollt und vergessen. In seiner Not griff sich Holger eine der grünen Flaschen – er erinnert sich, etwas von Datteln, Babyspinat und irgendeiner tropischen Baumwurzel gelesen zu haben – und hätte sich beinahe übergeben.

Aber Holger zählt nicht, schon lange nicht mehr. Bald wird die Evolution auch ihn hinweggefegt haben, und es wird nur noch Menschen geben, die nicht mehr als zwei Stunden Schlaf pro Tag brauchen und eine implantierte Allergie gegen alles Ungesunde und Sinnliche haben und die automatisch von ihrer Uhr zur nächsten Blutverdünnungsstation geschickt werden, sobald ihr Blutdruck steigt. Holger blickt hinaus in den Nieselregen, betrachtet die Rinnsale auf der Scheibe, dann greift er zum Hörer, Kurzwahltaste 9.

«Pizzeria Federico, buon giorno. Was kann isch für Sie tun?»

«Guten Tag, Brinks hier, vom LKA ...»

«Ah, Signor Brinks!»

«Ich würde gerne etwas bestellen.»

«Naturlisch, sehr gerne ...»

Während Holger auf seine Pizza Quattro Stagioni mit extra Käse und seine Cola wartet, vertieft er sich in die Erfolgsgeschichte der Smooth Sisters. Ihr Konzept scheint aufgegangen zu sein. Lou ist das Gesicht der Company: jung, straff, begehrt und morgens um fünf noch sexhungrig. So ein Superfood will jeder. Pam ist Controllerin und Geschäftsführerin in Personalunion: streng, erfolgreich und ebenfalls hot. Und Victoria? Ist, was in die Flaschen gefüllt wird: gequirltes Gemüse. Anders gesagt, sie verantwortet die Produktentwicklung. Studium der Lebensmitteltechnologie und Chemie in Bonn, und dann noch «Molecular, Cellular and Developmental Biology» in Yale. *The Brain*. Wenn es stimmt, was die *Zeit* über sie schreibt, tüftelt sie monate- oder gar jahrelang an einem neuen Smoothie herum, bevor er von ihr für marktreif befunden wird. Das wundert Holger nicht. Auf diese Mischung aus Datteln, Babyspinat und tropischen Baumwurzeln würde er in seinem ganzen Leben nicht kommen.

Im gesamten WWW finden sich genau drei Bilder von Victoria. Eines zeigt sie im Kreis ihrer Familie auf einer Terrasse in Tansania, die Eltern auf einem geflochtenen Sofa mit überdimensionierter Rückenlehne, rechts und links am Bildrand jeweils eine dunkelhäutige Schönheit mit Spitzenschürze und Silbertablett. Die zweite Aufnahme ist drei Jahre alt und zeigt Victoria gemeinsam mit ihren Schwestern vor einer Edelstahlanrichte mit den ersten abgefüllten Smoothies. Das offizielle Pressefoto der Firmengründung. Victoria trägt einen Businessanzug, eine randlose Brille, hat geschminkte Lippen und gestylte Haare. Sie gibt alles, weiß aber genau, dass ihr neben ihren Schwestern niemals eine andere Rolle zufallen wird als die des hässlichen Entleins. Während Pam und Lou alles zur Schau stellen, was die moderne Chirurgie zu bieten hat, sieht Victoria aus, als würde sie sich am liebsten unsichtbar machen. Es ist offensichtlich, dass sie sich in diesem Aufzug verkleidet vorkommt und einen Lockenstab nur an sich heranlässt, wenn man ihr eine Pistole auf die Brust setzt. Auf dem dritten Foto ist Victoria nur deshalb zu erkennen, weil ihr Name darunter steht. Sie trägt Latzhose und Gummistiefel, eine Laborbrille und Latexhandschuhe. Die Haare sind unter einer grünen Haube verborgen. In dieser Montur schneidet sie mit einem Skalpell ein Stück Rinde aus einem knotigen

Baumstamm, in der anderen Hand hält sie ein Reagenzglas bereit. Um sie herum undurchdringliches Grün. Auf diesem Foto scheint sie ganz in ihrem Element und völlig eins mit sich zu sein.

Und seit gestern ist sie verschwunden – behaupten ihre Schwestern.

Holger lehnt sich in seinem Bürostuhl zurück. Seine Gedanken wandern zu seiner Chefin. Frau Doktor Niermeyer ist im Umgang mit ihren Mitarbeitern stets darauf bedacht, die hierarchischen Ebenen durchscheinen und keinen Zweifel an ihrer Autorität aufkommen zu lassen. Direkte Kommunikation nur mit direkt Untergebenen, bei Gesprächsbedarf die Mitarbeiter zu sich ins Büro bestellen, wichtige Telefonate nur im Stehen führen ... Was man aus Seminaren für Führungskräfte eben so mitnimmt. Aus ihrer Handschrift aber spricht ein kleines, verletzliches Mädchen. Der Zettel, auf dem sie die Anschriften und Telefonnummern der Sommer-Schwestern für Holger notiert hat, sieht aus wie ein Eintrag ins Poesiealbum. Erst am unteren Rand hat ihre Position sie wieder eingeholt. Diagonal, unterstrichen und mit einem Ausrufezeichen versehen steht da: Diskretion! Ist kein leichtes Leben als Quotenchefin. Holger wollte ihren Job nicht für eine Sekunde.

Er wartet, bis der Pförtner anruft und ihm sagt, dass die Pizza eingetroffen ist. Nachdem er das erste Stück zerkaut und geschluckt und zweimal an seiner Cola genippt hat, klickt er sich ein Foto von Eloise Sommer in den Vordergrund und wählt ihre Nummer.

«Hallo?» Sie klingt, als habe der Chirurg sogar an ihren Stimmbändern herumgeschnippelt.

«Guten Tag, mein Name ist Holger Brinks. Ich bi...»

«*Wer* sind Sie?»

«Holger Brinks. Ich bin Hauptkommissar beim Landeskriminalamt für Delikte am Menschen. Ich habe Ihre Nummer v...»

«Und woher haben Sie meine Privatnummer?»

«Das wollte ich Ihnen gerade erklären. Frau Doktor Niermeyer hat ...»

«Die Babs hat Ihnen meine *Privat*nummer gegeben?»

«Es hat den Anschein, ja.» Babs – die Quotenchefin. Holgers Mundwinkel bewegen sich unwillkürlich nach oben. «Ich rufe an, w...»

«Die kann Ihnen doch nicht einfach so meine Privatnummer geben – die ist geheim!»

«Was soll ich sagen – jetzt hab ich sie.»

«Und wieso rufen Sie mich an?»

«Es geht um das Verschwinden Ihrer Schwester Victoria.»

«Woher wissen Sie *das* denn?»

«Von Frau Niermeyer – die mir ja auch Ihre Telefonnummer ...»

«Meine *Privat*nummer!»

«... Ihre Privatnummer gegeben hat.»

«Und jetzt rufen Sie mich einfach so an?»

«Nein, einfach so rufe ich nicht an. Es geht, wie gesagt, um das Verschwinden Ihrer Schwester.»

«Und was haben Sie damit zu tun?»

«Frau Niermeyer hat mich gebeten, Nachforschungen anzustellen. Deshalb denke ich, es wäre gut, wir ...»

«Und wie kommt die dazu?»

«Ich bin Kriminalkommissar. Offenbar hielt mich Frau Niermeyer für ge...»

«Sagen Sie das doch gleich! Wie schnell können Sie hier sein? Ach, egal. Fahren Sie einfach sofort los.»

Holger ermahnt sich, seine Pizza langsam zu essen, mit Genuss, Bissen für Bissen. Und sich die Cola gut einzuteilen. Könnte schwierig werden, denkt er, als die Schachtel zur Hälfte geleert ist und er die verbliebenen vier Pizzastücke wie die Speichen eines Rades anordnet. Also Lous Karriere als Moderatorin. Auch die einflussreichsten Beziehungen halten einen nur bis zu einem bestimmten Punkt über Wasser.

2

«Charlie? Hier ist Carmen. Carmen Bergvogel.»

«Hallo, Carmen.»

«Bei dir hieß ich noch Winterstein. Du erinnerst dich?»

Gute Frage. Charlie sitzt auf der Terrasse, genießt die spätsommerlichen Sonnenstrahlen und sieht den Äpfeln auf dem Nachbargrundstück beim Fallen zu. Carmen. Winterstein. Er weiß, der Name sollte ihm etwas sagen, weshalb er hektisch seine Erinnerungen durchstöbert, was, wie er selbst am besten weiß, keine erfolgversprechende Strategie ist – in dem Teil seines Gehirns, der die Erinnerungen speichert, sieht es nämlich aus wie in der Hertha-Fankurve nach dem Pokalfinale. Doch dann blitzt zwischen den zertretenen Plastikbechern etwas auf, und als sich Charlie hinunterbeugt, ist es tatsächlich:

«Carmen!»

«Du brauchst aber ganz schön lange, um dich zu erinnern. Eigentlich müsste ich jetzt beleidigt sein.»

Geht ja gut los, denkt Charlie, und sofort weiß er wieder, warum es damals mit ihnen nicht funktioniert hat: Ständig erwartete Carmen etwas von ihm, und nie schien er zu wissen, was. Aber der Sex mit ihr war Hammer. «Entschuldige», sagt er, «hab an der falschen Stelle gesucht.»

«Na, dann muss ich wohl dankbar sein, dass du mich überhaupt gefunden hast.»

«Ja, äh – nein.» Puh. «Wie geht's dir?»

«Um ehrlich zu sein: Es geht so.»

Daher also weht der Wind. «Tut mir leid, das zu hören.»

Im Nachbargarten fällt der nächste Apfel vom Baum. Wenn das so weitergeht, feiern die Würmer und Maden in Tempelhof heute Abend großes Erntedankfest.

«Charlie?»

«Ja?»

«Du bist doch Privatdetektiv.»

«Von Zeit zu Zeit.» Wenn mir jemand einen Job gibt. «Wieso – willst du mich engagieren?»

«Ich fürchte, ja.»

Als Charlie seinen Wagen unter einem herrschaftlichen Baum in der Baseler Straße abstellt, kommt er sich unwillkürlich beobachtet vor. Die Villen in dieser Gegend sind zwar alle mindestens ein Jahrhundert alt, aber von den in der Straße geparkten Autos ist keins älter als drei Jahre. Charlies 75er Gran Torino nimmt sich aus wie ein Altrocker auf einer Adelshochzeit.

Das Haus der Familie Winterstein ruht auf einem soliden Fundament: altes Geld, über Generationen gewachsen, selbstverständliche Privilegien. Charlie erinnert sich daran, dass er seit einem halben Jahr im Gartenhaus seines Bruders wohnt. Er blickt zum schmiedeeisernen Balkongeländer empor. Hätte seins sein können. Genau wie die an ihn gerichteten Erwartungen. Der tägliche Luxus, die täglichen Erwartungen. Dann lieber Holgers Gartenhaus. Aber der Sex war Hammer.

«Schön, dass du so schnell kommen konntest.»

Carmen begrüßt Charlie mit einer Umarmung, die inniger ausfällt, als man nach fünfzehn Jahren erwarten würde. Er versucht, sich daran zu erinnern, wie sie damals zusammengekommen waren. Auf einer Party. Carmen war von einer Freundin mitgenommen worden – Nora oder so? –, Charlie von seinem Freund Achmed. Achmed kannte Nora. Achmed kannte jede. Irgendwann landeten die vier ziemlich angetrunken an einem Kickertisch. «Ich spiel mit *dir*», entschied Carmen und zog Charlie hinter sich her um den Tisch. Sie blitzte ihn an: «*Ich* spiel im Sturm. Ist das okay für dich?» – «Total», erwiderte Charlie.

Er war beeindruckt von der Wucht, die Carmen hinter den Ball brachte. Bei jedem Tor juchzte sie auf, dass die Umstehenden amüsiert die Köpfe drehten. Charlie stellte sich nicht besonders geschickt an, aber dank Carmen gewannen sie zumindest in seiner Erinnerung ein Spiel nach dem anderen. Jedes Mal fiel sie ihm anschließend um den Hals und verkündete: «Noch eins!», und: «Ich hol neue Drinks.»

Als sie am nächsten Morgen erzählte, sie habe gerade ihr Jurastudium mit Prädikatsexamen abgeschlossen, war Charlie einigermaßen überrascht. Paragraphen büffelnd über Gesetzeswälzer gebeugt konnte er sie sich nur schwer vorstellen. So ein lebensfrohes Wesen. Aber sie musste den Ton angeben. Immer. Nach ungefähr sechs Wochen hatten sie ein Einsehen und beendeten ihre Beziehung. Jetzt, fünfzehn Jahre später, hat sie einen Mann, zwei schulpflichtige Kinder und arbeitet Teilzeit in der Kanzlei ihres Vaters, wo ihr Mann inzwischen Partner ist. Aber sie sieht noch immer so aus, als könne man einen launigen Abend mit ihr verbringen.

«Und», Carmen setzt sich Charlie gegenüber in einen der

cremefarbenen Ledersessel und schlägt die Beine übereinander, «wie ist dein Leben in den letzten fünfzehn Jahren so verlaufen?»

Charlie lässt den Blick durchs Wohnzimmer schweifen, über den Kamin mit dem blauen Marmorsims, den Tropenholz-Couchtisch, den liebevoll restaurierten Stuck. «Nicht besonders geradlinig, würde ich sagen.»

«Keine Frau?»

Charlie schüttelt den Kopf.

Carmen schmunzelt. «Keine private Altersvorsorge?»

«Guter Witz.»

«Kinder?»

«Nicht dass ich wüsste.» Charlie nippt an dem Cappuccino, den Carmen ihm serviert hat. Dann blickt er sie an: «Sag mir jetzt nicht, dass ich hier sitze, weil eins deiner Kinder von mir ist.»

«Keine Sorge.» Sie beugt sich vor, nimmt die Unter- samt Cappuccino-Tasse, trinkt einen Schluck und behält beides im Schoß.

Charlie wartet. Carmen sieht ihn an, zieht eine Augenbraue in die Höhe, verzieht die Mundwinkel.

«Soll ich raten?», fragt er schließlich.

«Nicht nötig.» Carmen nimmt noch einen Schluck, stellt die Tasse zurück auf die Untertasse. «Ich werde mich scheiden lassen.»

Durch die geöffnete Flügeltür blickt Charlie ins Nachbarzimmer. Über dem Esstisch schwebt eine Art Mobile, das ihn entfernt an ein Walskelett erinnert und dessen Einzelteile sich zeitlupenartig gegeneinander bewegen. Davon abgesehen bewegt sich nichts.

«Tut mir leid.»

Carmen zuckt mit den Schultern und stellt die Tasse zurück auf den Tisch. «Ich hatte mir das auch anders vorgestellt. Aber das gilt für alle Frauen, die sich scheiden lassen. Nicht schön, aber nicht zu ändern.»

Die Teile des Mobiles ziehen unbeirrt ihre Bahnen. «Jetzt weiß ich noch immer nicht, weshalb ich hier bin.»

Carmen beugt sich vor. «Die Scheidung wird eine ziemlich schmutzige Angelegenheit werden, Charlie. Robert ist kein schlechter Anwalt. Und er ist gierig. Er wird versuchen zu bekommen, was er kriegen kann. Das Haus, das Grundstück – alles alter Familienbesitz. Und damit meine ich nicht seine Familie. Erst hat er mich so lange umgarnt, bis ich ihn geheiratet habe, dann hat er meinen Vater so lange umgarnt, bis er ihn zum Partner in der Kanzlei gemacht hat. Egal, wie schlecht die Sache für ihn ausgeht – er wird gut gepolstert sein. Allerdings möchte ich am Ende ungern diejenige sein, die aus diesem Haus ausziehen und für sich und die Kinder eine Dreizimmerwohnung suchen muss.»

«Du willst etwas, das ihn kompromittiert und in eine schlechte Verhandlungsposition bringt.»

Sie schweigt. Ist nicht angenehm, wenn man sich eingestehen muss, dass man dem Mann, den man geheiratet hat, in den Rücken fallen will.

«Hat er eine Affäre?»

«Selbstverständlich hat er eine Affäre. Seit ein paar Monaten. Und davor hatte er eine andere und davor noch eine andere. Männer wie er haben immer Affären. Sonst werden sie Alkoholiker – oder bringen sich um.»

FSC
www.fsc.org

MIX
Papier aus verantwortungsvollen Quellen
FSC® C083411

Das für dieses Buch verwendete Papier ist FSC®-zertifiziert.